VIENI PIÙ VICINO

L.A. WITT

Traduzione di
CORNELIA GREY

A chi ha detto che Kieran
meritava una storia tutta sua:

Sono d'accordo.
Questa è per voi.

Vieni più vicino

<hr />

Prima edizione italiana

Copyright © 2023 L.A. Witt

Cover art: Lori Witt

Editor: Linda Ingmanson

Tradotto da Cornelia Grey

Ebook ISBN: 978-1-64230-170-0

Paperback ISBN: 978-1-64230-171-7

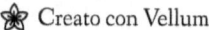 Creato con Vellum

VIENI PIÙ VICINO

Il verginello non è l'unico con qualcosa da perdere...

L'imperterrito playboy, come si definisce Kieran Frost, adora la vita da scapolo. Due anni dopo essersi trasferito a Seattle, ha ancora i suoi scopamici, Rhett ed Ethan, e un'infinita parata di uomini stupendi e disponibili al locale dove lavora. Una relazione? I drammi e i cuori infranti non fanno per lui. Molto meglio la sua vita solitaria.

Quando la figlia di Rhett gli presenta Alex Corbin, un novellino sulla scena gay, Kieran è interessato. Dopotutto, i ragazzi timidi fanno sempre scintille a letto. Ma Alex non è solo schivo e riservato. È vergine in tutti i sensi: non ha mai neanche baciato nessuno.

Kieran non è certo un insegnante, e il suo primo istinto è di scappare a gambe levate. Ma la sua coscienza non gli permette di gettare quel ragazzo ingenuo in pasto ai lupi, dove qualcuno potrebbe approfittarne. Il piano è aiutare

Alex a scoprire la sua sessualità, farlo uscire dal guscio, e poi ognuno per la sua strada.

È un piano perfetto, a prova di idiota... sempre che nessuno si innamori.

CAPITOLO 1

"Mamma, so che ti dà fastidio, ma non posso *non* andare."

All'altro capo del telefono, mia madre sospirò. Quel triste sospiro pesante che avevo sentito così tante volte negli ultimi anni. "Lo so, ma..."

Fissai il marciapiede sotto le mie scarpe, rallentando il passo e cercando di non lasciar trapelare la frustrazione. "Verrò a trovarti mentre sono in città. Promesso. È per questo che mi fermo qualche giorno, così avrò il tempo." Feci una pausa. "Ma devo andare al matrimonio. È pur sempre mio padre."

Lei non disse niente e il silenzio si prolungò. Eravamo al telefono da prima che lasciassi l'appartamento, ripetendo sempre le stesse cose proprio come avevamo già fatto due volte quella settimana. Mia madre era rimasta inconsolabile e depressa nei tre anni passati dal divorzio e, con l'avvicinarsi del matrimonio di mio padre, era peggiorata molto.

Continuando a tenere all'orecchio il cellulare silenzioso, proseguii lungo il familiare marciapiede che percorreva il chilometro e mezzo che separava casa mia e la casa dove avevo vissuto per un periodo dopo essermi trasferito a Seattle, due anni prima. Davanti a me, come un faro di sesso e relax, apparve la cassetta della posta di Rhett ed Ethan. Accelerai il passo.

Rivolto a mia madre, dissi: "Senti, ti devo salutare. Te la caverai stasera?"

"Starò bene," replicò lei. "Jackie sta per arrivare, comunque, quindi devo andare."

Espirai. Almeno avrebbe avuto qualcuno con cui parlare. Probabilmente lei e mia sorella maggiore avrebbero passato metà della serata a lagnarsi dei loro problemi con gli uomini. Conoscendole, probabilmente ci sarebbe stato dell'alcool, ma nessuna delle due sarebbe stata sola o avrebbe guidato, il che mi tranquillizzava.

"Okay, beh, salutamela," dissi. "Allora ti lascio andare. E, come ho detto, prometto di venirti a trovare quando sarò in città. Prenditi cura di te, mamma. Promesso?"

"Va bene," ripose. "Passa una bella serata. Ti voglio bene, Kieran."

"Anch'io ti voglio bene, mamma. Ci vediamo fra un paio di settimane."

Dopo aver riattaccato, guardai il registro chiamate. Quarantacinque minuti. Con un sospiro, mi agganciai il cellulare alla cintura. Mi sgranchii le spalle e trassi un respiro profondo, cercando di allentare la tensione dei miei muscoli rigidi.

Stasera, sarebbe stata una *bella* serata. Punto e basta. Simpatizzavo con mia madre e volevo che fosse felice, ma c'era un limite a quanto potevo rimuginare sul fatto che lei si ostinasse a continuare a rimuginare. E poi, avevo i miei limiti in fatto di senso di colpa. Cosa si aspettava che facessi? Che non andassi al matrimonio di mio padre? Non volevo andare, tanto quanto lei non voleva che ci andassi, ma se qualche ora passata a fingere di essere felice per papà e per la sua nuova moglie significava evitare drammi familiari, l'avrei fatto. Ovviamente, questo comportava sorbirmi i drammi di mia madre.

Sospirai e mi strofinai il collo. Non potevo vincere.

Quando imboccai il breve vialetto di Rhett ed Ethan, tutta la tensione delle mie spalle si sciolse. Non riuscii a trattenere un sorrisetto. Una serata con i miei ex coinquilini, nonché ottimi amici e *fantastici* amanti, era proprio quello che ci voleva per distrarmi dai deliri familiari. Proprio quello che ci voleva, ed era anche ora. Il lavoro e altri impegni ci avevano impedito di incontrarci per più di un'occasionale birretta nelle ultime settimane, ed era passato fin troppo tempo da quando ero entrato nella loro camera da letto. Speravo che l'astinenza sarebbe finita stasera.

Oltre all'astinenza con Ethan e Rhett, l'ultimo ragazzo con cui mi vedevo saltuariamente era stato mandato in missione il mese prima. Da quando era partito, non avevo avuto fortuna nel trovare avventure di una notte. Almeno, avventure soddisfacenti. Per farla breve, avevo bisogno di scopare, ed Ethan e Rhett di solito erano ben felici di accontentarmi.

Ma non ci saremmo tuffati a letto appena avessi varcato la soglia. La figlia di Rhett sarebbe stata presente per qualche ora prima di uscire con gli amici a festeggiare il suo ventunesimo compleanno. Quando c'era Sabrina, le cose fra me e i suoi padri erano strettamente platoniche. Niente occhiate seducenti, niente sguardi maliziosi, e non ci sfioravamo neanche.

Ma, una volta che fosse uscita? Rabbrividii.

Raggiunsi la porta d'ingresso e, come avevo fatto centinaia di volte, la varcai. Delle voci familiari mi attirarono in cucina e, quando entrai, Ethan e Rhett alzarono lo sguardo dai piatti che stavano lavando.

"Oh, bene," disse Ethan. "È arrivato il barista. Quindi puoi preparare qualche shot per festeggiare Sabrina."

"Ehi," replicai, togliendomi la giacca. "Non sto lavorando."

"E allora?" Rhett si asciugò le mani con uno strofinaccio. "Facciamo solo un giro celebrativo con lei prima che esca. Tanto vale che sia un barista ad avere l'onore, non credi?"

Feci un sospiro drammatico e appesi la giacca allo schienale di una sedia vicino alla penisola. "Okay, va bene. Ma solo perché è il suo compleanno."

"Sapevo che saresti stato d'accordo." Rhett allungò la mano sotto al bancone. "E poi, sai che ti ripagheremo appena sarà uscita." Mi morsi il labbro inferiore quando estrasse una bottiglia di Patrón dall'armadietto. Guardai Ethan e il suo tipico sorrisetto mi fece venire la pelle d'oca sulla schiena. Lavorando come barista, avevo imparato da tempo che la tequila tendeva a far sparire i vestiti di dosso a molta gente. In questo caso, Ethan e la tequila avrebbero fatto sparire i *miei*.

Mi venne l'acquolina in bocca. Sarebbe stata una lunga notte.

"Allora, Sabrina è già arrivata?" chiesi.

Ethan indicò il corridoio. "È di sotto con le amiche a prepararsi."

Rhett mi posò una mano sul fianco. "Il che significa che abbiamo un paio di minuti." Con questo, mi baciò. E non solo un rapido bacio per salutarmi. Chiaramente, stasera eravamo sulla stessa lunghezza d'onda perché, mentre lo stringevo fra le braccia, mi schiuse le labbra con la lingua. La sua barbetta era ruvida sotto la punta delle mie dita e, quando il piercing che aveva alla lingua mi sfiorò il labbro, inspirai seccamente dal naso.

Ero sicuro che Ethan tenesse d'occhio il corridoio in caso Sabrina arrivasse dal piano inferiore. A lei bastava sapere che ero amico ed ex coinquilino dei suoi padri. C'erano alcune cose che non c'era bisogno che una ragazza sapesse su suo padre e il suo patrigno, e il fatto che ero il loro amante occasionale era fermamente in quella categoria.

"Ehi, non tenertelo tutto per te," ridacchiò Ethan.

Rhett si tirò indietro ma continuò a stringermi mentre guardava il suo ragazzo. "Come pensi di impedirmelo?"

Ethan non disse niente. Le sue dita mi scivolarono lungo la nuca e, quando si strinsero fra i miei capelli, chiusi gli occhi e gemetti piano. Rhett mi lasciò andare. Quando il suo braccio si scostò da intorno alla mia vita, fu sostituito da quello di Ethan.

"Oh, pensa un po'." Le labbra di Ethan mi sfiorarono sotto il mento. "Sembra che adesso abbia io la sua attenzione."

Rhett disse qualcosa, ma mi accorsi solo di come Ethan mi lasciò andare i capelli e mi fece girare per potermi dare un assaggio di ciò che c'era in serbo per me stasera. Fra i due, era quello che baciava in modo più aggressivo, esigendo accesso alla mia bocca con più forza di Rhett. Più forza del solito, anche per lui. Non che io stessi opponendo alcuna resistenza, a nessuno dei due. Se fossimo stati soli in casa, mi sarei già inginocchiato lì in cucina, che fosse perché Ethan me l'aveva ordinato o perché il suo bacio mi aveva semplicemente fatto cedere le gambe.

Ma non eravamo soli, quindi ci separammo, indugiando per scambiarci uno sguardo come a dire "aspetta e vedrai" prima che Ethan mi lasciasse andare.

Si schiarì la gola e si appoggiò alla penisola, il rapido tamburellare delle sue dita sul bancone di granito che smentiva la nonchalance che tentava di simulare. "Pensi che a

Sabrina dispiacerebbe se le dicessimo di sbrigarsi e andarsene?"

Rhett rise e gli diede un bacio sulla guancia. "Porta pazienza." Passò le dita fra i capelli sale e pepe di Ethan. "Abbiamo tutta la notte." Mi strizzò l'occhio e io mi inumidii le labbra. Avevamo tutta la notte e, conoscendoci, ne avremmo fatto buon uso. Qualcuno doveva aver dimenticato di informare quei due che avevano più di quarant'anni e non avrebbero dovuto avere tutta quell'energia. Io non gliela avrei rammentato di certo.

"Quando esce?" chiesi.

"Hanno appuntamento con degli amici in un locale alle otto." Ethan guardò l'orologio, poi tornò a tamburellare con le dita. "Quindi probabilmente partiranno entro una mezz'ora."

"Sai, Ethan," dissi sorridendo. "Ho la sensazione che tu attenda con ansia che arrivi quel momento."

Lui guardò la bottiglia di tequila, poi Rhett, poi me. "Tu credi?"

Rhett fece schioccare il piercing alla lingua contro i denti, e io ed Ethan ci dimenammo.

"Così non aiuti," ringhiò Ethan.

"Che c'è?" Rhett alzò le mani. "Non ho fatto niente."

"Come no." Indicando Rhett, Ethan mi guardò. "È tutto il giorno che mi stuzzica."

Rhett gli scoccò un'occhiataccia. "Dice quello che continuava a mandarmi e-mail sconce al lavoro."

"Come?" Ethan sbatté le ciglia. "Stavo solo chiedendo cosa ti andava di fare stasera."

"Mm-mm. Ed elencando alcuni dettagliati suggerimenti."

"Ehi, perché a me non le ha inoltrate nessuno, queste e-mail?" Incrociai le braccia sul petto e mi appoggiai al bancone. "Non ho voce in capitolo su cosa faremo stasera?"

"Avrai voce in capitolo," disse Ethan. "Ripeterai un sacco di volte 'oh, Dio, oh, Dio" quando..."

"Spiritoso," borbottai.

"E avremo tutto il tempo." Rhett guardò verso la porta della cucina. "Ma *dopo* che Sabrina sarà uscita."

Le dita di Ethan accelerarono il ritmo. Io fremetti.

Rhett si schiarì la gola. "Oh, Kieran, volevo chiederti... prenderemo i biglietti per una partita dei Mariners insieme a Dale e un po' di altra gente. Vuoi venire?"

Grato di poter cambiare argomento, replicai: "Mi piacerebbe. Quando?"

"Mi sembra che Dale abbia detto..." Aggrottò la fronte e guardò Ethan. "Era il prossimo fine settimana?"

"Quello dopo," rispose Ethan.

"Giusto, giusto." Rhett inarcò le sopracciglia. "Ci stai?"

Accigliato, scossi la testa. "Quel fine settimana devo tornare a Sacramento. Mio padre si sposa."

"Cavolo, è già il momento?" disse Ethan.

Annuii. "Sfortunatamente sì. Credimi, non vedo l'ora che sia tutto finito."

"Tua madre ti sta ancora stressando?" chiese Rhett.

"Già. Non vuole che vada. E non vorrei andarci neanche io, ma..." Mi strinsi nelle spalle. "Che posso farci?"

"Immagino che tirare pacco al matrimonio di tuo padre non sia possibile?" disse Ethan.

"Temo proprio di no."

Ethan fece per replicare, ma dei passi e il chiacchiericcio di voci femminili si udirono lungo le scale, e ci girammo tutti e tre verso la porta.

"Ecco la festeggiata," disse Rhett.

Un attimo dopo, Sabrina entrò in cucina, fiancheggiata

da un paio di amiche. Mi guardò e sorrise. "Ciao, Kieran. È da un pezzo che non ci vediamo."

"Da troppo," dissi, mentre mi abbracciava. "Buon compleanno."

"Grazie." Mi lasciò andare e guardò i suoi padri. "Allora noi andiamo, va bene?"

Grazie, Signore. Io ed Ethan ci scambiammo un'occhiata, e non ebbi bisogno di chiedere se stessimo pensando la stessa cosa.

"Non ancora," disse Rhett. "Te l'ho detto, non uscirai da questa casa prima di bere un bicchiere con noi." Rivolto alle amiche di sua figlia, disse: "Un giro solo, poi è tutta vostra." Indicò i tre bicchierini vuoti e mi guardò. "Renditi utile, barista."

"Barista?" Tornai a incrociare le braccia sul petto. "Come, prego?"

"Oh, andiamo, Kieran," disse Sabrina. "Riempili e basta, così possiamo andare a festeggiare. Per piacere?"

"Va bene, ma solo per te." Presi la bottiglia di tequila.

"Era ora che avessi l'età per poter uscire con noi," disse una delle sue amiche mentre io versavo da bere.

"Altroché," disse l'altra, dando a Sabrina una gomitata scherzosa. "Sei quasi all'ultimo anno e finalmente puoi uscire con i grandi."

"Ehi, non è colpa mia se il mio compleanno è quasi alla fine dell'anno scolastico." Sabrina guardò Rhett in cagnesco. "Sai, rendendomi la piccolina della classe per *tutta* la mia carriera scolastica."

Rhett le rivolse una sarcastica occhiata di scuse. "Beh, io e tua madre avremmo potuto..."

"La, la, la!" Sua figlia si coprì le orecchie con le mani e chiuse gli occhi. "Non ti sento! La, la, la!"

Ethan rise, quindi trasalì. Inarcò un sopracciglio.

"Quando diavolo ti sei fatta il piercing all'ombelico, signorina?"

Lei abbassò lo sguardo sulla barretta, che la sua maglia non riusciva a nascondere. "Uhm, un po' di tempo fa." Sollevò le sopracciglia, probabilmente aspettandosi che Ethan dicesse qualcos'altro, ma lui e Rhett si limitarono a guardarsi e a scuotere la testa. Non potevano certo dire molto sui suoi piercing o i suoi due tatuaggi. Era un'adulta e, comunque, Rhett aveva a sua volta un sacco di tatuaggi e piercing. Perfino Ethan si era finalmente fatto un tatuaggio l'anno prima. Tali padri, tale figlia.

"Basta che non lo fai vedere a tua madre," borbottò Rhett.

"Vuoi scherzare?" disse Sabrina. "Non mi ha ancora perdonata per essermi fatta il piercing alla lingua."

"Nemmeno io," replicò suo padre.

"Ipocrita."

Rhett si strofinò un occhio con il dito medio.

"Va bene, va bene," dissi. "Quando avete finito di giocare alla famigliola disfunzionale, i vostri drink vi aspettano." Feci scivolare i bicchierini sul bancone. I ragazzi avevano già tagliato a fettine alcuni lime e tirato fuori lo shaker del sale. A giudicare dal numero di fette sul piatto, non avevano intenzione di fermarsi una volta uscita loro figlia. Mi domandai se stasera sarei riuscito a convincerli a bere degli shot direttamente sui loro corpi. Farlo con quei due era...

Respira, Kieran. Quel pensiero mi fece girare la testa e mi appoggiai con noncuranza al bancone.

Ignara della mia distrazione, Sabrina si leccò il dorso di un dito e prese il sale. Poi alzò lo sguardo, che guizzò da Rhett a Ethan. "Che c'è?"

Rhett si schiarì la gola. "Sai già come si beve la tequila?"

"Uhm..." Lei fissò il sale sul suo dito, poi suo padre. "L'ho cercato su Google?"

Ethan ridacchiò e le fece cenno di passargli il sale. "Come no." Si leccò a sua volta un dito e vi fece cadere un po' di sale. "Io le credo. Tu no, Rhett?"

"Certo che sì." Rhett gli prese il sale di mano. "Al cento per cento."

Sabrina inarcò un sopracciglio. "Mi sembra di cogliere un certo sarcasmo."

"Cosa?" Rhett sbuffò. "No, no, figurati."

"Già," disse Ethan. "Quando mai siamo stati sarcastici?"

Mi sfuggì un grugnito e mi fissarono entrambi. Io alzai le mani. "Che c'è?"

"Andiamo," disse Sabrina. "Brindiamo. Concentratevi, vecchietti."

Rhett sollevò il suo bicchiere. "All'essere abbastanza grande da bere, anche se tuo papà sa già di quell'episodio dell'anno scorso."

Sabrina sgranò gli occhi. "Tu... lo sapevi?"

Rhett sorrise. "Lo so adesso."

Ridemmo tutti, anche se un'ombra di panico passò sul volto di Sabrina mentre guardava di nuovo il padre.

Anche Ethan sollevò il bicchiere. "Al fatto che Sabrina è sopravvissuta a ventun anni con Rhett come padre."

"E a tredici con *te*," aggiunse lei.

Brindarono, si leccarono il sale dalle dita e buttarono giù gli shot. Rhett deglutì, fece una smorfia e scosse la testa prima di prendere una fetta di lime. Né Ethan né Sabrina fecero una piega per la tequila, ma il lime gli fece stringere gli occhi.

Rhett posò la buccia di lime e scoccò un'occhiataccia a sua figlia. "Sai, la maggior parte della gente trova la tequila un po' forte." Fece una pausa. "Almeno, la *prima* volta che la prova." Inarcò un sopracciglio.

Sabrina arrossì e sbatté le palpebre. "Forse è solo che mi piace. Non ho mai bevuto tequila in vita..."

Le sue amiche cercarono senza successo di soffocare dei risolini.

Rhett fissò Sabrina con tutta la disapprovazione che riuscì a racimolare, anche se gli fremevano gli angoli della bocca. Prima che potesse dire qualcosa, però, Ethan gli diede una pacca sulla spalla.

"La ragazza è tale e quale a suo padre, eh?"

"Cosa?" sbuffò Rhett. "Non ho mai bevuto prima di compiere ventun anni."

"Solo perché a quei tempi c'era ancora il proibizionismo," dissi, fingendo di non essere pronto a spingere le ragazze fuori dalla porta perché... *andiamo, sbrigatevi, tutti quanti.*

"*Chiedo scusa,*" disse Rhett.

Ethan fece spallucce. "Non si può proprio discutere con lui, sai."

Rhett gli scoccò un'occhiataccia. "Dice quello dell'epoca prima che l'alcool fosse inventato."

Sabrina guardò le sue amiche. "Visto? Ve l'avevo detto che erano forti."

"Forse dovrebbero venire con noi," replicò una di loro.

"Non sono *così* forti."

Rhett ridacchiò e passò un braccio intorno alle spalle di sua figlia. "Tanti auguri, tesoro."

"Grazie, papà." Lo abbracciò, quindi fece lo stesso con Ethan.

Quando si voltò verso di me, pensai che stesse per abbracciare anche me ma, invece, mi posò una mano sul braccio.

"Posso rapirti per un minuto?" chiese.

Sbattei le palpebre. "Uhm, certo. Che succede?"

Mi fece cenno di seguirla e uscimmo in corridoio. "Potrei convincerti in qualche modo a farmi un super favore stasera?"

Sollevai un sopracciglio. "Dipende. Di che favore si tratta?"

"Io e le ragazze usciamo con alcuni amici e ci sarà un ragazzo. Vorrei davvero, davvero che tu lo incontrassi."

"Io? E perché?" E perché proprio stasera?

"Perché è mega timido," disse Sabrina. "E vuole imparare a frequentare i locali gay e tutto il resto a Capitol Hill, ma è proprio..." Tacque, quindi espirò. "Il fatto è che conosce solo un paio di ragazzi gay e non vanno per niente d'accordo."

"Ma pensi che andrebbe d'accordo con me?"

"Fidati, non andresti d'accordo neanche tu con quegli stronzi," replicò. "C'è un modo per convincerti a venire con noi stasera e conoscerlo?"

Il mio sguardo guizzò verso la cucina, dove i miei piani per la serata attendevano con una bottiglia di tequila, quindi tornò su di lei. "Dev'essere proprio oggi?"

"Ci ho messo due settimane a convincerlo a uscire con noi," disse Sabrina. "Ti prego? So che tu e i miei papà volevate uscire stasera, e ti ho teso un agguato all'ultimo momento, ma ho davvero bisogno del tuo aiuto."

Mi trattenni dal muovermi nervosamente. "Perché proprio il mio?"

"Perché sei l'unico ragazzo che conosco che sa effettivamente come funziona la scena di Capitol Hill ma non è un festaiolo incallito. Gli altri tizi che conosco, loro vogliono solo sbronzarsi e poi non si ricordano neanche se hanno scopato, figurarsi con chi. Alex... non è quel tipo di ragazzo. Per niente."

Spostai il peso da un piede all'altro. "Cosa vuoi che faccia, esattamente?"

"Portalo solo fuori," replicò. "Fagli vedere che la scena gay non è terrificante come pensa che sia."

Lanciai un'altra occhiata verso la cucina. "Potresti darmi il suo numero? Potrei, ecco, un'altra sera..."

"No, non lo farebbe mai." Lei scosse la testa e alzò le mani. "Ci ho impiegato fino a ieri a convincerlo a venire stasera e, se cercassi di farvi incontrare solo voi due, penserebbe che stessi cercando, sai, di combinare un appuntamento al buio. Non voglio metterlo a disagio o fargli pensare che lo sto mandando a un appuntamento al buio o roba del genere." Giunse le mani sotto al mento e sbatté le ciglia. "Ti prego, Kieran? Ti sarò debitrice per sempre."

Espirai. Per quanto non volessi andare da nessun'altra parte stasera, sapevo anche cosa si provasse a essere il nuovo arrivato che cerca di capire come gira la scena gay. Passavano per il bar dove lavoravo abbastanza studenti del college che bevevano troppo e facevano cose che perfino io, imperterrito playboy che ero, non avrei mai fatto. Era troppo facile finire invischiati in quella roba e poteva diventare molto pericoloso, molto in fretta.

Era solo una sera. Ethan e Rhett non andavano da nessuna parte. Probabilmente avrebbero capito.

Con un sospiro, annuii. "Okay, va bene. Verrò a conoscerlo."

"Grazie, grazie, grazie," disse Sabrina, con un enorme sorriso. "Te ne devo una."

Mi sforzai di ricambiare il sorriso, quindi la seguii di nuovo in cucina. Maledetta coscienza.

"Allora, chi resta sobria per guidare?" Rhett chiese alle amiche di Sabrina mentre entravamo.

"Beth," replicò Sabrina, indicando la brunetta.

Rhett tirò fuori il portafoglio. Porse a Beth venti dollari. "Questi sono per la benzina, da mangiare, le bibite, quello che vuoi."

"Fantastico, grazie." Beth mise la banconota nella borsetta. Rivolta a Sabrina, disse: "Allora andiamo?"

"Sì." Sabrina mi prese sottobraccio. "E portiamo Kieran con noi."

Rhett ed Ethan mi fissarono a occhi sgranati.

Ethan si schiarì la gola. "Come sarebbe?"

"Lo prendiamo solo in prestito per una sera," disse Sabrina.

"Sai, meno male che sono gay," commentai. "O si farebbero seriamente un'idea sbagliata."

Sabrina arrossì. I suoi genitori risero.

"Va bene, va bene, fuori di qui." Rhett mi scoccò un'occhiataccia. "*Tutti* quanti."

"Sabrina, fai attenzione, okay?" disse Ethan.

Con voce esasperata, lei replicò: "Sì, papà. Non berrò fino a collassare e berrò acqua regolarmente e mangerò qualcosa. Dimentico niente?"

"Non dimenticare di dare la mancia al barista," dissi.

"Giusto." Ethan annuì, fingendosi totalmente serio. "Come ha detto lui."

"Lo farò," disse Sabrina. "Non preoccuparti."

"Okay, divertitevi," disse Ethan. "Buon compleanno."

"Grazie, papà."

"Chiamaci se hai bisogno di qualcosa," aggiunse Rhett.

"Promesso." Sabrina mi guardò. "Pronto?"

"Uhm, sì, arrivo subito."

Sabrina e le sue amiche uscirono dalla cucina e, appena se ne furono andate, mi voltai verso i suoi padri.

"Non vi dispiace, vero?"

Ethan ridacchiò. "Noi sopravvivremo, ma tu che diavolo farai a una festa piena di ragazzine?"

Mi sentii avvampare. "Beh, a dire il vero Sabrina mi ha chiesto di farle un piacere." Spiegai loro la situazione.

Rhett agitò una mano. "Ehi, sappiamo tutti cosa si prova nei panni di quel ragazzo."

"Sì, lo so," replicai. "Ma preferire restare qui stasera."

"Preferirei anch'io che restassi," disse Ethan. "Ma ci rifaremo un'altra sera. E, ehi, a mal parata, saluta questo ragazzo, fatti dare il suo numero, poi svignatela e torna qui." Abbassò la voce. "Sai che resteremo svegli fino a tardi."

"Certo." Ridacchiai. "*La signora in giallo* va in onda alle ore piccole, giusto?"

"Vaffanculo."

Scoppiai a ridere. "Va bene, meglio che vada. Vi chiamo fra qualche giorno."

"Sì, per favore," disse Ethan.

Baciai prima uno, poi l'altro. Mentre uscivo, mi guardai indietro appena in tempo per vedere Ethan e Rhett scambiarsi un'occhiata bollente mentre Ethan prendeva la bottiglia di Patrón. Rhett si leccò il dorso di un dito e prese il sale.

Trattenendo un gemito, seguii le ragazze fino all'auto.

Ti avverto, Sabrina, sarà meglio che questo tizio ne valga la pena...

CAPITOLO 2

Mio fratello minore avrebbe dato il braccio destro per trovarsi in un'auto piena di universitarie dirette verso una festa. Ma non io. Anche se fossi stato etero, non avrei toccato neanche con un dito la figlia dei miei amici. Essendo gay, ero comunque interessato a toccare i suoi padri, cosa che avrei dovuto fare in questo preciso momento. Invece no; ero in un'auto piena di universitarie diretto a una festa.

Espirai. Il mio altruismo stava rapidamente cedendo il passo alla frustrazione. Comunque, ero qui, e avevo promesso a Sabrina di incontrare il suo amico. Il mio piano era fare la sua conoscenza, rompere il ghiaccio, scambiarci i numeri di telefono, poi congedarmi e prendere un taxi. Con un po' di fortuna, sarei tornato a casa in tempo per una bollente scopata a tre con due uomini inebriati di tequila.

Ma, per il momento? Auto. Universitarie. Festa.

Il paradiso di un uomo, il purgatorio di un altro.

"Penso ancora che sia un vero peccato che Alex sia gay." La voce di Beth mi distolse dai miei pensieri. Dal sedile del guidatore, mi lanciò un'occhiata. "Senza offesa."

Agitai una mano. "Figurati."

Lisa, l'altra amica di Sabrina, aggiunse: "Te lo giuro, se fosse etero ci uscirei anche subito."

"Concordo," disse Beth. "Giuro su Dio, tutti i ragazzi fighi a scuola sono gay, impegnati, o degli stronzi totali."

"Probabilmente, alcuni sono tutte e tre le cose insieme," dissi.

"Bastardi," borbottò Sabrina.

Ridacchiai. "Che t'importa? Tanto, i tuoi papà non ti lasceranno uscire con nessuno finché non avrai trent'anni, ricordi?"

Beth e Lisa scoppiarono a ridere, e Sabrina avvampò.

"Allora, questo Alex," dissi. "Immagino sia single?"

"Oh, sì," replicò Beth. "Penso di non averlo mai visto uscire con nessuno."

"È carino?"

"Mm-mm." Le tre ragazze annuirono all'unisono.

"Carino?" Sabrina fece schioccare la lingua. "È stupendo."

Beh, era un lato positivo. Carino. Universitario. Non lo avevano mai visto frequentare nessuno. Probabilmente significava che qualunque ragazzo "frequentasse" veniva buttato fuori all'alba. Proprio il mio tipo.

"Non hai una sua foto sul cellulare?" chiese Lisa.

"Oh, hai ragione." Sabrina rovistò nella borsetta. "Me n'ero dimenticata." Prese il telefono e scorse alcune foto. "Ah, ecco qui."

Le presi il cellulare di mano.

Oh, buonasera. Forse dopotutto avrei potuto essere persuaso a trattenermi per un po'. L'illuminazione e la risoluzione non lasciavano vedere molto bene i suoi occhi, ma quello che riuscivo a vedere di lui era certamente attraente. Ben rasato, coi capelli scuri e ordinati giusto abbastanza lunghi da farvi scorrere le dita. O da afferrare.

Datti una calmata, Kieran. Aspetta almeno di conoscerlo.

Mi schiarii la gola e le restituii il cellulare. "Bel ragazzo."

"Dio, eccome." Sabrina rimise il telefono nella borsa. "Aspetta solo di vederlo dal vivo."

"Vero," disse Lisa. "Ma d'altronde, tutti i ragazzi gay sono carini."

Scossi la testa. "Oh, cara, lo dici solo perché non sei mai uscita con ragazzi gay. Ti assicuro che ci sono un sacco di uomini per niente attraenti sulla mia sponda."

"Non tanti," replicò Lisa. "Voi avete più fighi di noi. Non è giusto."

"Già," disse Beth. "Anche il papà e il patrigno di Sabrina sono fighi."

Sabrina arricciò il naso. "Oh, bleah, non parlare dei miei papà in quel modo."

"Che c'è?" disse Beth. "Ammettilo, ragazza, per essere due vecchietti sono davvero..."

"Chiudi il becco."

Risi per nascondere l'ondata di panico sentendole tirare in ballo Rhett ed Ethan, come se qualcuno potesse accorgersi di cosa c'era fra noi. Era l'ultima cosa di cui Sabrina aveva bisogno. E anche io.

Riportai rapidamente la conversazione su Alex. "Comunque, come avete conosciuto questo tipo? È in classe con voi o qualcosa del genere?"

Sabrina annuì. "Si è appena trasferito, all'inizio dell'anno, da un altro stato."

Fortunatamente, continuammo a parlare di Alex e di scuola per il resto del tragitto. Grazie a Dio, Rhett ed Ethan non furono più menzionati.

"Eccoci qui." Beth mise la freccia e rallentò.

Trattenni a stento un gemito quando entrò nel parcheggio di uno di quei locali che erano tipo un incrocio fra un pub e un bar sport. Il genere di locale che probabilmente aveva un gruppo country fisso certe sere, le partite di football in TV altre sere, e un juke-box che suonava ancora vinili. Il mio genere di locale *preferito*, insomma.

Oltrepassammo una riga di insegne al neon di marche di birra ed entrammo dalla porta con ossidate campanelle tintinnanti che sbattevano contro il vetro scuro. A Seattle era proibito fumare all'interno dei locali da anni, ma posti come questo riuscivano sempre ad avere un'atmosfera fumosa, come se l'aria non si fosse mai del tutto ripulita dopo decenni di sigarette.

Al bancone, c'era una fila di clienti con indosso pacchiani cinturoni da cowboy. Alcuni bevevano in silenzio, altri gesticolavano animatamente con le birre mentre inveivano contro un arbitro sullo schermo di una delle vecchie TV appese al muro. Il grasso delle griglie sfrigolava in sottofondo, e l'intenso odore di cose fritte e salate aleggiava in una nebbia pesante nell'aria.

Attraverso quella nebbia, incrociai lo sguardo di uno dei baristi e lui sgranò gli occhi con orrore, sbiancando, quando mi riconobbe. Ci misi un paio di secondi a identificarlo: era un frequentatore abituale del locale gay dove lavoravo. Avevamo flirtato un paio di volte ed ero abbastanza sicuro che lui e uno dei buttafuori andassero a letto insieme da qualche mese.

A giudicare dalla sua espressione, ero l'unico fra i presenti a sapere di tutto questo, e voleva disperatamente che la cosa restasse segreta.

Finsi di non notarlo né riconoscerlo e seguii le ragazze in fondo al locale. I loro amici, circa una dozzina fra ragazze e ragazzi, accolsero Sabrina con abbracci e auguri di buon compleanno. Avevano requisito alcuni separé vicino ai tavoli da biliardo e la birra scorreva già a fiumi.

Per un ventunesimo compleanno, però, era abbastanza tranquillo. C'erano bottiglie, bicchieri e boccali di birra sui tavoli, qualche cocktail qua e là, ma l'alcool non era il centro dell'attenzione. Il gruppo era chiaramente lì da un po', nel pieno di due accese partite a biliardo, ma nessuno era palesemente ubriaco.

Capii perché Ethan e Rhett non fossero molto preoccupati per Sabrina stasera. A quanto sembrava, i suoi amici non erano scavezzacollo. E poi, era una ragazza intelligente, aveva la testa saldamente sulle spalle... chiaramente, non aveva preso dai suoi padri, dicevo spesso scherzando... ed era stata lei a scegliere questo posto per la sua festa invece di uno dei club più selvaggi in centro. Qualche birra in un locale con insegne al neon della Budweiser e tavoli da biliardo invece di una sbronza potenzialmente pericolosa sotto le luci stroboscopiche di una discoteca. Aveva effettivamente qualche possibilità di ricordarsi il suo ventunesimo compleanno.

"Dov'è Alex?" chiese Sabrina. "Ditemi che non mi ha dato buca."

Qualcuno indicò con la stecca da biliardo. "Sta giocando a cricket con Shane e Cory."

"Oh, bene." Mi posò una mano sul gomito. "Meno male che è venuto."

"Pensavi che non l'avrebbe fatto?"

Le sue guance si arrossarono. "Un po'."

Le scoccai un'occhiataccia, poi la seguii.

"È solo molto, molto timido," disse Sabrina mentre attraversavamo il locale mezzo vuoto. "Ci ho messo un'eternità anche solo a sapere il suo nome. È... oh, eccolo là." Indicò l'area con i bersagli per le freccette, dove un ragazzo si stava preparando a tirare sotto gli occhi di altri due.

Aggrottai la fronte, osservando i tre ragazzi. Due mi davano la schiena, il che mi impediva di confrontarli con la foto che avevo visto sul cellulare di Sabrina.

"Qual è?" chiesi.

"Quello con la maglietta grigia."

Spostai lo sguardo su quello che mi aveva indicato e improvvisamente ebbi la sensazione che questa serata sarebbe valsa il sacrificio di lasciare Rhett ed Ethan soli con un letto e una bottiglia di Patrón.

La maglietta grigia menzionata da Sabrina copriva un paio di spalle ampie e i suoi jeans aderenti ma non troppo aderivano a fianchi deliziosamente stretti. Mi pareva che fosse un paio di centimetri più alto di me, il che era positivo. Non mi piaceva dover torcere il collo in su o in giù per baciare qualcuno. Niente spegneva l'ardore di un bacio o una scopata come un maledetto torcicollo.

Ovviamente, Sabrina mi aveva portato qui solo per introdurlo alla scena gay di Seattle, ma non esisteva uomo al mondo che non soppesassi automaticamente in termini di quanto lo trovassi scopabile. Anche quando *non* morivo dalla voglia di fare sesso. Alcuni dicevano che questo mi rendeva un playboy. Forse non avevano tutti i torti...

Sabrina mi sospinse verso di lui. "Andiamo, vi presento."

Oh, sì, per favore.

I tre giocatori si girarono verso di noi e, quando fummo abbastanza vicini da poterlo vedere chiaramente attraverso la nebbia, gli occhi di Alex mi fecero quasi incespicare. Forse era solo la luce fioca e tinta dai neon del locale, ma non credevo di aver mai visto occhi così scuri. E, inoltre, la sua bocca bastò a farmi dimenticare come camminare. Non aveva un indecente broncio rigonfio o una rigida smorfia di sfida, ma le sue labbra attirarono decisamente la mia attenzione. *Appena* un po' più piene di quelle di tanti ragazzi che avevo incontrato e, avendo baciato un buon numero di uomini, avevo imparato che labbra del genere erano solitamente la fonte di baci da brivido e pompini spettacolari.

Alex mi rivolse un'occhiata incerta, e avrei giurato che si fosse tirato leggermente indietro. Non sapevo se fosse perché non aveva idea di chi fossi, o perché sapeva benissimo chi fossi. Oppure, si stava domandando perché lo stessi fissando in quel modo.

Sabrina mi indicò con un cenno. "Alex, questo è Kieran, il ragazzo di cui ti ho parlato. Kieran, Alex."

Un timido sorriso gli distese le labbra. Incrociò il mio sguardo per un istante, poi abbassò gli occhi e mi porse la mano. "Ciao, piacere di conoscerti."

"Piacere mio." Gli strinsi la mano, ma lui continuò ad evitare il mio sguardo. Così Sabrina aveva ragione... era timido. Se l'attrazione era reciproca, avrebbe potuto essere divertente. Di solito, ci voleva un po' di lavoro per far uscire dal guscio uno così ma, parlando per esperienza, ne valeva sempre la pena. I ragazzi timidi erano quasi invariabilmente selvaggi a letto. Quello che si mordeva il labbro inferiore e tormentava le mani, una volta che si sentiva a suo agio con qualcuno, sapeva quasi sempre usare quelle labbra e quelle mani per creare orgasmi mozzafiato. Quello silenzioso era sempre quello con un cassetto pieno di manette e un debole per il genere di sesso che lasciava i segni. Quello che arrossiva sempre e non riusciva a guardarmi negli occhi al primo appuntamento non aveva problemi a mettermi in ginocchio sul pavimento della sua camera da letto e farmi implorare di succhiargli l'uccello.

Con un po' di tempo e un po' di pazienza, ero pronto a

scommettere che avrei potuto scoprire quali perversioni si nascondevano dietro l'apparenza timida di Alex. Una cosa alla volta, però. Prima lo avrei introdotto all'attivissima scena gay di Seattle. Poi, se fosse stato interessato, lo avrei introdotto al mio letto.

Scoccai un'occhiata a Sabrina e il guizzo delle sue sopracciglia parve chiedere se poteva congedarsi o se volevo che restasse per aiutare a rompere il ghiaccio. Feci un cenno del capo come a dire "sono a posto" e lei alzò i pollici prima di dileguarsi fra la folla.

Voltandomi verso Alex, dissi: "Allora, posso offrirti da bere?"

Sgranò gli occhi. Cristo Santo, dalla sua espressione, avresti pensato che gli avessi proposto una bottiglietta di lubrificante e una camera d'albergo.

Inclinai la testa da un lato. "Sai, una birra? O qualcos'altro?"

Annuendo, disse: "Uhm... certo. Se ti va."

Allungai il collo verso il bancone, cercando di vedere cos'avevano alla spina. "Cosa preferisci?"

"Fa lo stesso," replicò. "Quello che prendi tu va bene."

Io pensavo di ordinare un timido universitario con una bocca creata per fare pompini. Mi schiarii la gola. "Una birra artigianale locale va bene?"

"Sì, okay. Va benissimo."

"Fantastico. Torno subito." Andai al bancone.

Il barista versò velocemente i drink, evitando di guardarmi negli occhi. Spinse in avanti le pinte di birra e borbottò un prezzo. Normalmente mi sarei incazzato, avendo pochissima pazienza con baristi freddi o maleducati ma, date le circostanze, non gliene feci una colpa. Non pensavo che fosse maleducazione, solo la paura che potessi svelare il suo segreto.

Non c'era la benché minima possibilità che lo facessi. Ero la discrezione fatta persona quando si trattava dei miei clienti e non li avrei neanche salutati per strada se non mi avessero salutato loro per primi. Discrezione, discrezione, discrezione.

E, stasera, potevo aggiungere al mix un po' di distrazione. Quel barista terrorizzato avrebbe potuto insultare mia madre e l'unica cosa nella mia mente sarebbe stata "dammi quelle birre così posso tornare dallo stupendo ragazzo che mi aspetta".

Feci scivolare dieci dollari sul bancone, gli dissi di tenere il resto e presi i bicchieri senza neanche rivolgergli una seconda occhiata. Il che era, probabilmente, proprio ciò che sperava che facessi.

Tornai all'area freccette e porsi ad Alex la sua birra. Bevemmo in silenzio per un momento mentre mi lambiccavo il cervello in cerca di un altro modo per rompere il ghiaccio.

Alla fine, indicai i bersagli: "Ti va di giocare?"

Fece spallucce. "Certo. Sei bravo?"

"Non sono un campione, ma me la cavo."

"Hai mai giocato a cricket?"

Inclinai la testa da un lato. "Cricket?"

"Sì. È abbastanza semplice."

"Bene, perché non posso neanche garantire che centrerò il bersaglio."

Alex rise piano. "Allora direi che siamo alla pari." I nostri sguardi si incrociarono e lui sgranò leggermente gli occhi, probabilmente rendendosi conto di come potessero essere fraintese le sue parole. Con un brusco cenno verso il bersaglio, si affrettò ad aggiungere: "Vuoi tirare per primo?"

"Sì, okay." Posai il bicchiere su uno dei tavoli, ad altezza del petto, e presi tre freccette. "Va bene, come funziona?"

"Devi centrare ogni numero fra il quindici e il venti, tre volte ciascuno," replicò. "Stessa cosa con il centro e il cerchio che ha intorno."

"Suona abbastanza facile." Presi la mira e lanciai una freccetta. Mancò appena il venti e si piantò nella sezione cinque. "Diavolo." La seconda freccetta colpì il metallo fra il quattro e il diciotto, poi cadde a terra. Almeno la terza mi fece sembrare meno idiota, finendo dritta sotto al venti.

"Un punto." Alex indicò il tabellone dei punteggi con un cenno del capo. "Fai una linea sotto al venti. La seconda volta che lo colpisci, trasformi la linea in una 'X'. La terza volta la cerchi e quel numero è completo."

"Prendo nota." Presi un gessetto e feci la linea che aveva detto. Poi gli porsi le freccette.

Mentre prendeva la mira per il primo tiro, dissi: "Allora, Sabrina diceva che sei nuovo in zona?"

"Già." Si guardò alle spalle prima di riportare l'attenzione sul tiro. "Beh, voglio dire, sono arrivato all'inizio dell'anno scolastico."

"Ti stai ancora orientando?"

Lanciò la freccetta, che si piantò sotto il diciannove. "Sì, mi sto ancora familiarizzando con l'area."

"Conosco quella sensazione. Ci ho messo un anno abbondante a imparare a destreggiarmi in città."

"Davvero?" Alex mi fissò di nuovo, e stavolta non distolse lo sguardo. "Da quanto tempo sei qui?"

"Poco più di due anni."

"Da dove vieni?"

"Dal nord della California. Tu?"

Tornò a guardare il bersaglio, stavolta con un basso risolino che suonò quasi sarcastico. Forse anche un po' amareggiato. "Vengo da una cittadina minuscola in Montana."

"Suppongo non ci sia una gran scena gay, lì."

Alex rise, il suono più audace e deciso che gli avevo sentito fare finora. Lanciò la freccetta, che colpì con forza il bersaglio sotto il diciassette. Poi rise più piano e scosse la testa, come reagendo a una battuta silenziosa. La sua terza freccetta centrò il diciotto.

Dopo aver segnato i punti sul tabellone e recuperato le freccette, me le porse. "Tocca a te."

Morivo dalla curiosità di chiedere di più sulla sua città natale, ma decisi di non farlo. Non finché non lo avessi conosciuto un po' meglio. Avrebbe potuto essere un tasto sensibile.

Mirai, lanciai la freccetta e imprecai quando rimbalzò sul bordo del bersaglio e cadde a terra. La seconda fece la stessa fine. "Maledizione." Sospirai con fare teatrale. "Qualcosa mi dice che quell'ultimo punto è stato un colpo di fortuna."

"Come la tieni in mano?" chiese Alex.

"Che cosa?"

"La freccetta." Indicò con un cenno del capo quella che mi restava in mano. "Come la tieni prima di lanciarla?"

La sollevai, mettendomi in posizione come se stessi per tirare.

"È quello il problema," disse. "Ci tieni il dito sopra. Quello ti sballa tutto."

Aggrottai la fronte, guardando la freccetta che stringevo in mano. "E allora come dovrei tenerla?"

"Con il pollice e indice ai due lati." Sollevò un'altra freccetta, mostrandomi come reggerla. "Tu tieni l'indice sopra. Dovrebbe essere più così."

Guardai la sua presa, poi la mia, poi di nuovo la sua.

Alex si avvicinò e mi indicò la mano. "Posso?"

"Cosa? Oh, sì, certo."

Fece per prendermi la mano ma esitò prima di toccarla.

Con le dita sospese sopra le mie, inarcò le sopracciglia. Poi deglutì e mi strinse la mano. La ruotò di pochi gradi e, quando parve essere soddisfatto della posizione, si affrettò a lasciarla andare.

"Ecco. Prova così." Fece un passo indietro ed espirammo entrambi.

Mi concentrai sul tiro, sul tenere la mano ferma, e mi girai come aveva suggerito e *non tremare, maledizione*. Lanciai la freccetta e mancai per un pelo il quindici. Comunque, almeno si piantò nel bersaglio invece di raggiungere le mie ultime due sul pavimento.

"Devi ancora mirare," disse Alex, senza neanche cercare di nascondere il divertimento.

"Esilarante." Andai a raccogliere le freccette. "Ma non avevi detto di non essere tanto bravo?"

"Conosco i principi di base," replicò. "Solo, non sono tanto bravo ad applicarli."

Porgendogli le freccette, dissi: "Stai comunque vincendo."

"Vedremo quanto durerà adesso che sai come fare." Prese le freccette e sobbalzammo entrambi quando le sue dita sfiorarono le mie.

Quando prese il mio posto e mirò per il primo tiro, recuperai il mio drink. Alex fece il primo tiro, poi prese la mira per il secondo. Anche con il suo bisogno di concentrarsi e il mio interesse verso la birra che avevo in bocca, il silenzio era impacciato. Teso. Doveva essere rotto, tipo, *subito*.

Mandai giù la birra. "Allora, cosa studi?"

"Medicina." La sua freccetta atterrò con fermezza sotto il diciotto. Con la terza freccetta a mezz'aria, disse: "E tu? Cosa fai nella vita?"

"Il barista."

La freccetta fendette l'aria e colpì il bersaglio. "Sei un

barista? Allora, non ti dispiace far guadagnare soldi alla concorrenza?" Indicò il bancone.

"Basta che non dici al mio capo che sono qui, okay?"

Alex rise e ci scambiammo di posto. "Il tuo segreto è al sicuro con me. Fra l'altro, apprezzo che sia venuto anche tu. Spero che Sabrina non ti abbia assillato quanto ha fatto con me."

Gli scoccai un'occhiata da sopra la spalla. "Ha dovuto assillarti perché decidessi di conoscermi?"

"Non era quello che intendevo," disse, suonando per metà divertito e per metà nervoso.

"Ti prendo solo in giro," dissi. "Comunque, resti in città per l'estate o vai a casa?"

"Resto qui." Il suo tono era secco, come se non volesse neanche prendere in considerazione la seconda opzione. "Io, uhm, lavoro a tempo pieno. Ho pensato che sarebbe meglio fare un po' di soldi quest'estate invece di sprecarne andando a casa."

"E, nelle pause di lavoro, vedere che divertimenti offre la città?"

Le sue guance si tinsero di rosso e lui rise, imbarazzato. "Sì, il piano era quello."

Finii il mio turno e, dopo che ci fummo scambiati di posto, dissi: "Quindi, cos'è che vorresti vedere? Locali, roba del genere?"

Alex si strinse nelle spalle. "Immagino che sarebbe un buon posto per cominciare. Un posto dove potrei, sai..." Mi guardò. "Conoscere dei ragazzi." Ci fissammo negli occhi per un momento prima che tornasse a voltarsi verso il bersaglio. Furono solo un paio di secondi, ma bastarono a farmi formicolare in fondo alla schiena.

Mi schiarii la gola. "Non ci sono troppi posti così da dove vieni?"

"Oh, no. Vengo da una cittadina che ha più bar che semafori e ognuno di quei bar ha animali morti appesi alle pareti." Mi guardò da sopra la spalla. "Non ho mai idea di dove andare o cosa fare quando sono là."

"Beh," replicai. "Se cerchi posti dove andare, potrei aiutarti."

La timidezza e l'audacia si alternarono nei suoi occhi e pensai che avrebbe detto qualcosa. Non lo fece, però. Invece, riportò l'attenzione al suo tiro.

Lo osservai, sorseggiando la mia birra. Così, aveva fatto un anno di università in una città gay-friendly. Probabilmente era uscito con qualche studente, aveva esplorato le sue opzioni nel campus, e adesso era pronto a espandere i suoi orizzonti. Timido, con l'occasionale guizzo di determinazione. Oh, sì, avremmo potuto spassarcela, soprattutto se voleva qualcuno che lo aiutasse a esplorare alcuni degli aspetti più sconci dell'essere un uomo gay in questa città.

Qualcuno mi gettò le braccia intorno alle spalle da dietro, rischiando di farmi cadere la birra.

"Vi state divertendo, qui?" chiese Sabrina, più pimpante del solito.

"Beh, io sì." Guardai Alex. "E tu?"

Appena prima di portarsi la birra alle labbra, disse: "Sì, mi sto divertendo."

"Bene," disse lei. Con un sussurro teatrale, mi disse: "Sei gentile con lui, vero, Kieran?"

Guardai fisso Alex. "Dammi una definizione di 'gentile'."

Lui deglutì. Io sorrisi. Sabrina ridacchiò.

"Va bene, ragazzi, non divertitevi troppo." Lei mi diede una pacca sulla spalla, poi tornò dal resto dei suoi amici.

Alex si tossicchiò nel pugno. "Allora, come conosci

Sabrina?" Ancora concentrato su di me, bevve un sorso di birra.

"Io, uhm, ho vissuto con i suoi padri appena trasferito qui." Feci una pausa. "Avevano bisogno di un coinquilino per un periodo, quindi..." Feci un cenno noncurante con il bicchiere. *E li scopo regolarmente da allora.*

"Devo dire," fece Alex, "che sono rimasto allibito quando mi ha detto che i suoi padri erano gay. Non batte ciglio per questo, ed è allora che mi sono reso conto di vivere ormai in un mondo molto diverso." Il divertimento gli fece incurvare le labbra, ma c'era qualcosa di oscuro nella sua espressione che mi incuriosì riguardo al mondo da cui era venuto.

"Beh, abituatici," dissi, strizzandogli l'occhio. "Seattle non sarà gay-friendly al cento per cento, ma non sei più nel vecchio Kansas."

"L'ho notato." Rise, asciutto. "A proposito, tocca a te."

"Oh, giusto." Posai la birra e presi le freccette.

Mentre prendevo la mira, il mio cellulare vibrò. Gemetti. *Cazzo, ti prego, dimmi che non è di nuovo mamma.* Me lo sganciai dalla cintura. Lo schermo si illuminò, mostrando il nome di Rhett e un messaggio.

Ti stai divertendo, o torni qui stasera?

Ridacchiai. Se me lo avesse mandato Ethan, probabilmente il messaggio sarebbe stato *"Vuoi ancora farti scopare stasera?"* Parole diverse, stesso significato.

Guardai Alex. Poi replicai:

Penso di restare. Vi chiamo più avanti in settimana. Divertitevi. :)

Poi mi riagganciai il telefono alla cintura e ripresi la partita.

Alla fine, Alex mi batté, ma di poco. Era in vantaggio di soli tre punti, che fu una scusa buona come un'altra per una rivincita. Dovevamo scoprire chi era davvero il giocatore migliore, dopotutto. Dato che quella partita la vinsi io, decidemmo di fare a chi ne vinceva due su tre. Poi tre su cinque.

Sette partite e tre birre più tardi, mi sganciai il cellulare dalla cintura per controllare l'ora. Sbattei le palpebre, certo di leggere male i numeri. Come cavolo poteva essere già mezzanotte meno un quarto?

"Diavolo, è quasi mezzanotte," dissi.

"Davvero?" Alex guardò l'orologio. "Accidenti." Espirò. "Sarà meglio che vada. Domani comincio il turno presto."

"Sì, anch'io."

"È stato un piacere conoscerti." Il suo sorriso era ancora timido, ma decisamente più sicuro di sé di quando ci eravamo presentati. "Grazie per esserti lasciato convincere a venire da Sabrina."

Gli scoccai un sorrisetto. "Penso sia valsa la pena farmi assillare un po'."

Ci guardammo negli occhi e, mentre il silenzio si dilungava, il rossore delle sue guance si fece più intenso.

Mi schiarii la gola. "Allora, uhm, senti, se vuoi un tour di Capitol Hill, potrei farti fare un giro. Portarti in qualche locale a Broadway." *E magari mostrarti l'interno di un appartamento a qualche isolato da Broadway.*

"Certo, sarebbe fantastico." Spostò il peso da un piede all'altro, chiaramente faticando a reggere il mio sguardo. "Se, ecco, se non è troppo disturbo."

"Per niente. Cosa fai domani sera?"

Alex esitò, poi scosse la testa. "Non ho impegni."

"E hai ventun anni, giusto?"

"Da qualche mese, sì."

"Allora, perché non mi raggiungi al *Wilde's*?"

"*Wilde's*? È quel locale gay a Broadway, giusto?"

"La maggior parte dei locali di Broadway sono locali

gay," replicai. "Ma si dà il caso che *Wilde's* sia il migliore, nella mia non tanto modesta e neppure imparziale opinione di dipendente. Sei già stato in qualche club?"

"A parte questo?" Indicò la sala intorno a noi.

"Questo è un bar sport. C'è una bella differenza, fidati."

Rise piano. "Ti credo sulla parola. Comunque, sono già stato in uno strip club."

"Seriamente?"

Annuì.

"Ti è piaciuto?"

"Penso che mi sarebbe piaciuto di più se ci fosse stato qualche ragazzo sui cubi." Il suo sorriso era timido come al solito, ma c'era una scintilla maliziosa nei suoi occhi che bastò a farmi spuntare un sorrisetto sulle labbra.

Oh, sì, hai un lato selvaggio, non è così?

"Beh, se vuoi raggiungermi al club domani sera," dissi, "stacco dal lavoro alle sette."

Alex si mordicchiò il labbro inferiore. Ero sicuro che avrebbe deciso di non farlo e trovato una scusa per rifiutare, invece fece un cauto cenno d'assenso.

"Ci sarò."

CAPITOLO 3

Dicevo spesso che lavoravo al *Wilde's* perché mi piaceva guardare la gente. In un certo senso, era vero. La professione di barista ha una relazione piuttosto simbiotica con l'hobby di osservare le persone. I bar attirano i depressi e disperati, i solitari e i promiscui, chi è in lutto e chi festeggia. Tutti diversi, tutti interessanti.

Avevo iniziato a lavorare al locale quando mi ero trasferito a Seattle, pensando che mi avrebbe tenuto un tetto sopra la testa finché non avessi trovato qualcosa di meglio pagato, magari in un ristorante a cinque stelle o qualcosa del genere. Più di due anni dopo, ero ancora dietro a quel bancone. La paga era ottima, e la gente da osservare? Il *Wilde's* era un ottimo osservatorio. Non era il tipico bar dove annegare la tristezza nell'alcool, anche se alcuni lo usavano per quello. Il *Wilde's* era spudoratamente il posto dove quelli belli e arrapati venivano per scopare.

Valeva la pena presentarsi ogni giorno anche solo per i miei colleghi: erano stupendi. Tutti quanti. Camicie e pantaloni da smoking di sartoria mettevano in mostra spalle e culi spettacolari, e le fusciacche sottolineavano fianchi stretti. Anzi, se non mi sbagliavo, almeno sei dei ragazzi che vi lavoravano avevano contratti come modelli. Non passava giorno senza che fossi certo che qualcuno mi avrebbe riconosciuto come impostore e mi avrebbe sbattuto fuori perché non arrivavo allo stesso livello estetico degli altri baristi. Facevo i Kamikaze e i Cock Chasers migliori di Seattle, però: forse era per questo che mi tenevano.

Quando non stavo occhieggiando i miei colleghi, la clientela non era certo da meno. Il *Wilde's* aveva una meritata reputazione come calamita per uomini gay fighi. Non era affatto insolito che una celebrità varcasse la soglia, ma anche loro dovevano impegnarsi per farsi notare. Adone stesso avrebbe faticato a far girare delle teste, lì dentro.

Adoravo quel posto, cazzo.

Stasera, il locale era pieno e la folla era stupenda. Ero quasi deluso di non fare il turno di chiusura; durante la notte, i balli si sarebbero fatti più sexy e gli abiti più opzionali. Peccato che non sarei stato lì a vederlo.

Mentre preparavo cocktail per tutti quegli uomini bellissimi, continuai a guardare la porta. L'orologio si avvicinava alle sette, il che significava che Alex sarebbe presto arrivato. Avevo già avvertito il buttafuori affinché non gli facesse pagare l'ingresso e, appena il mio rimpiazzo si fosse cambiato d'abito, sarei stato libero di andare. Poi sarebbe stata solo questione di aspettare Alex, sperando che non avesse deciso che tutto sommato era una pessima idea e...

Eccolo lì.

Fui un po' sorpreso che avesse attirato il mio sguardo. Avrebbe dovuto confondersi fra la folla. Dal modo in cui si vestiva a quello in cui si muoveva, era... discreto. Non che non fosse attraente, ma non aveva niente di sgargiante, e quello che non era sgargiante e glitterato qui dentro non risaltava.

Facendosi strada fra ragazzi che ballavano sotto le ombre pesanti e le luci stroboscopiche da discoteca, in una folla di uomini che si erano vestiti precisamente per farsi notare, Alex portava alla mente in gatto nero che si aggirava fra uno stormo di pavoni. L'ambiente circostante lo rendeva quasi invisibile, ma era innegabilmente presente.

Se avesse avuto un'aura più audace e sicura di sé, avrebbe fatto girare ogni testa nel locale. Anche senza glitter, erano indubbiamente la sua postura timida e i suoi occhi nervosi che impedivano alla gente di notarlo. Oh, beh. Peggio per loro. Con un po' di fortuna, questo era mio, tutto mio, almeno per stanotte.

Finalmente, Alex raggiunse il bancone.

Vi appoggiai le mani e mi sporsi verso di lui perché potesse sentirmi oltre la musica. "Ehi, ce l'hai fatta."

"Già," disse. La sua espressione era un misto di sollievo e imbarazzo. Si schiarì la gola e si guardò intorno ad occhi sgranati. "Il locale è davvero... pieno." Fissò due tizi a torso nudo e con pantaloni di pelle che facevano a gara per attirare l'attenzione della folla sulla pista da ballo. Quel povero ragazzo era completamente fuori dal suo elemento. Doveva pensare di essere appena piombato su un altro pianeta o qualcosa del genere.

"È un bene," dissi. "Più soldi in tasca mia."

"Immagino di sì." Tornò a voltarsi verso di me e la rapida occhiata che mi diede dall'alto in basso mi fece rabbrividire.

Spostai il peso da un piede all'altro. "Il ragazzo che mi dà il cambio dovrebbe arrivare fra pochi minuti; poi devo solo cambiarmi e possiamo andare."

Alex sorrise e, dannazione, mi guardò di nuovo dall'alto in basso. "Non vuoi uscire vestito così?"

Oh, fui tentato di rispondere che non avevo alcun

problema a uscire vestito così se i miei abiti sarebbero comunque finiti sul pavimento. Davvero tentato.

Mi limitai a ricambiare il sorrisetto. "Mi piace dare un po' meno nell'occhio quando esco."

"Per me va bene comunque," disse Alex.

"Vuoi qualcosa da bere mentre aspetti?"

Scosse la testa. "No, sono a posto, grazie."

Chad, il mio rimpiazzo, timbrò il cartellino, quindi scivolai nel retro per indossare qualcosa di un po' meno formale. Dopo essermi cambiato, mi fermai per specchiarmi rapidamente prima di tornare in sala. Non ero troppo vanitoso, ma mi piaceva essere presentabile. Soprattutto quando avevo in programma di scopare e, stasera, era così. Oh, Dio, eccome.

"Ti fai bello?" disse Wes, un altro barista. "Hai un appuntamento o qualcosa del genere, Frost?"

"Sì, un appuntamento." Indicai con un cenno del capo la porta che ci separava dal resto del locale. "Con il ragazzo in camicia nera seduto al bancone."

Wes fece capolino dalla porta per guardarsi intorno. Poi tornò. "Non è il tuo tipo, vero?"

Mi strinsi nelle spalle. "C'è solo un modo per scoprirlo."

"Da quando esci con i topi di biblioteca?"

Risi. "Dai, Wes. È solo un po' timido."

"Un po' timido?" sbuffò Wes. "Sembra spaventato a morte, là fuori. Cerca di non fargli male, amico."

"Oh, credimi, ho tutte le intenzioni di farlo."

Wes rabbrividì. "Diavolo, Kieran. Giuro che se non fossi sposato..."

"Ah, però lo sei." Con un ultimo sguardo allo specchio, mi incamminai verso la porta. Mentre lo oltrepassavo, diedi a Wes una pacca sulla spalla. "Ma se vi verrà mai voglia di fare una cosa a tre, sapete dove trovarmi."

Wes mi diede uno spintone scherzoso. "Sempre a provocare."

Ridemmo entrambi, quindi tornai in sala.

Io e Alex uscimmo dal locale, nella tiepida aria della sera.

"Ti va di mangiare qualcosa?" chiesi.

"Sì, certo. Immagino tu conosca qualche bel posto?"

"Ne conosco un sacco." Allargai il braccio per indicare la strada e tutti i suoi locali. "A Broadway c'è il cibo migliore della città. Di cos'hai voglia?"

I nostri sguardi si incrociarono. Fortunatamente per lui, l'insegna del *Wilde's* era illuminata di giallo e rosso, il che mi impedì di sapere per certo se fosse arrossito. Comunque, Alex abbassò lo sguardo e si schiarì la gola.

"Mi va bene tutto," disse.

Spero che questo valga per più della cena. Indicai lungo la strada. "C'è una caffetteria qualche isolato più avanti."

"Okay, perfetto."

Ci avviammo lungo Broadway. Come spesso capitava dopo un turno, mi facevano male i piedi, ma decisi di passeggiare invece che andare in auto. Il traffico lungo questa strada poteva essere terribile e, anche quando non lo era, Broadway era una di quelle strade che si apprezzavano meglio camminando. Era meglio per osservare la gente, per vedere i cartelli e gli slogan nelle vetrine dei negozi. Non lontano da qui c'era una sgargiante boutique che aveva sempre un sex toy a caso piazzato in modo strategico nell'allestimento. Volantini annunciavano spettacoli e manifestazioni politiche. Quel genere di cose semplicemente non si potevano notare dal finestrino di un'auto.

Proprio come avevo programmato, la camminata dal *Wilde's* alla caffetteria diede ad Alex un assaggio della cultura della zona. Era il cuore di Capitol Hill, il quartiere principalmente gay di Seattle, e ne faceva orgogliosamente sfoggio. Oltrepassammo un paio di librerie con slogan gay-friendly nelle vetrine. Studi di tatuaggi. Coffee shop eclettici ed eccentrici negozi d'abbigliamento. Notavo sempre quando un arcobaleno o un triangolo rosa attirava la sua attenzione; trasaliva in modo appena percettibile, ma lo faceva. Ogni volta.

Mentre passavamo davanti a un altro studio di tatuaggi, Alex si fermò a guardare alcuni dei disegni esposti in vetrina. Dopo un momento, proseguimmo.

La caffetteria era a qualche isolato dal *Wilde's* lungo una strada laterale. Era uno di quei localini che erano misteriosamente riusciti a non fallire pur essendo quasi invisibili e facendo zero pubblicità. Probabilmente era il passaparola a mantenerla in attività, soprattutto visto che non c'era un'anima a Capitol Hill che non fosse pronta a giurare che il caffè lì fosse fatto con le lacrime degli angeli. Oppure con oppio con una spolverata di crack. E, se la popolazione di Seattle diceva cose simili riguardo al caffè servito in un locale? Era tanta roba.

Quando entrammo, la cameriera ci accompagnò a un tavolo. Ci diede i menù e dell'acqua fresca e, quando parlò, Alex sobbalzò leggermente. Ci misi un secondo a fare due più due, poi mi resi conto che la sua voce... femminile, con una nota roca... forse per lui suonava insolita. Probabilmente, quel ragazzo non aveva visto troppe persone transgender da dove veniva. E la sua reazione non era di orrore o disgusto, solo sorpresa. Incuriosita.

Oh, hai molto da imparare, amico mio.

"Cosa vi porto da bere?" chiese la cameriera dopo che ci fummo accomodati.

Alex sembrava ancora colto alla sprovvista dalla sua voce, ma si riprese in fretta e mi guardò.

"Qualche raccomandazione?"

"*Devi* provare il caffè," dissi. "È come sesso in una tazza."

Senza l'insegna luminosa per camuffarsi, stavolta non poté nascondere il rossore. Schiarendosi la gola, annuì. "Perfetto. Un caffè."

La cameriera se lo appuntò, ridendo. Poi guardò me. "Altro?"

"Per ora solo del caffè," dissi.

Quando si fu allontanata, Alex inarcò un sopracciglio. "Sesso in una tazza?"

"Aspetta solo di assaggiarlo." Gli feci l'occhiolino. "È buono, fidati."

"Immagino che lo scoprirò, no?" Guardò nella direzione in cui era svanita la cameriera e raddrizzò leggermente la schiena. Abbassando la voce, disse: "Perdona la mia ignoranza, ma lei è..." Si morse il labbro inferiore, aggrottando la fronte come a dire *aiutami a dirlo senza suonare troppo stupido*.

"Si dice 'transgender'," dissi, con tono discreto.

"Oh." Alex tacque, tornando a guardarla. "Beh, allora forse puoi spiegarmi una cosa." Intrecciò le mani sul tavolo. "Uno dei miei compagni di classe era... transgender, hai detto?"

Annuii.

"Allora, come faccio a sapere se rivolgermi a qualcuno come a un 'lui' o a una 'lei'? Sai, senza offendere?"

"Chiedi."

"Non è una cosa maleducata?"

Scossi la testa. "È più educato che tirare a indovinare. Di solito, le persone preferiscono essere chiamate con il genere con cui si presentano. Se non sei sicuro, basta chiedere."

"Oh." Annuì lentamente. "Va bene, ero curioso da un po'. Buono a sapersi."

La nostra cameriera riapparve un momento dopo con il nostro sesso in tazza. Mentre annotava le nostre ordinazioni, Alex non batté ciglio. Dopo aver avuto la risposta alla sua domanda, non era più così nervoso e la guardò negli occhi tanto quanto ci si potesse aspettare da una persona timida.

Era certamente un punto a suo favore: era curioso riguardo alle persone che non capiva, si preoccupava dei loro sentimenti. Anche se volevo solo scopare, non accettavo bigottismi di nessun genere. L'estate scorsa avevo buttato fuori dal mio appartamento un tizio quando aveva fatto un commento razzista sull'attore del porno che stavamo guardando. Ero uno facile, ma avevo anch'io dei criteri di base.

Criteri che, finora, Alex aveva abbondantemente soddisfatto.

Mentre mangiavamo, chiacchierammo del più e del meno. Parlammo delle scocciature di lavorare a contatto con il pubblico. Anche se adoravo fare il barista, aveva i suoi momenti frustranti. Comunque, non c'era abbastanza denaro al mondo da convincermi a unirmi a lui nel mondo delle vendite.

Alex fu affascinato dai miei racconti sugli eventi che si tenevano ogni anno in questo quartiere per il gay pride, e fu geloso da morire quando scoprì che avevo incontrato due dei suoi musicisti preferiti al *Wilde's*.

"Venderei l'anima per conoscerli," disse, scuotendo la testa.

Ridacchiai. "Erano simpatici. E fighi da morire, di persona."

"Posso immaginarlo. Cioè, li ho visti a un concerto qualche anno fa ed erano..." Alex si interruppe bruscamente, fissando qualcosa fuori. Seguii il suo sguardo, ma non notai niente di insolito.

"Che c'è?" chiesi.

Scosse la testa. "È davvero tutto un altro mondo, per me."

Aggrottando la fronte, dissi: "In che senso?"

Indicò fuori dalla finestra. "Diciamo solo che due ragazzi che 'fanno i gay' in pubblico non finirebbero bene nella mia città."

Guardai di nuovo e stavolta capii cosa aveva attirato la sua attenzione: vicino a uno dei distributori di giornali, una coppia osservava intenta un foglio di carta, indicando su e giù lungo la strada come se stessero cercando di capire dove trovare qualcosa. Se non fosse stato per il tizio a sinistra che teneva la mano poggiata in fondo alla schiena dell'altro, non avrei potuto indovinare se fossero gay o etero.

Avendo apparentemente capito da che parte andare, la coppia si incamminò.

Riportai l'attenzione su Alex. "Vieni davvero da una cittadina piccola, eh?"

"Quando ho detto che era una cittadina minuscola, non stavo scherzando. È uno di quei posti dove *non* sei gay se sai cosa ti conviene."

"Oh, *quel* genere di cittadina," dissi, annuendo.

"Già. Quel genere." Incrociò le braccia sul tavolo e riportò lo sguardo sul punto dove prima c'era la coppia. "Fidati, a Rayesville, sarebbe meglio avere il tatuaggio di una svastica in bella mostra piuttosto che dare a qualcuno un motivo per pensare che *potresti* essere gay."

Pensai che fosse un modo di dire, un'esagerazione, ma il suo lieve sussulto suggerì che ci fosse un fondo di verità.

Inclinai la testa. "Così pessimo?"

Alex annuì. "Penso che mezza città faccia parte del

gruppo di neo-nazisti locale." Guardandomi negli occhi, aggiunse: "Inutile dire che era più sicuro mantenere il segreto."

Rabbrividii, ringraziando che la mia famiglia e la mia comunità non avessero mai fatto storie per il fatto che ero gay. "Venire a Seattle dev'essere stato un bel cambiamento. Un sacco di ragazzi apertamente gay, la possibilità di spassartela senza guardarti continuamente alle spalle."

"Spassarmela?" Con una risata imbarazzata, Alex abbassò lo sguardo e fissò il suo caffè. "Non posso dire di aver passato molto tempo a farlo. Per niente, a dire il vero."

Un nodo mi strinse lo stomaco. "Aspetta, non hai... da quando ti sei trasferito qui..."

"No."

"E sei arrivato l'estate scorsa?"

"Sì, qualche settimana prima dell'inizio della scuola."

Mi morsi il labbro inferiore. "Ti dispiace se ti faccio una domanda personale?"

Inarcò le sopracciglia. "Fai pure."

"Non sei obbligato a rispondere se non vuoi, ma..." Esitai. "Sei mai... almeno uscito con qualcuno?"

Alex deglutì. Quindi scosse la testa.

"Neanche qualche avventura occasionale?"

"No."

"Quindi sei..."

"Vergine?"

Annuii.

E annuì anche lui.

CAPITOLO 4

Oh. Mio. Dio.

La parola con la V di solito era il mio segnale per scappare a gambe levate nella direzione opposta. Non mi ritenevo il tipo giusto per guidare un verginello all'illuminazione sessuale, e non sentivo il bisogno di essere l'insegnante di nessuno.

Dovevo ammettere che, adesso, il mio primo istinto era di trovare la più veloce ed educata via di fuga. Ma non mi mossi. Andarmene sembrava come gettarlo in pasto ai lupi. A ventun anni, appena uscito da una cittadina retrograda ed entrato nella scena gay di una grande città, rischiava che qualcuno si approfittasse di lui. O che qualcuno supponesse che Alex sapesse più di quanto diceva, o avesse più esperienza. Diavolo, che avesse almeno *un po'* di esperienza.

Con un sospiro, si passò una mano fra i corti capelli. "Lo so, è un po' ridicolo alla mia età."

"No, no, non è ridicolo," dissi. "E considerando da dove provieni, forse è meglio così." Feci una pausa. "Hai mai fatto niente con un ragazzo?"

"No." Alex avvampò. "Non sono mai neanche stato baciato."

"Mai?"

Scosse la testa.

"Wow." Dio Santo, era un tale *spreco* che un ragazzo così bello non fosse mai stato toccato. Mi appoggiai il mento su una mano e mi passai distrattamente l'indice lungo il labbro inferiore, desiderando poter fare lo stesso con il suo. Una bocca così, e non era mai stato baciato? *Bisognerà rimediare, ragazzo.*

Prima che la mia mente potesse addentrarsi troppo in via Sverginiamo Alex, mi schiarii la gola. "Allora, sei uscito con delle ragazze nella tua città? Tipo quando eri alle superiori?"

"No." Alex si grattò la nuca. "Sapevo di essere gay, quindi..."

"Beh, sì," dissi. "Ma non saresti stato il primo ad avere una ragazza per impedire alla gente di capire che eri gay."

"Vero. Sembrava solo, non so..." Arricciò il naso. "Sarebbe stato come usarle, sai? Avrei mentito a tutte."

"Capisco."

"E poi avevo il terrore che, se fossi stato con una ragazza, avrei cercato di andare a letto con lei e qualcosa mi avrebbe tradito."

"E nessuno ha mai sospettato nulla visto che non uscivi con nessuna?"

"Non quando ho detto a tutti che mi stavo facendo il mazzo per entrare in una buona facoltà di medicina." Ridacchiò. "Mio padre è un chirurgo e, ogni volta che inarcava le sopracciglia perché non mi interessavo alle ragazze, gli rammentavo che volevo seguire le sue orme e non volevo farmi distrarre dalle tipe. Funzionava sempre. Credo che non abbia mai sospettato niente."

"Mossa astuta," dissi, annuendo lentamente. Sotto sotto, non riuscivo a liberarmi da una sensazione di disagio. Essere giovane e nuovo in una grande città era una cosa. Ma senza alcuna esperienza? Nemmeno qualche esperienza di rifiuto della realtà con una donna? Cristo Santo.

"Uhm, è una cosa che ai ragazzi crea problemi?" chiese Alex. "Sapere che ho zero esperienza?"

"Dipende dal ragazzo," dissi piano.

Lui si mordicchiò l'interno guancia. "È una cosa che a *te* crea problemi?"

Sbattei le palpebre, colto alla sprovvista dalla sua domanda e dalle implicazioni semi-audaci che avrebbero potuto o meno essere effettivamente presenti.

"Non direi." Il senso di colpa mi attanagliò lo stomaco. Sì, certo che mi creava dei problemi, ma per motivi che non potevo esattamente dirgli. Invece, aggiunsi: "Non è niente di cui vergognarsi, se è quello che ti stai chiedendo."

Alex parve rilassarsi leggermente.

Proseguii. "Onestamente, è possibile che crei dei problemi a te, quando si tratta di uomini. Sarei più preoccupato che qualcuno possa approfittarsi di te."

Pensavo che quelle parole potessero metterlo ancora più a disagio, rammentandogli che era in svantaggio quando si trattava di avventurarsi nel mondo degli appuntamenti, ma il mio commento parve avere l'effetto contrario. Le sue spalle si rilassarono un po' di più, e il respiro che gli sfuggì fu quasi un sospiro di sollievo.

Inclinai la testa. "Che c'è?"

"Niente." Si toccò il mento con il pollice, concentrandosi per un momento su qualcosa fuori dalla finestra. Poi il suo sguardo tornò a guizzare verso di me. "Ecco, era una cosa che mi preoccupava, e pensavo che forse mi stavo preoccupando per niente." Con una risata asciutta, aggiunse: "Buono a sapersi che non ero solo paranoico."

"Per niente," dissi. "Cioè, probabilmente la maggior parte dei ragazzi non farebbero niente del genere, ma è sempre meglio stare attenti."

La conversazione scemò e, una volta svuotati piatti e tazze di caffè, decidemmo finalmente di uscire. Non sapevo bene dove andare, a parte riprendere il nostro tour di Broadway e delle sue stradine laterali. Ci sarebbe venuto in mente qualcosa, anche se trascinarlo nel mio appartamento senza fiato e in un groviglio di vestiti probabilmente non era contemplato.

La pausa nella conversazione mentre pagavamo il conto e uscivamo dalla caffetteria aveva fatto calare il silenzio, e mi sforzai di trovare un modo per riprendere a parlare. Infilai le mani nella tasca della giacca e uno sguardo mi confermò che Alex aveva fatto lo stesso. Anche se una fresca brezza soffiava attraverso Puget Sound e la serata era tutt'altro che fredda, quindi immaginai che lo avesse fatto per il mio stesso motivo: per tenere le mani occupate.

Alla fine, mentre ci inoltravamo in una viuzza, fu Alex a parlare.

"Hai detto di esserti trasferito qui tipo tre anni fa?"

"Due."

"Quando ci hai messo a imparare a orientarti?" chiese.

"Oh, alcune aree le sto ancora scoprendo," dissi. "Seattle può essere caotica, ma mi sono orientato a Capitol Hill abbastanza in fretta."

"Hai frequentato molti ragazzi da quando sei arrivato in città?"

Mi strinsi nelle spalle. "Dammi una definizione di 'frequentato'."

Alex aggrottò la fronte. "C'è più di un'interpretazione?"

"Sì, ce ne sono diverse." Sorrisi. "Certe persone pensano che non conti come frequentazione se non ti scambi le chiavi di casa e conosci l'uno i genitori dell'altro. Altre pensano che conti se va oltre l'avventura di una notte."

"Oh." Parve rimuginarci per un minuto. Poi disse: "*Tu* come lo definisci?"

Feci di nuovo spallucce. "Non saprei. Probabilmente non sono la persona più coerente al mondo quando si tratta di queste cose."

"In che senso?"

"Beh, voglio dire, ho avuto avventure che sono durate parecchio, ma non le classificherei come 'relazione' in senso tradizionale," replicai. "Per qualche mese sono stato più o meno esclusivo con un tizio perché ci piaceva troppo scopare insieme per prenderci il disturbo di andare a cercarci qualcun altro."

"Davvero?"

Annuii.

"Quindi, era solo sesso?"

"Solo sesso. E siamo ancora amici. Abbiamo solo deciso di passare oltre e frequentare altra gente e, anche dopo esserci 'lasciati', avevamo continuato ad andare occasionalmente a letto. L'unico motivo per cui abbiamo smesso è stato perché si è rimesso con il suo ex."

"E siete ancora amici? Anche adesso che è tornato col suo ex?"

"Oh, altroché. Sono due ragazzi fantastici. Peccato che io non fossi mai uscito col suo ex prima. Avremmo potuto fare delle cosette a tre pazzesche."

Alex si voltò di scatto verso di me, sgranando gli occhi. "Stai scherzando, vero?"

"Sul farmeli contemporaneamente?" chiesi. "O sulle cose a tre in generale?"

Si schiarì la gola. "Entrambe le cose, suppongo."

"Le ho fatte tutte e due," dissi. "Ho fatto cose a tre e sono stato il terzo per due ragazzi in una relazione seria. Anzi, io..." Mi bloccai prima di rivelargli quanto intimamente conoscessi i padri di Sabrina. "Mi è capitato qualche volta."

"Non ti dava fastidio? Andare a letto con uno che è innamorato di qualcun altro?"

"No. Se non sta mentendo al suo compagno riguardo a me e tutti sono consenzienti, non mi crea alcun problema."

"Non ti senti, tipo, usato?"

"Certo che no." Sogghignai. "Sento un sacco di cose con questi ragazzi, ma certamente non mi sento usato. Almeno, non in senso negativo." Forse non era completamente vero. Le cose con Rhett ed Ethan non erano andate bene per un breve periodo all'inizio, e dapprima mi *ero* sentito usato. Dopo aver chiarito le cose... dopo che *loro* avevano chiarito le cose... era andato tutto liscio. Forse non era stato l'inizio ideale per quello che c'era fra noi, ma adesso funzionava.

"Mm." Alex tacque di nuovo, guardando fisso davanti a sé mentre camminavamo in silenzio. "Mi sono sempre chiesto come funziona."

"Che cosa?"

"Separare l'amore e il sesso. Immagino che..." Scosse la testa. "Immagino di essere curioso riguardo al... lato fisico. Avrei voluto sperimentare un po', ma..."

"Ma?"

"Suonerà sciocco, ma..." Tacque e, anche se non sapevo se lo stesse facendo consciamente o meno, rallentò il passo. Lo imitai per restargli accanto e, dopo un momento, Alex riprese a parlare. "Ecco, mi intimidiva l'idea di scoprire il sesso e l'amore allo stesso tempo. Come se volessi fare prima una cosa, poi l'altra. Tutte e due allo stesso tempo, sembrava un po'..."

"Troppo intenso?"

"Sì, esatto."

"Beh, contrariamente a quanto si crede, è possibile avere l'uno senza l'altro." Tolsi la mano dalla tasca e me la passai distrattamente fra i capelli, cercando di impedire che il vento me li soffiasse in faccia. "E, francamente, il sesso è molto più facile da trovare. E da mantenere."

"Buono a sapersi," disse piano Alex.

"Ti spiace se ti faccio una domanda personale?"

Si strinse nelle spalle. "Spara."

Feci una pausa, cercando di trovare le parole. "Quando dici che vuoi uscire e incontrare dei ragazzi, esattamente..." Lo guardai negli occhi. "Esattamente *cosa* stai cercando?"

Alex fissò il marciapiede mentre continuavamo a camminare. "Ad essere sincero, non sono sicuro."

"Voglio dire, dici che ti intimidisce affrontare il sesso e l'amore al tempo stesso. Quindi, per ora, ti interessa una relazione? Del sesso? O solo amici che non abbiano problemi con il fatto che sei gay?" *Perché solo due di quelle tre cose potrebbero mai succedere fra noi.*

La luce dei lampioni era appena sufficiente a tradire l'accenno di rossore che gli sbocciò sulle guance. "Davvero non saprei. Sono..." Tacque per un momento, poi sospirò. "Il fatto è che ho passato tutta la vita ad assicurarmi che nessuno sospettasse che ero gay. Adesso che sono in un posto dove non devo più farlo..." Si fermò vicino al muro di mattoni di un condominio e mi guardò negli occhi. "Mi sembra di non sapere neanche come *essere* gay."

Sentii una fitta di compassione allo stomaco. Non riuscivo a immaginare di dover fingere di non essere gay, di dover tenere la mia sessualità nascosta al punto da non potervi accedere neanche io stesso. Era una parte troppo importante di chi e cosa ero.

Deglutii. "Beh, posso aiutarti a scoprirlo. Dimmi solo da dove vuoi cominciare."

Con un sospiro, si appoggiò al muro di mattoni, tormentandosi il labbro inferiore e guardando a terra. Gli si afflosciarono le spalle mentre rilasciava un lungo sospiro. "Sinceramente, voglio provare tutto. Sono curioso. Muoio dalla voglia di capire chi cazzo sono. Ma mi mette paura. Tutto quanto." Rise con amarezza. "È tipo, tutti passano quella fase impacciata e inesperta da adolescenti, ma adesso che non sono più un adolescente..." Fece un cenno frustrato. "Quindi, come ho detto, non so bene da dove cominciare."

Deglutii. "Non lo so bene neanch'io."

I nostri sguardi si incrociarono. Poi lui lo abbassò di nuovo.

"Alex," dissi, e aspettai che mi guardasse prima di proseguire. "Posso portarti in alcuni locali. Presentarti della gente. Mostrarti dove incontrare ragazzi della tua età, o bere una birra decente, o farti un tatuaggio." Feci un passo in avanti, fermandomi quando Alex si irrigidì. "La mia domanda è, questo è tutto ciò che vuoi che faccia?"

Il suo pomo d'Adamo fremette. In qualche modo, continuò a guardarmi negli occhi. Forse aveva paura di distogliere lo sguardo; forse, semplicemente, non era in grado di muoversi. Alla fine, prese fiato e disse: "Io... non so cosa voglio. Da te, o da chiunque altro." Con una risata sconfortata, abbassò gli occhi. "Dio, suono così indeciso e imbranato."

"No, suoni come qualcuno che non sa come essere chi è. Penso che chiunque nella tua posizione si sentirebbe così."

Alex annuì, ma tenne gli occhi bassi.

"Forse dovrei riformulare la domanda." La mia voce

minacciava di incrinarsi, ma riuscii a mantenerla ferma. "Visto che non sai cosa stai cercando, ti dispiacerebbe se io suggerissi delle cose e tu decidessi se ti interessano o no?"

Lui mi guardò da sotto le ciglia. "Che genere di suggerimenti avevi in mente?"

"Non ne sono ancora sicuro. Direi che sto..." Feci un altro passo in avanti e appoggiai la mano al muro, a pochi centimetri dalla sua spalla. "Improvvisando."

Scoccò un'occhiata incerta al mio braccio, poi mi guardò e deglutì pesantemente. Si mosse nervosamente, come se non riuscisse a decidere se voleva restare lì o allontanarsi da me.

"Hai detto che vuoi provare un sacco di cose," dissi piano. "E non voglio essere presuntuoso e dare per scontato che tu le voglia provare con me. Ma se fosse così..." Sollevai le sopracciglia.

Alex deglutì e distolse lo sguardo, ma non accennò a spostarsi. Avevo invaso la sua zona di comfort, ma lasciandogli tutto lo spazio per tornare a una distanza più sopportabile se lo avesse desiderato.

Quando fui più o meno sicuro che non volesse che mi allontanassi, gli posai una mano sul fianco e, appena lo toccai, Alex drizzò di scatto la schiena. Se non fosse stato per il muro alle sue spalle forse sarebbe indietreggiato. Il suo sguardo guizzò alle mie spalle, ispezionando la strada e il marciapiede deserti.

"Rilassati," sussurrai.

Lui deglutì. Si mosse. Si inumidì le labbra. "Ma è... siamo fuori... in pubblico..."

"Lo so," dissi. "Ma non sei fuori in pubblico a Rayesville."

Lui resse il mio sguardo per un momento, poi chiuse gli occhi. "Lo so, ma..."

"Alex, siamo a Capitol Hill. Non c'è nessuno nei paraggi e, anche se ci fosse, l'unico su questa strada a cui interessa se sei gay o etero sono io." Presi fiato. "E questo solo perché voglio davvero baciarti."

Spalancò gli occhi. "Qui... fuori?"

"Qui fuori. A meno che tu non voglia." Sollevai di nuovo le sopracciglia.

È la tua via d'uscita, Alex. È lì, se la vuoi.

Passai lo sguardo dai suoi occhi alle sue labbra, sperando di scorgere nei primi qualcosa che mi dicesse che potevo avere le seconde. Dopo un momento, decisi di non rischiare e mi tirai indietro.

"Aspetta," disse Alex.

Mi bloccai.

"Non..." Esitò. "Non ho detto che non volevo."

Il mio cuore accelerò i battiti. "Non hai neanche detto di volerlo."

Lui deglutì di nuovo. "Devo dirlo?"

"Se lo dici," sussurrai, "allora lo saprò."

Si passò la punta della lingua sul labbro inferiore. "Penso che tu lo sappia."

Ci guardammo negli occhi. Il sangue mi rombava nelle orecchie. Mi avvicinai lentamente, dandogli ogni opportunità di cambiare idea. Lui mi posò una mano sulla spalla e mi fermai, aspettando di vedere se intendesse fermarmi o incoraggiarmi. Quando mi fece scivolare l'altro braccio intorno alla vita, e la mano sulla mia spalla mi attirò più vicino invece di spingermi via, colmai il poco spazio che restava a dividerci. Il mio corpo doleva dal bisogno di aderire al suo, di spingerlo contro il muro e fargli sentire quanto fossi eccitato, di cercare la prova che lui lo fosse altrettanto, ma non volevo sopraffarlo. Una cosa alla volta. Una cosa alla volta. *Una cosa alla volta, Kieran.* Sorreggendomi con l'avambraccio contro il muro, mi trattenni e mi fermai prima che i nostri petti o i fianchi... Dio, quanto volevo sentirlo... si toccassero.

Dimmi di fermarmi e lo farò.

Avevo il cuore a mille. A ogni centimetro che guadagnavo, mi aspettavo di sentire il sussurro del suo respiro sulle labbra, ma non veniva. Né il mio respiro si riverberava sulle sue labbra riscaldandomi la pelle.

Dillo, Alex.

Perché non stava respirando.

Lo voglio solo se lo vuoi anche tu.

E nemmeno io.

Dammi un segno.

Le sue dita si strinsero sulle mie spalle. Inclinai la testa, chiusi gli occhi e premetti le labbra sulle sue.

Per un istante, restammo immobili.

Rilasciandomi un lungo respiro contro la guancia, Alex si rilassò contro il muro. Esalando a mia volta, mi rilassai contro di lui anche se, in qualche modo, ebbi la presenza di spirito e l'autocontrollo di impedire che i nostri fianchi si toccassero.

Inspirando a fondo dal naso, socchiusi le labbra, incoraggiandolo dolcemente a fare lo stesso. Lui non oppose resistenza. Anzi, quando feci per schiuderle ulteriormente con la punta della lingua, la accolse con la sua. Lo baciai più a fondo, cercando tutto il suo sapore. Alex gemette e mi strinse più forte, spingendo i fianchi contro i miei e, quando il suo uccello sfiorò il mio attraverso gli abiti, una scarica elettrica ci fece separare.

Poggiai la fronte contro la sua e ansimammo l'uno contro le labbra dell'altro. Non ricordavo di aver spostato la mano dal muro alla sua nuca, ma l'avevo fatto. Non ricordavo neanche quando quella mano avesse iniziato a tremare, eppure era così.

Dopo un bacio del genere, era scontato che in tempo zero sarei stato a carponi sul letto del tizio, madido di sudore a implorare ancora, ancora, Dio, *ancora*. Oppure in ginocchio, proprio lì sul marciapiede, a succhiargli l'uccello fino ad arrivare al punto di venire io stesso.

Ma non stasera. Appellandomi a ogni briciolo del mio autocontrollo, mi trattenni. Lo volevo. Cristo Santo, lo volevo in più modi di quanti potessi probabilmente immaginare, ma mi trattenni comunque. Non volevo che avesse nulla di cui pentirsi.

Le mie ginocchia dovevano tremare almeno quanto le sue, e avevo la voce malferma quando sussurrai: "Mi sa che ora non puoi più dire di non essere mai stato baciato."

"No, mi sa di no." Alex mi posò una mano sulla guancia. "Se mai avessi avuto incertezze al riguardo, adesso posso decisamente dire che sono, senza ombra di dubbio, gay." I nostri sguardi si incrociarono e ridemmo piano.

"Beh, in caso non fossi ancora sicuro..." Mi sporsi in avanti, fermandomi a un soffio dalle sue labbra e, proprio come speravo, fu lui a colmare quella distanza.

Stavolta, saltammo l'introduzione lenta e cauta e passammo direttamente a un bacio profondo e appassionato. Non riuscivo a distinguere il sibilo della sua giacca sui mattoni dal sussurro di mani su stoffa, non riuscivo a distinguere il suo respiro irregolare e affannoso dal mio. Tutto ciò che quei suoni facevano era soffocare qualunque altra cosa che avrebbe potuto distrarci, e nulla avrebbe potuto riuscirvi salvo un terremoto o una sparatoria. I miei sensi erano completamente concentrati sull'abbraccio timido e audace a un tempo di Alex. Un momento esplorava la mia bocca con famelica curiosità. Quello dopo, si tirava indietro, con le labbra quasi esitanti contro le mie. Poi mi stringeva le dita sulla nuca e il suo bacio diventava quasi violento.

Una notte con lui. Dio, lasciami avere una notte nel letto di quest'uomo. Una lunga, rovente notte di sudore...

Rabbrividii e spinsi la mia erezione contro di lui e, quando lui spinse contro di me, gemetti. Poi mi chinai a baciargli il collo. Un solo assaggio della sua pelle, un tocco, era tutto ciò che volevo e, oh, Dio, era un errore se avevamo intenzione di fermarci. Il calore del suo corpo, le sue rapide pulsazioni, la vibrazione della sua voce... alle mie labbra non sfuggiva nulla. Adesso ce l'avevo così duro da essere quasi insopportabile.

Alex inarcò la schiena contro il muro e mi affondò le dita nelle spalle. Maledizione, volevo sentire quelle dita sulla pelle nuda. Volevo sentire la *sua* pelle nuda. Tutta quanta. Volevo assaggiare più della sua bocca e del suo collo. Volevo lasciarmi cadere in ginocchio, qui, ora, e succhiargli l'uccello, e quel pensiero mi fece sussultare così forte da strapparmi un ansito, e il mio respiro successivo fu inondato dal suo profumo, e *cazzo, cazzo, cazzo, perché è così difficile resisterti?*

Una. Cazzo. Di notte. Più di questo mi avrebbe comunque probabilmente ucciso.

"Adesso capisco perché alla gente piace tanto baciare," sussurrò Alex, afferrandomi i capelli mentre gli ricoprivo la gola di baci.

Alzai la testa e gli sfiorai le labbra con le mie. "Aspetta solo di scoprire perché alla gente piace fare tutto il resto."

Con un brivido, si morse il labbro inferiore.

Gli passai le dita fra i capelli. "E sarò felice di mostrartelo, se vuoi, ma non stanotte."

Gli sfuggì un verso frustrato ma, al tempo stesso, a giudicare da come le sue spalle si rilassarono e il tremito delle sue dita si attenuò, era sollevato. Non c'era più pressione. Un passo alla volta.

Si leccò le labbra. "Sarebbe inappropriato se dicessi che stanotte suona molto, molto invitante?"

Inspirai seccamente. "Inappropriato? No." Gli diedi un bacio leggero. "Ma, anche se davvero non vorrei, meglio che ti lasci andare." *O andremo davvero troppo oltre*.

Espirando, Alex annuì. "Sì, probabilmente hai ragione."

"Non devi lavorare domani?"

"Sfortunatamente, sì."

"Io ho la giornata libera." Gli feci scorrere di nuovo le dita fra i capelli. "Posso venirti a prendere se ti va di uscire."

Alex sorrise. "Sì, per favore."

"Mandami un messaggio con il tuo indirizzo. Ci sarò."

"Prima che ce ne andiamo stasera, però..." Si morse di nuovo il labbro inferiore.

"Prima che ce ne andiamo?"

Deglutì e mi guardò negli occhi. Non disse nulla.

Mi attirò soltanto a sé e mi baciò.

CAPITOLO 5

Mi fermai oltre la soglia di casa appena quanto bastava per tirare il chiavistello. Le chiavi finirono sul bancone della cucina, le scarpe urtarono contro il divano, e avevo già la camicia mezza sbottonata quando raggiunsi il mio letto, dall'altra parte del piccolo monolocale.

Mi sfilai la camicia da sopra la testa e la gettai a terra. Con mani tremanti, aprii il cassetto del comodino e afferrai la bottiglietta di lubrificante, poi mi lasciai cadere supino sul letto. Armeggiai con la cintura e la cerniera e la bottiglietta, le mani tremanti come se fossi io il verginello, come se fossi tutto eccitato e senza la minima idea di cosa fare. Oh, lo sapevo. Sapevo esattamente cosa dovevo fare se volevo recuperare la capacità di pensare.

La bottiglietta finalmente collaborò e mi versai del lubrificante sulla mano. Non mi disturbai a riscaldarlo. Ero troppo disperato. Ce l'avevo troppo duro. Non potevo più aspettare.

Lo shock del liquido freddo sull'uccello mi fece sobbalzare, ma bastò una rapida carezza per farmi dimenticare il freddo o il caldo o qualunque cosa eccetto il mio disperato bisogno di venire. Mi strinsi l'uccello e mi scopai la mano, imprecando, gli occhi serrati e le dita dei piedi rattrappite e la schiena che si inarcava sul letto. Ci vollero pochi secondi perché gridassi e il seme caldo mi chiazzasse il petto e gli addominali.

Sussultai, espirai e mi rilassai. Con gli occhi ancora chiusi, per un lungo momento mi limitai ad ansimare. Tremavo come una foglia. I fremiti dell'orgasmo mi scuotevano ancora. Non mi ero mai masturbato così in fretta. Mai. Anche se avevo bisogno di un rapido sfogo, mi dilungavo sempre per almeno uno o due minuti. Valeva sempre la pena aspettare per avere un orgasmo più intenso.

Ma, stasera? Col cazzo. Dal momento in cui avevo baciato Alex, ero stato eccitato al punto da perdere la testa, e avevo bisogno di rimediare *subito*. Altri cinque minuti e non mi sarei nemmeno sprecato a prendere il lubrificante, che usavo sempre quando ero solo.

E, anche se il mio corpo per il momento era soddisfatto, la mia mente non lo era neanche lontanamente. Non riuscivo a smettere di pensare ad Alex. Se avesse avuto più esperienza, più sicurezza di sé, potevo solo immaginare cosa avremmo potuto fare ora. Proprio qui, in questo letto.

Al diavolo il letto. Dubitavo che saremmo arrivati fin lì. Con tutta probabilità, lo avrei trascinato nel mio appartamento e lo avrei spinto contro la porta d'ingresso, e sarei finito in ginocchio tanto in fretta da farmi girare la testa.

Mi venne l'acquolina in bocca al solo pensiero. Probabilmente Alex non aveva idea di quanto volessi disperatamente prenderlo in bocca. Dovevo ammettere che avevo un debole per fare i pompini. Lo adoravo. Niente al mondo mi eccitava come usare la bocca per far impazzire un uomo. Dio, mi domandai che versi avrebbe fatto Alex la prima volta che qualcuno... io, chiunque... glielo avesse succhiato. Solo a pensarci, riuscivo a malapena a respirare.

Dopo qualche minuto, quando ebbi quasi smesso di tremare, presi qualche fazzoletto dalla scatola sul comodino e mi ripulii. Poi andai in bagno a fare una doccia.

Sorreggendomi con una mano contro il muro, chiusi gli occhi e lasciai che l'acqua calda mi scorresse sul collo e sulle spalle. Mi tremavano ancora le gambe e, anche se le mie terminazioni nervose ancora formicolavano dopo l'orgasmo, il brivido di desiderio era ancora lì. Il bisogno era soddisfatto per il momento, ma ci sarebbe voluta più di una sega frettolosa per soddisfarmi.

Mi domandai se Alex avesse fatto la stessa cosa. Era eccitato quando ci eravamo baciati, quello era innegabile. A giudicare dallo stridio delle sue gomme quando era uscito dal parcheggio del *Wilde's* dopo avermi fatto scendere, aveva tanta fretta quanto me di tornare a casa, o almeno in un luogo con un po' più di privacy.

Ero stato tentato di offrirmi di risolvere la cosa lì, subito, in una delle nostre auto. Io ti faccio una sega, tu la fai a me. Non era esattamente una rarità nel parcheggio del *Wilde's*. Non se ne sarebbe accorto nessuno.

Ma, no, non volevo andare così in fretta. L'inesperienza portava nervosismo. Anche una sega avrebbe potuto essere troppo per una persona nuova a tutto come Alex e non volevo metterlo in fuga prima di aver avuto la possibilità di mostrargli tutto quello che si era perso finora.

Prima di tornare a casa, mi ero domandato se tornare nel *Wilde's* in cerca di una scopata, o se chiamare Rhett ed Ethan. Ma avevo già qualcuno per stasera, anche se lo stavo scopando solo nella mia mente.

Di solito, i verginelli non facevano per me, ma trovavo Alex intrigante. Il pensiero di essere il primo ad assaporare la sua pelle mi eccitava più di quanto avessi pensato. Forse perché era più grande della maggior parte dei ragazzi alla prima esperienza. Inesperto, sì, ma maturo.

E chi volevo prendere in giro? Verginello o no, Alex mi eccitava. Dove mancava di esperienza, compensava in abbondanza con puro sex appeal. La sua bocca era fatta per baciare ed era abbastanza cosciente della sua inesperienza da lasciarsi guidare.

Era impossibile sapere per certo cosa nascondesse sotto la cintura ma, a giudicare da quanto avevo sentito prima, non sarebbe stato deludente una volta tolti i vestiti. E speravo che i vestiti sarebbero stati tolti. Dovevo sapere com'era nudo. Volevo sapere come suonava quando veniva. O, Dio, volevo sapere che sapore avesse quando veniva.

Un brivido mi corse lungo la schiena e...

Cristo Santo, mi stava già tornando duro.

Non riuscivo a ricordare l'ultima volta che un uomo aveva avuto questo effetto su di me, eccitandomi al punto da rendermi insaziabile.

Strinsi le dita intorno al mio membro. Appoggiai l'altro avambraccio al muro. Era liscio anziché ruvido, ma mi rammentò comunque il muro di mattoni contro cui mi ero sorretto prima. Il muro che ci aveva tenuti in piedi quando un bacio aveva rischiato di farci cadere in ginocchio.

Cazzo, lo volevo. Lo volevo piegato sul mobile più vicino con il mio uccello dentro. Lo volevo in piedi sopra di me mentre lo prendevo in bocca. Lo volevo senza vestiti, senza fiato, fuori di testa. Lo *volevo* e basta, cazzo.

Avevo un milione di fantasie che morivo dalla voglia di vivere con lui, ma solo una mi si parcheggiò nella mente, spingendomi a muovere sempre più in fretta la mano sulla mia erezione. Non il pensiero di afferrargli i capelli mentre me lo succhiava. Non il pensiero di scoparlo a fondo, duro e veloce. Neanche il pensiero di fargli un pompino.

Quelle fantasie c'erano tutte e mi facevano tutte impazzire, ma era il suo bacio a farmi tremare le ginocchia e mozzarmi il fiato. Ogni pensiero mi riportava a quando l'avevo baciato contro quel muro. Avrei giurato di poter ancora sentire il sapore della sua bocca, o sentire il battito del suo cuore contro le mie labbra, o annusare le deboli tracce di caffè e quel profumo che mi faceva venire l'acquolina in bocca e sussurrava il suo nome ai miei sensi.

Sentii come a distanza il mio gemito. Mi cedettero le ginocchia e mi afflosciai contro il muro, continuando a strofinarmi finché il mio orgasmo non si fece dolorosamente intenso. Non riuscivo a distinguere il seme dall'acqua sulla mia mano, e non m'importava perché i miei sensi erano troppo occupati a pulsare a tempo del suo nome, il suo profumo, il suo bacio, il suo tocco.

Anche mentre il mio orgasmo raggiungeva il culmine e poi scemava, la stanza non smise di vorticarmi intorno. Appoggiai la spalla al muro, inspirando lentamente mentre riprendevo lentamente l'equilibrio. Un paio di volte temetti di crollare in ginocchio proprio lì nella doccia ma, alla fine, le mie gambe decisero di sorreggermi.

Lasciai ricadere la testa in avanti perché l'acqua calda mi scorresse fra i capelli e lungo il collo, e fu un miracolo che non mi sfrigolasse sulla pelle.

Due volte in una sola sera? Okay, quello non era insolito, ma *così in fretta*? Diavolo, forse era un bene che non ci fossimo ancora buttati a letto. Sarebbe finito tutto troppo presto, sempre che fossimo sopravvissuti.

L'acqua iniziò a raffreddarsi, così la chiusi e uscii dalla doccia. Mentre mi asciugavo, notai il mio riflesso nello specchio appannato. Asciugai la condensa, quindi mi appoggiai al lavandino e guardai il mio riflesso negli occhi.

L'universo sta affidando un verginello a te?

Risi fra me. Chi l'avrebbe mai detto? Uno come me? Con uno che non era mai neanche stato baciato fino a un paio d'ore prima? Alex probabilmente sarebbe impallidito sentendo alcune delle storie che avevo da raccontare. Ero promiscuo e non ne andavo fiero né me ne vergognavo. Era semplicemente com'ero fatto e non me ne sarei scusato. Mi piaceva il sesso, avevo fatto un sacco di sesso in vita mia, e non battevo ciglio davanti a cose che probabilmente avrebbero intimorito Alex da morire.

Eppure, ero io che l'universo aveva scelto per inchiodare Alex contro un muro e mostrargli che sapore aveva il bacio di un uomo.

Il playboy e il verginello.

Wow, è assurdo.

Pensai al modo in cui Alex si era quasi tirato indietro quando avevo appoggiato il braccio al muro vicino a lui. *Wow.*

Non lo avevo neanche toccato, mi ero solo avvicinato più di quanto nessuno avesse mai fatto. *È davvero* assurdo.

Il mio buonumore si spense e tornai a fissarmi negli occhi. *È davvero una pazzia.*

Con un lungo sospiro, mi domandai se dopotutto fosse una buona idea. Non avevo idea di come fare da guida a qualcuno nel mondo dell'intimità fisica. Ovviamente a un certo punto della mia vita ero stato vergine, ma era solo un lontano ricordo. Erano passati dodici anni e un *sacco* di uomini da quando ero un quindicenne nervosamente curioso, e non avevo mai avuto paura di ciò che ero, come Alex era stato costretto ad avere dall'ambiente in cui era cresciuto. Come potevo riuscirci senza spaventare a morte quel ragazzo?

Espirai di nuovo e distolsi lo sguardo dallo specchio per continuare ad asciugarmi.

Quanto in là ci saremmo spinti e quanto in fretta doveva dipendere da Alex. Aveva lui il controllo. Qualcosa mi diceva che era tanto ansioso di liberarsi della sua verginità quanto lo ero io di aiutarlo a farlo, e speravo che non fosse solo una mia illusione. E speravo anche che non fosse solo un'illusione che volesse che fossi io ad aiutarlo.

L'unica cosa che potevo fare era rivederlo, lasciare che le cose andassero come dovevano andare, e sperare che si fidasse di me abbastanza da permettergli di mostrargli cosa si era perso finora.

Hai passato ventun anni senza sentire il tocco di un uomo, Alex. Ti prometto che ne sarà valsa la pena.

CAPITOLO 6

Fermai l'auto davanti al condominio. Con il motore in folle, ricontrollai il messaggio che mi aveva mandato Alex, assicurandomi di essere nel posto giusto. Lo ero, quindi parcheggiai.

Scesi dall'auto e mi avviai attraverso il posteggio ma, visto che Alex stava già scendendo le scale, lo aspettai.

Il sole era ancora alto, ed era la prima volta che lo vedevo alla luce del giorno, e gli donava proprio come gli donava la penombra di un locale o la luce fredda dei lampioni. I suoi capelli creavano un contrasto netto con la sua pelle chiara, e quei profondi occhi scuri... che scintillavano per mille cose, dal nervosismo alla malizia, quando incrociarono i miei dall'altra parte del parcheggio... mi fecero formicolare la schiena. Un sorriso gli spuntò a fatica sulle labbra, come se fosse eccitato di vedermi ma troppo timido per mostrarlo.

Anche più del giorno in cui lo avevo incontrato, probabilmente perché lo avevo finalmente toccato, il suo corpo mi faceva venire l'acquolina in bocca. Ampio di spalle, con la vita stretta e con indosso jeans e una t-shirt bianca come alcuni uomini indossavano, beh, niente.

Dio, Alex. Ti voglio. *Non ne hai idea.*

Mi schiarii la gola mentre mi raggiungeva. "Ehi."

"Ehi." Gli si illuminarono gli occhi, e le sue guance avvamparono all'istante. Abbassò lo sguardo ma si sforzò di guardarmi di nuovo negli occhi. Dall'eccitazione al nervosismo e ritorno nel giro di pochi secondi.

Si fermò a pochi passi da me e ci scambiammo un'occhiata incerta. Con qualunque altro ragazzo, sarebbe stato opportuno salutarlo con un bacio. Avevamo già superato il limite del platonico una volta. Ma d'altronde, con qualunque altro ragazzo quel primo bacio sarebbe diventato una notte di sesso, quindi un bacio alla luce del giorno sarebbe stato casto e insignificante come una stretta di mano.

Ma, con Alex? Non lo sapevo.

Indicai l'auto con un cenno del capo. "Andiamo?"

"Sì, certo." Le sue spalle si afflosciarono leggermente come se fosse grato che il silenzio fosse stato rotto. O, almeno, grato che lo avessi rotto io invece di aspettare che lo facesse lui.

Una volta a bordo, avviai il motore e guardai Alex. "Hai fame?"

"Molta," replicò, allacciandosi la cintura. "Hai qualche posto preciso in mente?"

Sì. Casa mia. Mi schiarii la gola. "Uhm, non direi. Hai voglia di qualcosa?"

Ci scambiammo un'occhiata.

"Niente di particolare," disse piano. "Tu?"

"A me va bene qualunque cosa." *Qualunque cazzo di cosa, Alex. Basta dirlo.* Il fatto che avesse messo lo stesso profumo non mi aiutava di certo e, adesso che eravamo in auto, quel debole sentore mi stuzzicava i sensi con il ricordo della sera prima. Un respiro e potevo già sentire il sapore del suo bacio. Le terminazioni nervose mi formicolavano per lo stesso disperato desiderio che mi aveva portato a tre orgasmi prima che potessi dormire la notte precedente. Strinsi i denti e cercai di non stringere il volante al punto da farmi sbiancare le nocche mentre uscivo dal parcheggio. Io e l'autocontrollo *non* andavamo a braccetto.

"Ti piace il cibo straniero?" chiese Alex, e stavolta fui io grato che avesse rotto il silenzio.

"Qualche tipo sì."

"Indiano?"

Arricciai il naso. "Oh, Dio, no."

Ridacchiò. "Non sei un fan del curry?"

"No. Non lo sopporto." Lo guardai. "Vietnamita?"

"Mm, mi piace la cucina vietnamita, ma sono abbastanza fedele a un ristorante di Fremont."

"Non andiamo *senz'altro* fino a Fremont a quest'ora," replicai. "Ma ce n'è uno niente male a Broadway."

"E il tailandese?"

"Dipende," dissi. "Sei un uomo da una stella o da cinque stelle in quanto a livello di piccante?"

Alex rise. "Due stelle. Mi piace sentire il sapore del mio cibo, grazie."

"Sì, anche a me. Basta che tu non sia uno da cinque stelle."

"Non ti piace mangiare con qualcuno che prende roba super piccante?"

"No, non se..." Mi interruppi prima di coglierlo con nonchalance alla sprovvista. Questo appuntamento o qualunque cosa fosse era iniziato da cinque minuti e avevo già quasi detto che preferivo non farmi fare un pompino da qualcuno che aveva mangiato piccante.

"Non se, cosa?" chiese Alex.

"Non se..." Tacqui, scervellandomi per trovare una risposta un po' meno esplicita. "Non se è seduto al mio stesso tavolo. Quella roba mi fa lacrimare gli occhi anche a metri di distanza." *Bravo, Frost. Ti sei salvato in corner.*

"Oh, sì, anche a me," replicò lui. "Allora, ti va il tailandese?"

Esitai. Di solito suonava fantastico, ma stasera? Bah. "Mm, non saprei. Qualche altra idea?"

"Tu conosci la zona meglio di me."

Rimuginai sulla lista dei ristoranti che frequentavo. Ce n'erano un sacco a Broadway, dove ci trovavamo ora, ma non mi veniva in mente niente.

Il semaforo davanti a noi divenne rosso e rallentai fino a fermarmi. "È buffo, di solito tiro fuori una mezza dozzina di ristoranti e devo solo sceglierne uno. Ma stasera?" Espirai. "Vuoto totale."

"Forse..."

Guardai Alex. "Mm?"

Lui fissava fuori dal parabrezza. "Non dobbiamo per forza andare *fuori*."

Lo guardai di nuovo e, stavolta, i nostri occhi si incontrarono. Lui inclinò la testa. Io inarcai le sopracciglia. *Oh, intendi* davvero *quello che pensavo intendessi.*

Con un'occhiata al semaforo, che era ancora rosso, dissi: "Il mio appartamento è a sei isolati in quella direzione." Indicai la destra dell'incrocio.

"Visto?" Rise timidamente. "Alla fine, ti è venuto in mente un posto dove andare."

Ci fissammo di nuovo. Alex deglutì pesantemente. Non potevo esserne certo, ma mi parve che si rattrappisse un po' sul sedile. Mentre mi guardava negli occhi, aggrottò le sopracciglia come a dire "non riesco a dirti di più, *ti prego*, fattelo bastare".

Misi la freccia a destra.

Non dicemmo una parola fino al mio appartamento. Resistetti all'impulso di tamburellare con i pollici sul volante o fargli capire in altro modo che ero così... cosa? Nervoso? No. Impossibile. Ero Kieran Frost. Io non ero mai nervoso. Scopavo e basta.

Comunque, ero irrequieto, lottando per contenere tutta quell'energia nervosa... *no*, maledizione, non ero nervoso. Se qualcuno lo era, era il mio passeggero.

Misi di nuovo la freccia e imboccai un'altra strada laterale. Alex fremette, appoggiando con noncuranza il gomito sotto il finestrino e mordicchiandosi con molta poca noncuranza l'unghia del pollice. Simpatizzavo con lui. Probabilmente non aveva idea di cosa sarebbe successo, o anche solo di cosa voleva che succedesse. Il che significava che avrebbe seguito le mie indicazioni, proprio come io dovevo seguire le sue.

Nessuna pressione, Kieran.

Deglutii.

Non sono affatto *nervoso.*

Entrai nel parcheggio e nel mio solito posto. Il mio cuore *non* martellava come se fossi *io* quello che non era mai stato con un altro uomo. O come se l'uomo pensando al quale mi ero masturbato ripetutamente la notte scorsa fosse qui, nella mia auto, con addosso quel profumo e quasi dicendo esplicitamente che voleva andare in un luogo appartato.

Cercai di mostrarmi tranquillo. Quando spensi il motore e Alex mi scoccò un'occhiata nervosa, ricambiai con un sorriso rassicurante. Dopo un attimo, la sua espressione si fece più rilassata, anche se aveva ancora le spalle tese e la fronte aggrottata.

Scendemmo dall'auto e attraversammo in silenzio il parcheggio. Salendo le scale, gli sbirciai con discrezione il culo fasciato da quei jeans aderenti. Cosa non avrei dato per avere quei jeans sul pavimento e quei fianchi fra le mani. Tirando la chiave di casa fuori dalla tasca, mi domandai se stanotte sarebbe stata la mia notte fortunata, ma mi rammentai rapidamente con chi avevo a che fare.

Vacci piano. Non spaventare quel povero ragazzo.

Aprii la porta e gli feci cenno di entrare per primo. Una volta richiuso l'uscio alle mie spalle, l'abitudine mi fece allungare la mano verso il chiavistello, ma esitai. Osservai Alex mentre si guardava intorno, esaminando l'ambiente, traendo e rilasciando un respiro profondo e nervoso, e decisi di non tirare il chiavistello. Quello scatto poteva scatenare l'istinto animale di lotta o di fuga. Alex era qui perché lo voleva, e non volevo insinuare che non fosse anche libero di andarsene se lo avesse desiderato.

"Ti va qualcosa da bere?" chiesi, per rompere il ghiaccio.

Lui sorrise, ma i suoi occhi tradivano il nervosismo che cercava di nascondere. "Cerchi di farmi sbronzare?"

Risi. "Non ho detto che dev'essere un alcolico."

Alex si limitò a sorridere, alzando una mano. "Sono a posto, grazie."

"Sicuro?"

Annuì.

"Se cambi idea, basta dirlo." Posai il portafoglio e le chiavi sul tavolino dell'ingresso.

"Lo farò." Si guardò di nuovo intorno, e il suo nervosismo si palesò di nuovo nella sua postura rigida. Non riusciva a decidere fra incrociare le braccia sul petto o agganciarsi i pollici alle tasche.

Poiché vivevo in un monolocale grosso come una scatola

da scarpe, tanto valeva che fossimo nella mia camera da letto anche mentre ciondolavamo fra il mio cucinino e ciò che spacciavo per soggiorno. Il letto era a pochi passi di distanza, pronto e in attesa, e i suoi sguardi occasionali... che probabilmente non sapeva che io notavo... mi facevano domandare se avere quel letto così vicino lo rendesse nervoso o eccitato.

"Direi che non è il caso di starcene in piedi, giusto?" Mi sforzai di ridere. "Temo che non ci siano molte opzioni qui. Tavolo della cucina, divano, o..." Esitai.

"Il tuo letto?" chiese Alex, inarcando un sopracciglio.

"Sì... è un'opzione."

Il divertimento gli fece fremere le labbra, ma poi abbassò lo sguardo. "Cristo, non so neanche da dove cominciare con questo. Qualunque cosa sia. Mi sento un ragazzino idiota."

"No, è solo un gioco nuovo per te," dissi. "Nessuno si aspetta che tu sappia tutte le regole."

"È incoraggiante," replicò piano.

"Non sapevi cosa stava succedendo ieri sera, ma sembravi a tuo agio per com'è andata." *Giusto?*

"Vero. A essere sincero, l'unica cosa che non mi è piaciuta della notte scorsa..." Si interruppe e si morse il labbro inferiore, continuando a fissare il pavimento.

Mi balzò il cuore in gola. "Cosa non ti è piaciuto?"

Da sotto le ciglia, incrociò il mio sguardo e gli angoli della sua bocca si sollevarono, trasformando la sua espressione in una quasi maliziosa. "Andarmene."

Deglutii. "Già. Andarsene." Riuscii a smuovere abbastanza aria per ridacchiare. "Quella parte è stata uno schifo, vero?"

Lui annuì, ma non disse niente.

Fingendo di essere noncurante e sicuro di me, dissi: "Sai, potremmo sempre cominciare da dove ci siamo interrotti ieri sera."

Alex strinse leggermente gli occhi come a chiedere silenziosamente un chiarimento.

Reggendo il suo sguardo, mi avviai verso di lui. Proprio come speravo, Alex fece un passo indietro. Poi un altro. La sua schiena urtò il muro e il suo pomo d'Adamo fremette, rammentandomi quando disperatamente volessi di nuovo assaporare il suo collo.

Poggiai la mano sul muro, appena sopra la sua spalla. "È un buon punto per cominciare?"

Lo sguardo di Alex guizzò verso il mio braccio, poi di nuovo sul mio viso, e un po' di nervosismo svanì dalla sua espressione. "Eccome."

"Come pensavo." Gli feci scivolare l'altro braccio intorno alla vita e... Dio grazie per il muro che ci sorreggeva entrambi... lo baciai.

Le sue mani trovarono le mie spalle. Vi si aggrapparono. Con forza. Mi circondò con un braccio. Poi anche con l'altro. Mi piantò le dita nella stoffa della camicia e mi attirò a sé. Fra me e il muro, non avevo idea di come riuscisse a respirare, ma ci riusciva, e ogni sbuffo di aria calda mi sfiorava il volto.

Mi tirai indietro e lo guardai. Eravamo entrambi senza fiato e, per un fuggevole istante, il desiderio nei suoi occhi rispecchiò il mio, ma cedette il posto al nervosismo. Alla paura. Forse anche a un po' d'imbarazzo.

Distolse lo sguardo e allentò, ma senza mollare, la presa sulla mia camicia. "Scusa, sono solo così..."

Gli passai le dita fra i capelli. "Non devi sapere quello che fai," sussurrai. "Ti prometto che lo scoprirai strada facendo." Quando alzò gli occhi per fissarli nei miei, aggiunsi: "È sesso, non neurochirurgia."

Le sue guance si arrossarono. "Ho la stessa esperienza in entrambe."

"Con la neurochirurgia non posso aiutarti," dissi. "Ma il resto? Con il rischio di suonare troppo pieno di me, sei in buone mani."

Alex si inumidì le labbra. "Non ne dubito." Ridemmo entrambi, nervosamente.

Gli strofinai i capelli. "Dimmi solo se vado troppo in fretta, okay?" Attesi che annuisse, quindi mi sporsi in avanti. Sul punto di toccargli le labbra, aggiunsi: "Sto andando troppo in fretta?"

"No." Rabbrividì quando le sue labbra sfiorarono le mie.

"Sto andando abbastanza in fretta?" Gli diedi un bacio leggero.

Contro la mia bocca, la sua si incurvò in un sorriso. "Stai dicendo che potremmo andare più in fretta di così?"

"Oh, Alex..." Mi chinai per baciargli il collo, fermandomi a inspirare il suo profumo. "Ho fatto venire un uomo nel giro di venti minuti dopo averlo incontrato." Le dita sulla mia schiena fremettero, e le sue pulsazioni accelerarono sotto le mie labbra. "Un altro, l'ho scopato nel giro di un'ora." Gli deposi un ultimo bacio sul collo, appena sopra il colletto, e alzai la testa per poterlo guardare negli occhi. "Ti assicuro che potremmo andare più in fretta."

Alex deglutì, sgranando gli occhi e aggrottando la fronte come a dire *oh, merda*. "Magari non *così* in fretta."

Lo baciai di nuovo sulla bocca. "Non preoccuparti, non lo faremo. Era solo per dire." *Sì, bella mossa. Così l'hai spaventato.* "Faremo solo ciò che ti mette a tuo agio."

Annuì, rilassandosi un po'.

"Vieni qui." Gli presi entrambe le mani. Camminando all'indietro, lo condussi attraverso la stanza fino al mio letto.

Alex esitò, fissandolo con incertezza.

Gli strinsi le mani. "Guardami," sussurrai. Quando lo fece, sedetti sul bordo del letto. "Non è il punto di non ritorno. Non ti stai impegnando a fare niente." Guardai lo spazio vuoto al mio fianco, poi tornai a guardare lui e inarcai le sopracciglia.

Dopo un momento di esitazione, mentre soppesava le opzioni, Alex si unì a me. Gli posai una mano sulla gamba, l'altra dietro di lui sul materasso, e gli baciai una spalla attraverso la maglia. Mi avvicinai al colletto. Alex fremette ma non cercò di tirarsi indietro, neanche quando espirai deliberatamente sulla sua pelle. Inspirando nuovamente, mi fermai, godendomi per un momento il suo inebriante profumo.

Lo baciai sul lato del collo e mi fermai di nuovo, dando a entrambi l'opportunità di assaporare quel contatto di labbra contro pelle. Alex mi strinse fra le braccia, anche se ci fu un attimo di esitazione prima che mi poggiasse una mano sul fianco.

"Tutto bene?" sussurrai, con la voce impastata per l'eccitazione.

"Mm-mm." Rabbrividì, inclinando la testa da un lato e premendo il collo contro di me in cerca di altri baci, di più contatto.

Un bacio dopo l'altro, arrivai sotto al suo mento. Si era rasato di recente, ma la sua pelle era ruvida sotto le mie labbra, e fui scosso da un brivido.

Tolsi la mano dalla sua gamba e gli toccai il volto. Posandogli due dita sul mento, gli feci voltare la testa verso di me e mi sporsi come se stessi per baciarlo. Mi fermai, però, appena prima di toccare le sue labbra, e restammo fermi. A respirare, a toccarci, ma senza muoverci.

Proprio come speravo, Alex colmò la distanza e mi baciò.

Dapprima, il suo bacio fu famelico e senza fiato, ma poi cambiò. Era ancora profondo, ancora appassionato, ma cauto. Gli passai le dita fra i capelli, stringendolo più forte e incoraggiando la sua lingua con la punta della mia. Non si tirò completamente indietro, però. Era una mancanza di sicurezza, non di desiderio, quindi non insistetti.

Dopo un momento, Alex mi toccò il viso e, come un gatto, spinsi contro la punta delle sue dita. Quando fece scivolare la mano dalla mia guancia fra i miei capelli, inspirai dal naso. Lui mi strinse le dita fra i capelli e, anche se non tirò affatto, bastò a farmi gemere nel suo bacio.

Fu anche, a quanto pareva, un progresso sufficiente a farlo tornare sicuro di sé. Il suo bacio divenne da timido a curioso, esplorando la mia bocca in modo deciso ed esitante a un tempo. Mi sciolsi contro di lui, attirandolo a me.

I nostri baci si fecero sempre più profondi. Le dita passavano fra i capelli. Le mani scivolavano sotto gli abiti e trovavano pelle calda. Perdemmo il respiro, ci venne la pelle d'oca, e le nostre inibizioni scemarono. Solo l'occasionale tremito delle sue mani o esitazione nel suo bacio mi rammentava che lui era un verginello nervoso e inesperto. Per quanto riguardava il mio corpo, era un amante deliziosamente lento, e lo desideravo tanto da far male.

Mi tirai indietro, strattonandogli la maglia. Lui recepì il messaggio e si stese sul letto vicino a me. Poi, in un momento di audacia o forse solo il tentativo di mettersi comodo senza rendersi conto di cosa stesse facendo, mi salì sopra.

Doveva essere audacia perché, appena mi fu sopra, il

suo bacio divenne più famelico, più aggressivo. Non proprio esigente, ma quasi.

Improvvisamente, smise di baciarmi e si sollevò a sedere, causandomi una fitta di panico.

"Cosa c'è che non va?" chiesi.

"Niente." Si sfilò la maglietta e la gettò vicino al letto ma, prima che potesse tornare a chinarsi, lo fermai con una mano sul petto.

"Aspetta." Lo guardai dall'alto in basso. Inspirammo entrambi seccamente quando passai le mani sulla sua pelle ora in bella mostra.

Non aveva la tartaruga o niente del genere, ma i suoi addominali erano meravigliosamente piatti, i muscoli frementi sotto la punta delle mie dita. Cominciando appena sotto il suo ombelico, una sottile striscia di peli scuri sembrava invitare le mie dita a seguirla sotto i jeans fino al suo uccello. Un'occhiata al rigonfiamento della sua erezione sotto ai jeans bastò a farmi venire l'acquolina in bocca.

Tutto a suo tempo.

Incrociai il suo sguardo. L'eccitazione e il nervosismo si contendevano il dominio della sua espressione, dal modo in cui si inumidì lentamente le labbra alle pieghe fra le sue sopracciglia. Con una mano dietro al collo, lo attirai a me per un bacio.

"Tutto bene?" sussurrai contro le sue labbra.

"Sì, io..." Gli sfuggì un sospiro tremante quando gli passai la punta delle dita lungo la schiena. "Mi piace."

"Bene." Lo baciai di nuovo e ci sciogliemmo l'uno contro l'altro. In qualche modo, uno dei due sbottonò la mia camicia. Ci spostammo di nuovo e, quando la sua schiena finì con un morbido tonfo sul piumone, mi ritrovai sopra. Mi sollevai a sedere e mi sfilai la camicia ma, prima di tornare ad abbassarmi, sussurrai: "Va bene così?"

"Sì," replicò in un soffio, attirandomi a sé per le spalle.

"Se vuoi smettere," mormorai, baciandogli il collo, "basta dirlo."

"Ti prego, *non* smettere."

Risi, mordendomi il labbro inferiore quando il mio respiro gli fece venire la pelle d'oca.

Scesi lungo il suo petto, baciandolo. Alex si dimenò sotto di me, sussultando e rabbrividendo ogni volta che le mie labbra o il mio respiro gli toccavano la pelle. Non aveva mai saputo com'era sentire il respiro di qualcuno addosso. Nessuno aveva mai inspirato così il suo profumo.

Chiudendo gli occhi, trassi un profondo respiro di calore e profumo, e rabbrividii. Ci volle tutto l'autocontrollo che avevo, e non ne avevo molto, per ricordare che per lui era tutto nuovo. Per quanto volessi disperatamente che infilasse un preservativo e mi scopasse, o che lasciasse che lo facessi io, non era senz'altro pronto. *Ma quando sarai pronto, Alex, Cristo Santo...*

Per la mia sanità mentale, ricacciai indietro quei pensieri e mi concentrai su ciò che stavo facendo ora.

Gli strinsi un capezzolo fra i denti e lo stuzzicai con la punta della lingua. Alex fremette sotto di me, afferrandomi i capelli mentre gli sfuggivano respiri secchi e irregolari.

Feci guizzare ancora una volta la lingua sul suo capezzolo e poi, un bacio alla volta, iniziai a scendere in mezzo al suo petto. Ogni volta che le mie labbra si posavano sulla sua pelle calda, lui ansimava, e trattenni a stento un altro brivido. Non riuscivo ancora a credere che *nessuno* lo avesse mai assaggiato o toccato in quel modo. Ero l'unico al mondo, l'unico uomo che avesse mai sentito i suoi addominali contrarsi sotto un bacio leggero, o sentito i suoi gemiti disperati, o assaporato il suo sudore leggermente salato. Non mi bastava mai. I suoi baci, le sue mani, la sua bocca, la sua pelle. Ne volevo ancora.

Alex ansimò quando gli passai le dita sulla cerniera e io esitai, ricordando la sua mancanza di esperienza.

"Posso?" chiesi.

Lui annuì.

"Sei sicuro?"

Un altro cenno di assenso. Fremette quando gli sbottonai i jeans. Lo guardai in viso in cerca di segni di resistenza, ma non ne vidi alcuno. Gli abbassai la cerniera il più lentamente possibile, un po' per stuzzicarlo, un po' per dargli la possibilità di fermarmi.

Ma non mi fermò. Invece, portò le mani tremanti alla sua cintura. Una volta aperta la cerniera e slacciata la cintura, gli infilai le dita sotto la cinta dei pantaloni e Alex sollevò i fianchi perché potessi sfilargli jeans e boxer. Gettai i vestiti da parte e mi chinai a baciarlo mentre gli facevo scivolare la mano lungo il petto e gli addominali. Lui tremò al mio tocco, ma non cercò di tirarsi indietro o spingermi via.

Quando strinsi le dita intorno al suo uccello, Alex gemette e un basso ringhio mi sfuggì dalla gola. *Oh, gli dei sono stati generosi con te, non è così, Alex?*

Mi venne l'acquolina in bocca mentre lo strofinavo lentamente. Alzando la testa per guardarlo negli occhi, sussurrai: "Posso solo dire che è un *crimine* che nessuno abbia mai succhiato questo uccello."

Alex gemette e si dimenò, spingendo l'erezione contro la mia mano.

"E dovresti sapere," sussurrai, baciandolo sotto l'orecchio, "che è una delle cose che mi piacciono di più al mondo. Basta dirlo, Alex, e lo farò."

"Sì," sussurrò. "Sì, ti prego."

Non esitai.

Appena le mie labbra lo toccarono, Alex inarcò la schiena sul letto, ma il gemito di estasi delirante fu mio. Se non mi aveva creduto quando avevo detto che era la cosa che mi piaceva di più al mondo, ero sicuro che ora ci credesse eccome. Esplorai ogni centimetro del suo uccello, dalla base alla punta, leccando, stuzzicando, strofinando, succhiando. *Cazzo*, non c'era niente di più eccitante di fare un pompino a un uomo eccetto forse, scoprii in quel momento, farlo a un uomo che non ne aveva mai ricevuto uno prima.

I suoi ansiti e lamenti non erano solo di eccitazione, ma di meraviglia, i versi di un uomo che non aveva mai sentito una lingua stuzzicargli il glande, o labbra scivolare fin quasi alla base per poi risalire. Avrebbe fatto quei versi e tremato in quel modo con qualunque uomo fosse stato il primo, ed ero così fortunato da essere io. Per ora, forse solo per stanotte, ero l'unico al mondo ad averlo mai assaporato in quel modo.

E non mi bastava mai. Mi sorressi su un braccio e lo strofinai con la mano libera, muovendo la bocca a tempo con le mie carezze, sempre più veloce e, più Alex perdeva il controllo, più pensavo che sarei venuto io stesso. Il primo assaggio di liquido salato mi fece impazzire e gli diedi tutto ciò che avevo, carezzandolo o succhiandolo, stuzzicandolo con la mano e con la lingua.

"Cristo Santo, Kieran..." ansimò Alex. "Oh, Dio... oh, mio Dio..." Un tremito lo scosse da capo a piedi e la sua schiena si sollevò di nuovo dal letto. Un istante dopo, il suo seme mi schizzò sulla lingua e il suo grido disperato, senza fiato, incredulo mi strappò un lamento.

Mi sollevai a sedere, asciugandomi l'angolo della bocca con il dorso della mano. Alex si copriva gli occhi con un braccio, con le mani tremanti e le labbra socchiuse in respiri rapidi e profondi.

"Tutto bene?" chiesi con un sorrisetto.

"Sì." Si scostò il braccio dagli occhi ed espirò. "Credo di sì."

Inclinai la testa. "Credi di sì?"

"Sì, sto bene." Alex deglutì. Mi guardò negli occhi, ma spostò rapidamente lo sguardo sul soffitto. Si leccò le labbra. Poi deglutì, e lo sentii appena quando aggiunse in un sussurro: "Credo."

CAPITOLO 7

Scesi dal tapis-roulant e presi l'asciugamano. Mentre mi asciugavo il sudore dal volto e dal collo, mi rendevo solo distrattamente conto delle gambe affaticate. Sollevare l'asciugamano e poi la bottiglia d'acqua richiese invece un certo sforzo. Gli esercizi per le braccia erano stati brutali e i miei muscoli sembravano fatti di gomma da masticare. Non sentivo tanto neanche quelli, però.

Il mio corpo era presente, intento a finire i miei soliti set, ma la mia mente era a mille chilometri di distanza. O, comunque, a un paio di chilometri. Nel mio appartamento. La sera prima. L'unico dolore di cui mi rendevo pienamente conto era la fitta di senso di colpa sotto alle costole.

Imprecando sottovoce, presi l'asciugamano e la bottiglia e scesi di sotto per fare una doccia nel bagno fra le due camere da letto che, due anni fa, erano state la mia e quella di Rhett.

Lui ed Ethan mi lasciavano usare i loro attrezzi, il che mi evitava di dover pagare l'iscrizione in una palestra. Sospettavo che fosse anche perché a loro piaceva quando stavo uscendo dalla doccia proprio quando uno di loro, o entrambi, tornavano a casa dal lavoro. Quel tempismo era, naturalmente, deliberato da parte mia. Probabilmente anche da parte loro.

Stasera, ero troppo distratto per badare all'orologio. Ero già fortunato a riuscire a seguire la routine di esercizi ed ero abbastanza sicuro di aver finito con il fare qualche set extra qua ed essermene persi un paio là.

Non riuscivo a pensare ad altro che alla sera prima, la sera prima, la sera prima.

Il solo pensiero di succhiare l'uccello di Alex mi fece venire la pelle d'oca sotto l'acqua che mi scorreva lungo le spalle e la schiena. Era stato eccitante, ma era forse stato un errore?

Espirai e mi massaggiai distrattamente le braccia indolenzite. Preso dall'eccitazione del momento, gliel'avevo succhiato come avrei fatto con qualunque altro uomo quando eravamo troppo eccitati per rallentare. Disperato, famelico, determinato a farlo venire, invece di assicurarmi che non solo gli piacesse ogni momento, ma che *assaporasse* ogni momento. Mi ero buttato a capofitto invece di andare per gradi.

Non che lo avessi obbligato, o che lui avesse accettato con riluttanza di lasciarmelo fare contro la sua volontà. Aveva acconsentito, e gli era piaciuto. Ma, dopo, quando si erano calmate le acque ed eravamo tornati a essere più o meno razionali, era arrivata strisciando l'incertezza. Stesi insieme a letto, avevamo parlato, ma era stato solo del più e del meno. Qualcosa per passare il tempo finché uno dei due non avesse trovato un modo per concludere la serata. Alla fine lo avevamo fatto e lo avevo riportato al suo appartamento. Lì, ci eravamo separati con un bacio e dei saluti mormorati, ma senza guardarci troppo negli occhi.

Adesso temevo di averlo spinto troppo in fretta a qualcosa per cui poteva non essere pronto. In quel momento gli era piaciuto ma, ripensandoci, se n'era forse pentito?

Potevo davvero pensare di riuscire a guidarlo in tutto questo senza fare più danni che altro? Effettivamente, non avevo molto autocontrollo e lui non aveva né l'esperienza né la sicurezza di sé per sapere dov'erano i suoi limiti, figurarsi per farmeli rispettare.

Sospirai e chiusi l'acqua. Dovevamo parlare, e presto, ma non avevo idea di come iniziare quella conversazione. O continuarla. O concluderla.

Quando uscii, la casa era ancora vuota e silenziosa, tranne l'eco del parquet che mi scricchiolava sotto i piedi. Ma, quando andai a riempire la mia bottiglia d'acqua, arrivò Rhett. Entrò in cucina e mi diede un bacio leggero.

"Andati bene gli esercizi?" chiese.

"Come sempre," risposi. "Ma quella cosa nuova per i tricipiti che mi hai fatto vedere mi sta massacrando."

"Bene. È così che dev'essere."

"Sì, ma cavolo." Allungai cautamente le braccia. "Meno male che non lavoro stasera, o probabilmente farei cadere una bottiglia."

"Ammesso che fossi in grado di sollevarla," ridacchiò lui.

"Stronzo."

Rhett rise. "Ti ci abituerai."

"Lo dici tu," replicai, rivolto alla mia bottiglia. "A proposito, mi spiace di avervi tirato pacco, l'altra sera."

"Oh, non c'è problema. Ethan ha bevuto della tequila, e sai cosa significa."

"Ugh, sono invidioso."

Rhett prese una bottiglia d'acqua dal frigo. "Non dirmi che non ti sei divertito."

"Sì, ma... Ethan? Tequila?" Gemetti. "Lo voglio!"

"Credimi, lo so." Sospirò con fare teatrale mentre svitava il tappo. "Ed era in forma *smagliante*, per cui..."

"Vaffanculo."

Rhett si sedette sul bancone e bevve un sorso. "Comunque, com'è andata la festa? Suppongo non sia stato difficile per te stare con un gruppo di ventenni?"

Mi sforzai di ridere. "No, per niente." Fissai le piastrelle sotto ai miei piedi. "Mi sono divertito."

"Ti sei divertito, ma...?"

"Quel ragazzo che Sabrina voleva farmi conoscere?" Sospirai. "È così figo. Oh, Dio, Rhett, è stupendo. Ed è... vergine."

Rhett ridacchiò nella sua bottiglia. "Non per molto, con te intorno."

Risi di nuovo, stavolta ancora più a malincuore. "Sì, a questo proposito..."

Il suo buonumore si spense. "Cosa c'è che non va?"

"Ecco, ci siamo trovati bene. Così abbiamo combinato qualcosa." Espirai, strofinandomi la fronte con due dita. "Il fatto è che temo di essere andato troppo in fretta per lui."

Rhett sgranò gli occhi. "Fin dove siete arrivati?"

Spostai il peso da un piede all'altro. "Gli ho fatto un pompino," dissi, stringendomi nelle spalle. "Tutto qui. E per me non è niente di che ma, voglio dire, fino all'altra sera? Lui non era mai neanche stato baciato. Da un uomo o da una donna. Non sono mai stato con qualcuno di così inesperto e io..." Scuotendo la testa, mi appoggiai alla penisola della cucina e sospirai. "Non so come fare per evitare di sopraffarlo."

Rhett espirò. "Sì, posso capirlo."

"Credo che voglia provare tutto, ma come posso evitare di correre troppo?"

"Lascia che sia lui a dettare i tempi, direi."

"Sì, il problema è che credo lui stia lasciando che lo faccia io." Rigirai il tappo della bottiglia sul bancone di granito. "Ha zero esperienza, non sa da che parte cominciare, e io non so quanto in fretta sia *troppo* in fretta. A essere sincero, ho paura di farmi trasportare e dire 'prendi un preservativo e facciamolo' mentre si sta ancora abituando all'idea di essere nudo insieme a un altro uomo."

"Sembra che la parola chiave sia 'autocontrollo'," disse Rhett. "Da parte tua più che sua."

"Lo so. E sai che rapporto ho con l'autocontrollo."

"Sì, lo so," rispose piano. "A proposito, se stai con questo ragazzo, vuoi fare un passo indietro con noi?"

Scossi la testa. "Lui non cerca una relazione, e nemmeno io." *Che è un'altra cosa di cui devo parlargli, maledizione.*

"Bene." Rhett sorrise. "Non so se siamo ancora pronti a rinunciare a te."

Riuscii a ridere in modo più genuino. "Non mi diventerai possessivo, vero?"

"Forse..."

"Fantastico. Proprio quello di cui ho bisogno. Tu, Ethan e Alex che litigate per me."

"Potresti sempre vedere se gli va una cosa a quattro o..."

"Rhett!" Lo fissai. "Cristo, sono qui a preoccuparmi di andare troppo in fretta con lui e tu parli di sesso di gruppo?"

Rise. "Beh, quel povero ragazzo è arrivato a ventun anni senza combinare niente. Deve recuperare il tempo perduto."

Inarcai un sopracciglio. "Credo che tu abbia passato troppo tempo con Ethan."

"Probabilmente hai ragione." Mi strizzò l'occhio, facendomi correre un brivido lungo la schiena.

"Cristo, fra tutti e tre," dissi, "temo che finirò in ospedale."

"Oh, andiamo." Rhett agitò la bottiglia d'acqua. "Beh, tu ed io non abbiamo ancora azzoppato Ethan. Un giovanotto aitante come te può gestire tre uomini, non credi?"

Arricciai le labbra. "Sai, non mi dispiacerebbe provare a farlo con tre uomini."

"Contemporaneamente?"

"Perché no?"

Scosse la testa. "Chissà perché, ma non sono sorpreso."

"Ma non credo che Alex sarebbe d'accordo."

"Non ancora, almeno."

"Lascia che provi a farlo andare a letto con un uomo prima di proporre un'orgia, se non ti dispiace." Il senso di colpa sotto alle mie costole si fece più intenso e, con decisamente meno buonumore, aggiunsi: "Sempre che anche quello non sia troppo per lui."

Prima che Rhett potesse commentare, il brontolio della porta del garage ci fece voltare la testa. Un momento dopo, entrò Ethan.

"Oh, ciao, Kieran." Mi diede un bacio veloce, poi si tolse la giacca.

"Ehi, e io?" disse Rhett.

"Ci sto arrivando." Ethan appoggiò la giacca sullo schienale di una sedia, quindi infilò un dito sotto al nodo della cravatta per allentarlo. "Prima volevo solo mettermi comodo." Una volta fatto, andò a raggiungere il suo uomo. Mise le mani sui fianchi di Rhett e lo baciò. "Meglio?"

"Mm," disse Rhett, "magari ancora uno. Per andare sul sicuro."

Ethan disse qualcosa che non riuscii a sentire e lo baciò di nuovo. Guardandoli ora, nessuno avrebbe mai immaginato che un tempo non sopportavano l'uno la vista dell'altro. Ma d'altronde, non pensavo che molta gente avrebbe guardato noi tre e indovinato quanto intimamente ci conoscessimo.

Quando ebbero finito di salutarsi, Ethan si voltò e si appoggiò al bancone fra le ginocchia di Rhett. Rhett lo strinse fra le braccia, ed Ethan posò le mani sulle sue.

Strofinando il naso contro il collo di Ethan, Rhett disse: "Hai sentito che Kieran ha un verginello per le mani?"

Ethan scoppiò a ridere. "Stai scherzando."

Scossi la testa. "No. Uno degli amici di Sabrina."

Ethan mi fissò. "È tutto legale, vero?"

"Sì, sì, è legale. Ha ventun anni."

"Ed è vergine?"

Annuii.

"Wow. Il nostro playboy deliziosamente svergognato, a cui viene affidato un verginello?" Ethan ridacchiò. "Oh, Signore, cos'è questo scandalo?"

"Ah-ah, esilarante," commentai.

"Immagino che non resterà tale a lungo, però," disse Ethan. "Penso che solo essere nella stessa stanza con te basti ad annullare la sua verginità."

"Non ha tutti i torti," disse Rhett.

"Già. Voglio dire, guarda noi." Ethan indicò se stesso e Rhett. "Prima che arrivassi tu, non avevamo mai fatto niente di..."

"Cazzate," mi tossicchiai nel pugno.

Mi scoccarono un'occhiataccia.

Poi Ethan si strinse nelle spalle. "Per te potrebbe certamente essere un'esperienza. Dopotutto, potresti vedere cose che nessun uomo..."

Rhett e io lo interrompemmo con un gemito simultaneo.

Scossi la testa. "Non corriamo troppo. Io... non so neanche se dovrei farlo."

Facendosi più serio, Ethan disse: "Beh, lui lo vuole?"

"Penso di sì." Mi mordicchiai il labbro inferiore. "Solo, non so neanche se sappia cosa vuole o per cosa è pronto."

"Cosa dice di volere?" chiese. "Scopare? Un amante regolare? Un ragazzo?"

"Non un ragazzo," replicai. "Almeno, non credo. E non penso sia molto sentimentale al riguardo o niente del genere. Non ha bisogno che la sua prima volta sia 'speciale' e romantica o roba del genere. Ma non voglio che sia una brutta esperienza."

Rhett mi osservò. "Non credo sia possibile che tu e una 'brutta esperienza' coesistiate nello stesso letto."

"Concordo," disse Ethan. "Seriamente, penso sia fortunato perché tu sai quello che fai. La mia prima volta, Cristo Santo, noi..."

"Ethan, ma te la ricordi la tua prima volta?" chiese Rhett.

Ethan guardò storto da sopra la spalla. "Certo che sì. È difficile dimenticare di aver perso la verginità nel retro di un vagone dei padri pellegrini." Diede a Rhett una gomitata scherzosa e borbottò qualcosa di volgare. Rhett gli diede un bacio sulla guancia e risero entrambi prima che Ethan continuasse. "Comunque, non sapevamo cosa stavamo facendo. Meno male che non è durato tanto a lungo, perché eravamo troppo imbranati per sapere che non avrebbe fatto così male se avessimo fatto con calma e usato più lubrificante."

"La mia prima volta non è andata tanto meglio," disse Rhett. "È stata con una ragazza ed eravamo così inesperti che abbiamo dovuto leggere le istruzioni sulla scatola dei preservativi. Due volte." Fece una pausa. "La prima volta con un ragazzo, invece, lui aveva *molta* più esperienza di me, e non aveva né il tempo né l'interesse a tenermi per mano e rendermi le cose più facili." Alzò gli occhi al cielo e aggiunse, con una punta di amarezza: "Era ognuno per sé e solo lui sapeva cosa stava facendo."

"Il fatto è," disse Ethan, "che tu non sei un amante egoista, Kieran. Non lo sei mai stato. Piuttosto, rischia di andare troppo lento, fa' attenzione alle sue reazioni, e fai tutto quello che puoi per assicurarti che gli piaccia tutto quello che fai."

"E se dopo se ne pente?" chiesi.

"Allora se ne pente," replicò Ethan. "E potrebbe succedere. Se pensa di essere pronto ma dopo si rende conto che non lo era, non c'è molto che tu possa fare."

Rhett annuì. "Ma, se deve pentirsene, meglio che non abbia anche un ricordo doloroso e imbarazzante."

"Esatto," disse Ethan. "Tu guidalo meglio che puoi, rendila l'esperienza migliore possibile, e lascia che decida lui cosa prova al riguardo. Fidati delle sue reazioni e del tuo istinto."

"È tutto quello che puoi fare," aggiunse Rhett. "Il resto dipende da lui. Inesperto o no, è adulto. Non puoi essere responsabile al cento per cento di cosa prova o sapere se è assolutamente certo di essere pronto per qualcosa."

"Ben detto." Ethan posò una mano sul ginocchio di Rhett. "E, scherzi a parte, potrebbe andargli molto peggio che con te, Kieran. Hai l'occasione di impedire che Alex passi quello che abbiamo passato tutti."

"Esatto," disse Rhett. "Non è mica un rito di passaggio perdere la verginità in modo doloroso e imbarazzante."

"E, se lo è," aggiunse Ethan, "non dovrebbe esserlo. Se Alex può evitare quello che è toccato a noi... fantastico."

"*Se* può evitarlo," borbottai.

"È insieme a qualcuno che sa il fatto suo in camera da letto e a cui importa qualcosa di lui," disse Rhett. "Non penso che ci sia un'esperienza deludente nel suo futuro con te di mezzo."

Risi piano. "Sono felice che abbiate tanta fiducia in me."

"Ti conosciamo," disse Ethan. "Non puoi controllare cosa proverà dopo, ma puoi assicurarti che non si senta usato. Concentrati su di lui. Come se ti importasse davvero di ciò che prova."

"Questo è già tanto," disse Rhett. "È stata quella la parte peggiore della mia prima volta con un ragazzo. Non gliene importava niente. Dopo, non ero pentito di aver fatto sesso, ma ero pentito di averlo fatto con lui. Mi sentivo a metà fra un sex toy e un fastidio per lui, e non era una sensazione piacevole. Sinceramente, se non fossi già andato con una ragazza, quell'esperienza avrebbe potuto scoraggiarmi dal far sesso, a prescindere dall'orientamento, per un sacco di tempo."

Normalmente, un commento del genere avrebbe causato una battuta da parte di Ethan del tipo "sì, figurarsi" o "non in questa vita", ma si limitò a stringere la mano di Rhett. Doveva sapere quanto quell'esperienza lo turbasse, e questo mi fece venire i brividi. Avendo passato una cosa simile, potevo capirlo, e mi si torceva lo stomaco al pensiero che Alex provasse lo stesso per me in futuro.

Oppure, mi resi conto, che provasse lo stesso per me *in questo preciso momento*. Dopo la notte scorsa.

La voce di Ethan mi riportò al presente. "E, un'altra cosa da tenere a mente, penso che la prima volta sia un'esperienza complicata per chiunque, anche se si va lentamente."

"Ha ragione," disse Rhett.

"Capisco quello che dite," dissi. "Ma un conto è essere sopraffatto perché è un'esperienza nuova, e un altro è essere sopraffatto perché non sei pronto, capite? O perché la persona con cui sei non ha un minimo di autocontrollo e si fa prendere la mano."

"Kieran," disse Ethan, "per quanto ti prendiamo in giro dandoti del playboy, non sei certo il tipo da approfittare di qualcuno o pressarlo a fare qualcosa che non vuole. Anche se dovessi spingerlo oltre la sua zona di comfort, non ti tireresti indietro al primo segnale che è troppo per lui?"

"Ma certo," replicai. "In teoria."

Mi fissarono, chiedendo silenziosamente un chiarimento.

Sospirai. "Ieri sera, era d'accordo. Gli piaceva un sacco. Solo dopo sembrava avere scritto in faccia *che cazzo ho appena fatto.*"

"Okay," disse Ethan. "Allora, fai un passo indietro e torna lentamente fino a quel punto."

"Per un po', potreste fare due passi avanti e tre indietro," aggiunse Rhett. "Ma non è niente che non si possa superare."

"Esatto." Ethan si appoggiò a Rhett, tornando a coprirgli la mano con la sua. "Va bene, le cose sono andate troppo in là ieri sera. Non è la fine del mondo."

Rhett annuì. "Già solo il fatto che tu te ne preoccupi la dice lunga."

"Vero," dissi. "E me ne preoccupo. Sono davvero preoccupato. Non voglio rovinare tutto per lui. Non sono il primo uomo di qualcuno da molto, molto tempo."

Ethan fece spallucce, passando distrattamente la mano lungo il polso di Rhett. "Basta che fai con calma. Voglio dire, ha già un vantaggio rispetto alla maggior parte dei ragazzi nella sua posizione, semplicemente perché tu hai esperienza. Molto meglio che brancolare alla cieca con uno altrettanto inesperto."

"Quando hai dei dubbi," disse Rhett, "parlane con lui."

Guardò Ethan e lo strinse un po' più forte. "Non penso ci sia bisogno di dirti quanto fa schifo scoprire nel modo peggiore che non comunichi abbastanza con qualcuno."

"No, decisamente no," replicai.

"Vi vedete stasera?" chiese Ethan.

Scossi la testa. "Lavora fino a tardi. Ma probabilmente ci vedremo domani."

"Allora, parlagli," disse Rhett. "Mettetevi d'accordo e partite da lì. Prima è, meglio è."

"Buona idea." Giocherellai con il tappo della mia bottiglia d'acqua. "Più tardi lo chiamo per sapere cosa vuole fare domani."

"Beh, se ha un cervello," disse Ethan, strizzandomi l'occhio, "penso di sapere cosa vorrà fare domani."

Risi, sentendomi avvampare. "Beh, lo vedremo. Una cosa alla volta, così non lo faccio scappare a gambe levate."

"Oh, non penso che lo farai scappare." La voce di Ethan divenne quel ringhio sexy che mi faceva sempre impazzire. "Potresti ucciderlo. Ma non metterlo in fuga."

"O rendere impossibile a qualunque tizio venga dopo di te reggere il confronto," disse Rhett.

"Verissimo." Ethan mi fissò, poi scambiò un'occhiata con Rhett. "Allora, questa cosa con Alex..." Inarcò un sopracciglio. "Siete esclusivi?"

"No, no, Dio, no." Grugnii. "Quando mai mi sono inchinato agli dei della monogamia?"

Rhett rise. "Che Dio aiuti qualunque uomo debba soddisfarti tutto da solo."

"Già, seriamente," commentò Ethan.

"Quindi, se non siete esclusivi," disse Rhett, "e non vi vedete stasera..." Lasciò che la leggera inclinazione della sua testa completasse la frase.

"Cosa fai, stasera?" chiese Ethan.

"Non lo so." Bevvi un sorso d'acqua. "Dimmelo tu."

"Sai, disse Ethan. "Tutto questo parlare di sesso e vergi-nità mi sta facendo venire sete." Strinse gli occhi quanto bastava a farmi venire la pelle d'oca. "Penso che mi andrebbe un po' di tequila."

Rabbrividii.

CAPITOLO 8

La sera dopo, incontrai Alex al negozio di musica dove lavorava. Al telefono, avevamo deciso di andare in un caffè a Broadway, non lontano dal posto dove eravamo andati la prima sera e, visto che era andato al lavoro a piedi, mi ero offerto di passarlo a prendere.

Ci guardammo negli occhi mentre scivolava sul sedile del passeggero, ma ci scambiammo poco più di un saluto.

Indicai il negozio. "Come ti trovi qui?" Almeno, era una conversazione.

"Eh, è pur sempre il settore vendite." Si allacciò la cintura di sicurezza. "Potrebbe andare peggio."

"Non c'è molto peggio del settore vendite, vero?"

"Beh, no," replicò. "Ma vendere CD non è tanto male. Anche se preferirei lavorare in una libreria."

"Davvero?"

Annuì. "Lo sconto per i dipendenti sarebbe molto più utile."

"Ti piace leggere, quindi?"

"Oh, sì. Quando sono solo, ho sempre il naso affondato in un libro." Indicò il negozio. "Ma non è così male.

Almeno, lavorando qui, posso comprare i CD scontati, il che mi fa piacere, visto che ho bisogno di ascoltare musica mentre studio."

"Ugh, io non potevo ascoltare niente mentre studiavo. Mi faceva venire il nervoso."

"Io non riesco a concentrarmi, senza." Fece una pausa. "E, con tutto quello che ho da studiare, mi annoio presto della musica che ho già."

"Dunque, lo sconto per i dipendenti alla fine fa abbastanza comodo."

"Già," replicò. "Ma non hai visto quanti libri sono capace di comprare in un colpo solo."

Lo guardai e ci sforzammo entrambi di ridere, il che tradì la tensione che eravamo riusciti a ignorare per circa un minuto. Adesso, rifiutava di essere ignorata. Per il resto del tragitto fino alla caffetteria, chiacchierammo del più e del meno. Chiacchiere impacciate e piene di pause e, per tutto il tempo, rimase un innegabile sottofondo di qualcosa di non detto.

Andiamo, Kieran. Dillo e basta. Chiarisci la questione e falla finita.

Come no. Perché ero così bravo nelle conversazioni che non comprendevano chiedere il drink o la posizione preferiti di qualcuno.

Almeno, la camminata dall'auto alla caffetteria ci diede altre cose di cui parlare. Qualche slogan politico su un cartello. Una vetrina di cibi esotici. Un cane al guinzaglio che aveva qualcosa... che non andava. Nessuno dei due riuscì a capire esattamente che cosa, ma quel cane aveva un che di strano.

Un che di strano che resse in piedi la nostra conversazione finché non fummo pronti a ordinare il caffè, non ci vennero consegnati i caffè, e non fummo seduti a un tavolo con i suddetti caffè davanti.

Bevvi un sorso e feci una smorfia. "Cavolo, questa merda è amara."

"Cosa ti aspettavi?" replicò Alex, ridacchiando. "È un espresso."

"Sì, lo so," dissi. "Ma non sono abituato a berne di così amari e annacquati al tempo stesso."

Lui alzò gli occhi al cielo e rise senza entusiasmo. "A Seattle, sono tutti così snob con il caffè?"

"Preferisco 'di gusti raffinati' e, sì, è obbligatorio per poter vivere qui." Mi sporsi in avanti e abbassai la voce. "Mi aiuta a mimetizzarmi fra i nativi."

Un'altra risata poco convincente con mezzo secondo di contatto visivo.

Fissai la mia tazza. Non era una gran conversazione, ma l'unica cosa più imbarazzante della conversazione che dovevamo fare era l'incertezza che la precedeva. Tanto valeva tagliare la testa al toro.

Presi fiato. "Senti, riguardo all'altra sera. Io..." Tacqui, cercando senza successo di ignorare i battiti furiosi del mio cuore. "Mi sono fatto prendere la mano. Non volevo andare così in fretta, è stato solo..."

"Non c'è problema," disse Alex. "Non ti ho mica detto di fermarti. E..." Fece una pausa e, anche se non potevo esserne sicuro, mi parve che arrossisse mentre aggiungeva: "Mi è piaciuto."

"So che ti è piaciuto, ma..." Lo guardai negli occhi. "È stato troppo, troppo in fretta?"

Lui distolse lo sguardo.

Mi sporsi in avanti e incrociai le braccia sul tavolo. "Questo è nuovo anche per me, sai. Sono abituato a uomini con esperienza, il che non è per sminuirti. Essere inesperto non è una brutta cosa, sono solo..." Esitai. "Non sono sicuro al cento per cento di come farlo senza che sia troppo per te. Quindi, ho bisogno di saperlo." Quando alzò lo sguardo, l'incertezza nei suoi occhi mi fece aggiungere: "Dimmelo onestamente, Alex. Non ferirai i miei sentimenti. L'altra sera... è stato troppo?"

Deglutì pesantemente. Dopo un momento, espirò e annuì. "Sì, un po'."

Anche se la sua ammissione rinforzava il mio senso di colpa, la sua onestà mi fece rilassare.

"Mi dispiace," dissi. "Non avevo intenzione di forzarti."

Alex mi liquidò con un cenno. "Non mi hai forzato. Sul serio, va tutto bene. Non sono arrabbiato o roba del genere."

"Vuoi che continuiamo?"

"Sì," replicò. "Cioè, penso di sì."

"Pensi di sì?"

"Io..." Alex si strofinò il dorso del naso con il pollice e l'indice. "In teoria, voglio fare tutto e lo voglio fare subito. In pratica, lo voglio ancora. A ripensarci, mi sembra troppo, troppo in fretta, e... non so cosa dovrei fare."

"Vuoi smettere?"

"No, per niente. Solo, non sono sicuro di quanto in fretta dovrei andare."

"Allora, rallentiamo." Posai la mano sulla sua. "Non sono qui per metterti fretta o sopraffarti. Sei tu che prendi le decisioni."

Sospirò. "È quello il problema. Come ho detto la prima sera, non... non so neanche da dove cominciare. Quando dico di essere vergine, intendo in tutti i sensi. Non ho mai neanche visto un altro uomo nudo." Fece una pausa. "Beh, almeno non completamente nudo, dopo l'altra sera. A scuola, nelle docce, sono diventato bravissimo a fissarmi i piedi, non ho mai neanche guardato qualcun altro perché temevo che, appena avessi posato gli occhi su un ragazzo, anche accidentalmente, tutti avrebbero saputo che ero gay."

"Lascia che ti chieda questo," dissi. "Cosa *vuoi* provare?"

"La risposta breve è tutto." Si mosse leggermente. "Ma alcune cose mi rendono più nervoso di altre."

Inclinai la testa. "Tipo?"

Arrossì leggermente e lottò per reggere il mio sguardo mentre sussurrava: "Il sesso anale, per esempio."

"Quasi tutti sono nervosi per quello, all'inizio," dissi. "Ma non devi farlo per forza. Non è obbligatorio."

"No?"

Scossi la testa. "Ma certo che no. Non sei obbligato a fare niente. E, comunque, secondo a chi lo chiedi, il vero rito di passaggio per un uomo gay è fare il primo pompino."

"Sarà," replicò lui. "Ma non è quella la parte che mi rende nervoso. Almeno, non *così* nervoso."

"Quindi, il sesso anale ti rende nervoso, ma vuoi provarlo?"

"Uhm, prima o poi. Sì." Deglutì. "Fa... fa male?"

"Se fa male, qualcuno sta facendo qualcosa di sbagliato. O sta andando troppo in fretta."

"Davvero?"

Annuii. "Ci vuole solo un po' di pazienza. Si fa con calma. Non è solo mettere un preservativo, sbatterci un po' di lubrificante e darci dentro."

Alex inclinò la testa. "Allora, esattamente cosa si fa?"

"Alcuni sono fan del programma in cinque passi." Feci un sorrisetto. "Oppure, trovi uno con il pisello molto piccolo."

"Suppongo che non sia il tuo caso?"

"Temo di no."

Fece schioccare la lingua e scosse la testa. "Maledetta fortuna."

Scoppiammo a ridere.

Poi, più serio, dissi: "Sai, forse possiamo provare un approccio diverso. Invece di accollare a te la pressione di prendere tutte le decisioni quando stai ancora imparando a giocare."

"Che vuoi dire?"

"Pensavo a come abbiamo fatto l'altra sera, prima che ti baciassi," replicai. "Lascia che sia io a fare le mosse e suggerire cose. Se non ti piace qualcosa, o se non sei pronto, basta che tu lo dica." Gli strinsi la mano. "Non mi sentirò mai offeso o insultato se dici che qualcosa non fa per te."

"E se volessi suggerire io qualcosa?"

"Allora suggeriscila, assolutamente," dissi. "Possiamo star certi che qualunque cosa ti venga in mente, a meno che non preveda lanciafiamme o terra consacrata, io l'ho già fatta."

Alex rise. "Davvero?"

Ridacchiando a mia volta, annuii. "Sinceramente, non c'è molto che non abbia fatto. Penso che la frase socialmente accettabile sia 'sono abbastanza navigato'." Mi grattai la nuca e aggiunsi: "La maggior parte della gente mi dà del playboy."

"E questo non ti dà fastidio?"

"Possono chiamarmi come vogliono." Presi la mia tazza di caffè. "Io non me ne vergogno."

Lui sospirò. "Ti invidio."

"Perché sono un playboy, o perché non me ne vergogno?"

Alex arrossì, fissando la sua tazza, ormai quasi vuota. "Entrambe le cose. Fidati, la mia mancanza d'esperienza non è causata da mancanza di desiderio."

"Posso solo immaginarlo. Ma è stata una mossa intelligente mantenere il segreto finché non sei arrivato in un ambiente più sicuro. La frustrazione sessuale è uno schifo, ma non valeva la pena rischiare di passare un inferno."

"Oh, non ne hai idea. Mi ritengo molto fortunato ad aver raggiunto l'età adulta senza niente di peggio che un sacco di frustrazione e un brutto caso di gomito del tennista."

"Beh, adesso puoi recuperare il tempo perduto," dissi. "E sei venuto nel posto giusto per farlo."

"A Seattle?" Inclinò la testa. "O da te?"

"Entrambe le cose." Sorrisi. "E, sai, per certe cose, se non ti senti a tuo agio a sperimentare con qualcun altro, puoi sempre provare prima da solo. Con toys e cose del genere."

"Toys?"

"Sì, sai. Toys. Vibratori. Cose simili."

Arrossendo, Alex si guardò intorno, poi abbassò la voce a un timido sussurro. "Immagino di aver sempre pensato che... uhm... i toys fossero più per donne."

"Secondo a chi lo chiedi, si potrebbe dire lo stesso degli uccelli," replicai. "Ma, per quanto mi riguarda, se va bene per loro..."

Alex rise. "Beh, se la metti così..."

"Benvenuto nel mondo alquanto sconcio di Kieran." Feci una pausa. "Anzi, c'è un posto dove voglio portarti."

Raddrizzò la schiena. "Dove?"

"Ti fidi di me?"

"Io... sì."

"Allora andiamo. Penso che lo troverai educativo."

Finimmo il caffè e uscimmo. Lungo Broadway, dopo qualche isolato, apparve alla vista l'insegna del *Wilde's*.

"Mi stai portando lì per insegnarmi a cuccare?" chiese

Alex.

Gli posai una mano in fondo alla schiena. "No. Non stiamo andando al locale. Il posto dove siamo andando è per te, e per te *solo*." La mia enfasi sull'ultima parola gli fece aggrottare la fronte, ma non fece domande.

Due isolati più avanti, mi fermai.

"Ah, eccoci qui." Indicai l'insegna rosa al neon sopra il *Oh Zone*.

Alex spalancò la bocca. "Entriamo qui dentro?"

"Beh, sì." Feci spallucce. "Non vendono certo questa roba al supermercato."

Lui deglutì, fissando la vetrina. "Roba?"

"Sì. Ti faccio vedere." Mi avviai verso la porta, ma Alex puntò i piedi.

"Kieran..."

Tornai indietro e lo presi per mano. "Dieci minuti. Se dopo vorrai andartene, lo faremo. Ma almeno fai un tentativo."

Il suo sguardo guizzò dal negozio a me, poi di nuovo al negozio. Alla fine, Alex sospirò. "Va bene. Dieci minuti."

"Dieci minuti." Impostai il timer sull'orologio. "Ecco. Quando suona, se vuoi ce ne andiamo."

Alex annuì, ma non disse nulla. Lo condussi nel negozio. Quando ci fermammo di nuovo, gli diedi un momento per guardarsi intorno.

Per me, quel posto era un ambiente normale e tranquillo come un negozio di ortofrutta. Mi sentivo totalmente a mio agio e la merce, la sua disposizione e lo staff mi erano altrettanto familiari. Forse anche di più. In un qualunque sexy shop di Seattle, ero come un segugio. Potevo trovare qualunque cosa in pochi minuti. Ethan mi aveva anche messo alla prova, presentandosi con un cronometro e una lista di dodici oggetti. Pinze per capezzoli, un DVD porno con uno specifico attore, preservativi all'anguria, altre stronzate assortite. Avevo trovato tutto in sette minuti netti.

Con Alex, però, era tutta un'altra storia. Aveva gli occhi larghi quanto i cock ring in mostra vicino a lui. Ispezionò lentamente il negozio con lo sguardo... fino in fondo a sinistra, fino in fondo a destra, e ritorno... e deglutì. Seguii la stessa traiettoria, cercando di immaginare come potesse apparire a qualcuno di innocente come Alex. Quando avevo messo piede in un posto del genere per la prima volta, avevo già avuto diversi amanti e guardato un sacco di porno. Alex no.

Non aiutava il fatto che lo staff a volte si annoiasse a morte, oppure fosse semplicemente fin troppo creativo quando si trattava di esporre la merce. Bambole gonfiabili erano disposte in cima agli scaffali o appese al soffitto nelle posizioni più compromettenti ed esilaranti. Una bambola maschio aveva toys infilati in ogni orifizio possibile e dei cock ring intorno alle braccia, probabilmente per accentuare i muscoli. Sulla testa, qualcuno aveva allacciato uno strapon rosa shocking. Non lontano da lui, una bambola femmina con la bocca a O e delle orecchie da Yoda in testa si parava davanti a un'altra bambola con indosso una maschera da Darth Vader, ed erano cristallizzate in un duello con un paio di vibratori lunghi novanta centimetri.

Sparsi per tutto il negozio c'erano volantini che annunciavano offerte speciali, saldi, visite di pornostar, cose del genere. Mi domandai se Alex avesse notato che tutti i foglietti erano appesi con delle pinze per capezzoli.

Non potevo esserne certo, ma mi parve che mormorasse qualcosa sul non essere più in Kansas.

Ovviamente, il negozio aveva anche sezioni dedicate a cose ridicole per addii al celibato e consimili. Il Natale scorso avevo comprato uno stampino gigante per gelatina a forma di uccello per Rhett ed Ethan. Per il mio compleanno, mi avevano regalato un vassoio per cubetti di ghiaccio a forma di pisello con palle.

Ma, quando si trattava di me, tutto questo si adattava perfettamente al mio senso dell'umorismo. Bel modo di mettere a suo agio un ragazzo inesperto: scaffali pieni di peni di plastica e roba strana intesa ovviamente come scherzo, non per essere utilizzata. Per non parlare di tutta la roba fatta per essere utilizzata che sembrava un bizzarro scherzo.

Lascia perdere il Kansas, Alex. Non sei neanche più nel regno di Oz.

"Allora, che ne pensi?" chiesi.

Alex abbassò lo sguardo come se fosse mortificato che avessi anche solo sottolineato la sua presenza lì dentro. Si schiarì la gola. "Beh, posso vedere che è diverso da un supermercato."

"Sì, decisamente."

Soffocò un colpo di tosse. "Allora, volevi mostrarmi qualcosa?" Mi guardò con un'espressione che sembrava dire *aiutami.*

Sogghignai. "Sì, voglio mostrarti tutto."

Spalancò la bocca. "Cosa?"

"Andiamo." Gli feci cenno di venire con me. Temevo che avrebbe di nuovo puntato i piedi ma, dopo un solo secondo di esitazione, mi seguì.

Oltrepassammo un paio di espositori di stranezze, poi il famigerato Muro di Vibratori, a cui saremmo arrivati più tardi. Una cosa alla volta. Per cominciare, volevo fargli vedere...

Le scarpe di Alex stridettero sul pavimento quando si fermò di colpo. "Che cazzo è *quello*?"

"Quello è..." Fissai l'oggetto, allibito al pensiero di

quante leggi della fisica avrebbero dovuto essere infrante per infilarlo dove doveva andare, figurarci farlo in modo *comodo*. "È il più grosso dilatatore anale che abbia mai visto in vita mia."

"Aspetta." Alex lo fissò, poi guardò me. "Quel coso dovrebbe andare nel *culo* di qualcuno?"

Continuando a fissarlo, annuii. "In teoria, sì. Ma voglio sperare che sia solo per fare scena."

"Suppongo che tu non ne abbia mai usato uno?"

"Non così grosso, no." Con un'ultima occhiata, rabbrividii e ripresi a camminare. "Guardi molti porno?"

"Non ne ho mai visto neanche uno."

Lo guardai. "Stai scherzando."

Alex scosse la testa.

"Mi stai dicendo che non hai *mai* guardato un porno?" dissi. "Mai?"

Inarcò un sopracciglio. "Kieran, ti ho raccontato com'era la mia città. Pensi che volessi correre il rischio che qualcuno scoprisse che avevo guardato un porno gay?"

"Mm. Giusto." Indicai l'espositore con un cenno del capo. "Beh, sei fortunato. Qui ce n'è un'ampia scelta. Puoi trovare praticamente di tutto."

"Lo vedo," mormorò, osservando le file di riviste e DVD come se potessero mordere.

"Da' un'occhiata," dissi.

Alex si guardò alle spalle, poi di nuovo in giro per il negozio, osservandolo con cautela come se una folla assetata di sangue fosse in agguato dietro l'angolo, pronta a sfoderare forconi e fiaccole appena avesse toccato una copia di *Cocks and Rubbers*. Non ne ero certo, ma mi parve che sbiancasse in volto.

Gli posai una mano sul braccio e lui sobbalzò.

"Non essere così nervoso," dissi. "Nessuno ti guarda o fa

caso a te."

Si mordicchiò il labbro inferiore.

"Alex, chiunque si trovi in questo negozio è qui per il nostro stesso motivo e, se dovessero guardare qualcosa, sarebbe..." Indicai il mostruoso dilatatore anale. "Quello."

"Chissà perché," disse, guardando a occhi sgranati nella stessa direzione.

Risi. "Visto? Quindi, non hai niente di cui preoccuparti."

Deglutì pesantemente, quindi espirò e parve rilassarsi. Un pochino. Riportando l'attenzione sui DVD che aveva davanti, disse: "Non pensavo che ci fosse così tanta... varietà."

"Se puoi immaginarlo, qui puoi trovarlo," dissi.

Alex prese in DVD e lo girò per guardare il dorso. Inspirò bruscamente e fece una smorfia. "Okay, quello sembra doloroso."

"Che cosa?"

Mi porse il DVD.

Gli diedi un'occhiata e mi strinsi nelle spalle. "Se è una pornostar, probabilmente ha preso uccelli ben più grossi di quello." *Diavolo, anch'io ho preso...*

"No, non intendevo quello," disse Alex. "Voglio dire, a meno che i suoi fianchi non abbiano una doppia articolazione..."

Guardai di nuovo, stavolta con più attenzione, e arricciai il naso. "Oh, sì, hai ragione. Non sembra una posizione comoda."

"Nemmeno questa." Sollevò un'altra custodia.

Sogghignai. "Non sembrerebbe ma, che tu ci creda o no, quando qualcuno ti tira i capelli in quel modo? È *fantastico*."

Inarcò un sopracciglio. "Come?"

"Fidati."

Fissò di nuovo il DVD, quindi scosse la testa e lo rimise a posto. "Adesso mi dirai che alla gente piace farsi prendere a schiaffi."

Presi un altro video e mi schiarii la gola.

Alex lo guardò. Gli cadde la mascella.

Ridacchiai. "Ti stupiresti delle cose che eccitano la gente."

"Già," disse, continuando a fissare il DVD. "Sto iniziando a capirlo." Scuotendo la testa, osservò di nuovo l'espositore. "Penso che per ora mi limiterò a cose meno violente."

"Mi sembra un buon piano."

Mentre esaminavamo l'ampia selezione, il mio cellulare vibrò. Non fui affatto sorpreso di vedere sullo schermo il nome di mia madre, visto che erano passati un paio di giorni dalla nostra ultima, lunga discussione. Lasciai che partisse la segreteria. Non ero dell'umore per dei sensi di colpa. E poi, non avrei lasciato Alex da solo lì dentro mentre uscivo per rispondere e, anche rilassato e noncurante com'ero, nemmeno io potevo parlare con mia madre mentre curiosavo fra vibratori e video porno.

Alex e io migrammo dai video agli scaffali di libri e riviste.

"Beh," commentai. "Hai detto che ti piace leggere."

"Quindi, libri erotici e cose del genere, suppongo?"

"Già."

Si voltò, osservando un altro scaffale. "Aspetta, hanno anche una sezione di saggistica?"

"Sì. Manuali, roba simile. Vuoi avere un orgasmo?" Indicai con un cenno del capo l'espositore di video. "Cerca lì. Vuoi imparare qualcosa?" Un altro cenno, stavolta verso gli scaffali di libri. "Cerca qui."

"Manuali di sesso," disse. "Oh. Interessante."

"Praticamente, sono io in formato libro."

Alex rise. "Allora penso di non avere bisogno di cercare in quella sezione, no?"

"Se vuoi, sei libero di farlo."

"No, sono a posto." Un sorrisetto malizioso gli apparve sulle labbra. "Perché dovrei aver bisogno di Kieran formato libro quando ho Kieran nel mio letto?"

Gli feci l'occhiolino. "Impari in fretta. Ora andiamo a vedere qualche altra cosetta divertente."

"Tipo?"

"Beh, c'è qualcosa che ha attirato la tua attenzione?"

Alex alzò lo sguardo verso le bambole gonfiabili che duellavano a colpi di vibratore e mi scoccò un'occhiata significativa. "No. Niente qui dentro attira la mia attenzione. È la solita roba noiosa che vedo tutti i giorni al supermercato."

"Simpaticone," borbottai. "Ora, seguimi."

Un attimo dopo, Alex si ritrovò davanti al famigerato Muro di Vibratori. Prima di oggi, probabilmente non aveva mai visto un sex toy, e potevo soltanto immaginare cosa gli passasse per la testa mentre osservava un muro coperto, dal pavimento al soffitto, da un lato all'altro, di vibratori, dildo, dilatatori anali, "massaggiatori" e strani aggeggi masturbatori che lasciavano perplesso anche me. Affusolati, con rilievi, svasati, con anelli, a forma di uccello, a forma di proiettile; c'era qualcosa per tutti. E per tutti gli orifizi.

Alex spostò il peso da un piede all'altro, ancora concentrato sul Muro. "Quindi, questo è un modo di capire se a uno piace, sai..."

"Il sesso anale?"

"Sì. Quello." Sbatté le palpebre un paio di volte, scuotendo la testa come se stentasse a credere che sì, tutti quei falli di plastica, silicone, metallo, gel e Dio solo sapeva che altri materiali erano ancora lì. "Allora, uhm, tu compri cose in questa sezione?"

"Di tanto in tanto." Lo guardai. "Di questi tempi, preferisco quelli veri."

"Non mi sorprende," rispose piano. "Come si fa a capire quale scegliere?"

"Ne provi uno. Se vuoi qualcosa di più grosso, più piccolo, più dritto, più curvo e così via, allora ne prendi un altro. Sono costosi, ma ne vale la pena."

Deglutì. "Hai qualche consiglio?"

"In termini di forma, quelli più simili a..." Fui interrotto da un trillo. Guardai l'orologio, poi Alex. "Sono passati dieci minuti. Restiamo o andiamo?"

Sorrise. "Oh, penso che potrei restare."

Ridacchiando, spensi il timer. "Sapevo che avresti apprezzato. Comunque, come dicevo, quando si tratta della forma, quelli più simili a un vero uccello sarebbero meglio." Indicai alcune delle bizzarre creazioni lungo il Muro. "A meno che non ti ecciti l'idea di infilarti un personaggio dei cartoni animati di silicone nel culo."

Alex sgranò di nuovo gli occhi. "Scusa?"

"Forse avrei dovuto avvertirti di un effetto collaterale di questo negozio." Presi uno specifico vibratore dal muro e lo sollevai. "Non guarderai mai più i personaggi dei cartoni della tua infanzia con gli stessi occhi."

"Cosa... nel nome di..."

"Pazzesco, eh?" Scossi la testa. "Conosco un tizio che ne ha veramente uno. Non chiedermi perché." Lo rimisi sullo scaffale.

Alex sbatté le palpebre. "Uh. No, grazie." Si schiarì la gola. "Okay, questo riguardo alla forma. E in quanto alla..." Osservò i vari aggeggi. "Taglia?"

"Io comincerei con qualcosa di più piccolo di un vero

uccello," replicai. "Probabilmente, meglio non buttarti subito su qualcosa tipo quello." Indicai un dildo che non poteva essere stato pensato per essere usato davvero. Almeno, non senza immediata assistenza medica.

"No, penso che eviterò i toys grossi come un ariete, grazie."

"Ottima idea." Osservai a mia volta il Muro, cercando di pensare se ci fosse qualcos'altro da suggerirgli. "Oh, i vibratori? Quelli sono più per donne. Magari qualche ragazzo li usa, non so, ma..." Feci spallucce. "A me interessano forma e dimensione, non sentirmi come se avessi un'ape incazzata nel..."

Alex scoppiò a ridere. "Sei un vero poeta, Kieran."

"Era giusto per dire."

"Mm-mm." Prese un vibratore dallo scaffale e guardò il prezzo. Spalancò la bocca. "Diavolo, sono costosi."

"Sì, ma valgono il prezzo. Fidati."

Deglutì. "Allora, che succede se ne prendo uno un po' piccolo, ma poi decido che voglio qualcosa più tipo... uhm... a grandezza naturale?"

Abbassai la voce. "Beh, a quel punto, potresti essere pronto per qualcosa che non sia fatto di plastica."

I nostri sguardi si incrociarono. Un guizzo di paura attraversò la sua espressione.

"Quando sarai pronto, Alex," dissi. "E non un attimo prima. Se e quando arriveremo a quel punto, sarà una tua decisione, non mia."

Annuì e la tensione delle sue spalle parve allentarsi.

"Onestamente, però, non è una cosa difficile come potresti pensare." Gli posai una mano sul braccio con fare rassicurante. "Comincia con qualcosa di piccolo, fai con calma, usa un sacco di lubrificante e andrà tutto bene." Gli spostai la mano sulla schiena e mi sporsi fin quasi a sussurrargli all'orecchio. "La prima volta che verrai mentre giochi con uno di quelli, ti chiederai perché ci hai messo così tanto a provarlo."

"Fa così tanta differenza?"

"Oh, sì." Fischiai. "Immagino che il punto G maschile non ti sia familiare?"

"Il cosa?"

"Beh, 'prostata' non suona altrettanto sexy."

Alex sbatté le palpebre. "Stai... stai scherzando."

"Per niente. Gli orgasmi più intensi che ho mai avuto sono stati quando un uomo mi stava scopando, e tutto grazie a quello."

Alex guardò di nuovo il toy che stringeva in mano e, mentre lo riponeva sullo scaffale, borbottò: "Quante cose non si imparano alle lezioni di anatomia."

"Le dimostrazioni pratiche sarebbero certamente interessanti."

I nostri sguardi si incrociarono e scoppiammo a ridere a crepapelle.

Dopo aver riguadagnato una parvenza di maturità, lo presi per mano e lo condussi verso un'altra sezione. "Diamo un'occhiata a un elemento fondamentale."

"Ho quasi paura di chiedere," disse Alex, ma mi seguì comunque.

"Lubrificante. Non c'è mai troppo lubrificante." Indicai con un ampio gesto del braccio l'enorme espositore di tubetti e bottigliette. Erano per lo più trasparenti, anche se alcuni erano di colori vivaci, e avevano nomi tipo Orgasmo Liquido e Scivolatutto.

"Okay, finalmente qualcosa che ha un senso." Prese una bottiglietta rosso vivo. "Aspetta. Lubrificante alla *ciliegia*?"

Sogghignai. "Oh, sì, quella roba è divertente."

"Non pensavo ci fosse bisogno di lubrificante per il sesso orale."

"Non c'è *bisogno* di un sacco di cose," replicai. "Non significa che non sia divertente giocarci."

"Quindi, a cosa serve?"

"Beh, se vuoi passare da una sega a un pompino..." Indicai con un cenno del capo la bottiglia che aveva in mano. "Lo sciroppo per la tosse alla ciliegia è un po' più gradevole per il palato di una roba che sa di olio per motori."

Alex fece una smorfia. "È tanto cattivo?"

"Cavolo, il lubrificante normale fa schifo." Presi un tubetto di Fragola-Scivola. "Questa roba non sarà come i manicaretti della nonna, ma è molto meglio dell'alternativa."

"Non credo che vorrei leccare i manicaretti della nonna dal tuo uccello, grazie."

Risi, ma rabbrividii al tempo stesso. Sporgendomi verso di lui, dissi: "Puoi leccare dal mio uccello tutto quello che vuoi. Dimmi solo dove e quando."

"Lo terrò a mente."

"Bene," dissi. "Comunque, in questo negozio è quasi tutto per divertirsi, ma i preservativi e il lubrificante? Quelli sono essenziali."

Si morse il labbro inferiore. "In effetti, volevo chiedertelo."

"Che cosa?"

"Dei preservativi." Si schiarì la gola. "Cioè, diciamo che supponevo che li usassero quasi tutti, ma..."

"Se temi di mettere me o chiunque altro in imbarazzo parlando di preservativi, non preoccuparti." Intrecciai le dita alle sue, fingendo di non notare il suo palmo umido. "Chiunque si metta sulla difensiva o si incazzi per questo, non è comunque qualcuno con cui vuoi andare a letto." Lo condussi al vicino espositore di preservativi. "E, sì, io li uso. Ogni volta, con ogni ragazzo."

"Prendo nota," disse piano.

"E non permettere mai che qualcuno ti convinca a non usarlo," dissi. "A meno che non siate strettamente monogami e non abbiate fatto tutte le analisi necessarie per qualsiasi cosa."

Ci guardammo e il contatto visivo si prolungò per uno, due, tre secondi prima che Alex abbassasse lo sguardo e io soffocassi un colpetto di tosse.

Indicò la selezione di preservativi con un cenno del capo. "Allora, tutto ciò che riguarda il sesso deve per forza avere quattro milioni di opzioni e varianti?"

"Questi sono abbastanza facili da scegliere, non preoccuparti." Gli cinsi la vita come un braccio, solo perché mi andava di toccarlo. "Alcuni sono solo per regali divertenti o simili, credo. Tipo quelli fosforescenti."

"Per quelli mi vengono in mente alcuni scopi pratici," disse Alex, ridacchiando mentre posava distrattamente la mano sulla mia. "In caso te ne cada uno o roba del genere."

"Beh, okay, se ti piace fare sesso al buio."

Inarcò un sopracciglio. "Immagino non ci sia bisogno di chiedere se tu preferisci avere la luce accesa."

"Altroché." Gli diedi un bacio sulla guancia, poi sussurrai: "Se devo impegnarmi tanto per far avere un orgasmo a qualcuno, voglio vedere i risultati del mio duro lavoro, capisci?"

Alex rabbrividì. Spostando il peso da un piede all'altro, indicò di nuovo i profilattici: "Allora, quali sono quelli utili?"

"Quelli normali," replicai. "Quelli con i rilievi sono più per donne, credo. Non hanno mai fatto differenza per me o per tutti gli uomini che conosco. Quelli ai gusti hanno senso solo se li usiamo per il sesso orale, cosa che non facciamo. E questi..." Indicai una fila di *french ticklers* o come cazzo si chiamavano. "Sono solo anemoni marini di lattice."

"Oh, eccitante."

"Sì, come no. Se volessi scopare una medusa, andrei al mare."

Una risata dalla corsia successiva ci fece voltare. Alex arrossì, e anche le mie guance si fecero calde. Lo guardai con espressione contrita, feci spallucce e cercai di non ridere io stesso. A quanto pareva, esistevano ancora altre persone nell'universo. Chi l'avrebbe mai detto?

"Comunque," dissi. "Preservativi normali. Niente di bizzarro. Non puoi sbagliare."

Lui espirò. "Sai, non capisco ancora come tu possa parlare di questa roba con tanta nonchalance."

"Non mi mette a disagio," dissi. "Ci arriverai. Il fatto è che, come ho detto prima, tutti i presenti in questo negozio sono qui per il nostro stesso motivo, quindi non ci giudicheranno. E, se qualcuno ha il tempo o l'energia di interessarsi a che toys o video porno compriamo, beh, dovrebbero farsi una vita."

"Vero." Si mosse nervosamente, ispezionando le varie marche di profilattici. "Cosa ne pensano gli altri uomini di questa roba? Cioè, ci sono tipi che se la prendono se hai dei porno, o dei toys, roba così?"

"Se esistono, non passano molto tempo nel mio letto."

Alex arricciò le labbra, ma non disse nulla.

Gli feci scivolare la mano in fondo alla schiena. "Alex, se qualcuno ti rompe le palle su qualunque aspetto della tua sessualità, figurarsi su come la esplori, non sono i benvenuti nel tuo letto. Se uno ti critica, ti prende in giro, o qualsiasi cosa, non ha alcun diritto di toccarti." Alzai la mano e lo feci voltare con delicatezza per guardarlo negli occhi, poi lo baciai. "Ascolta, ho avuto abbastanza esperienze negative. Non ho pazienza con chiunque voglia farmi sentire in colpa per le esperienze belle, che le abbia fatte da solo, con qualcun altro, o con un pezzo di plastica e una rivista."

Alex annuì lentamente. "Mi sembra logico." Poi si guardò intorno. "Comunque, non mi ero affatto reso conto che esistessero così tante, uhm, opzioni."

"È il bello del sesso." Gli spostai la mano sul fianco per cingergli di nuovo la vita con il braccio. "Le possibilità sono infinite."

"Lo sto imparando. Capisco come si potrebbe spendere una fortuna in questo posto."

"Non ne hai idea." Ridacchiai. "Con tutti i soldi che ho sganciato qui dentro, il proprietario si sarà comprato un jet privato."

Rise. "Vieni di frequente?"

"Oh, sì. Voglio dire, i toys e il resto non sono mica solo per i principianti o da usare da soli."

"Davvero?"

"Altroché. Io e un ragazzo usavamo i toys tutto il tempo."

"Insieme?"

"Già. Ogni tanto lui ne usava uno su di me, mi diceva cose sconce, mi eccitava e poi, dopo essere venuto, gli facevo un pompino." A quel ricordo, rabbrividii. Sebastian, un vibratore e una bottiglia di lubrificante erano sempre la ricetta per una lunga, incredibile notte. "*Dio*, quant'era eccitante."

Alex mi osservò in silenzio per un momento. "Ti piace davvero il sesso orale, eh?"

"Moltissimo."

"Non avevo mai pensato che... farlo a qualcuno... potesse essere così eccitante."

"Lo è. Cioè, quando puoi ridurre un uomo quasi in lacrime di piacere per via di quello che gli stai facendo? Cosa potrebbe esserci di più sexy?"

Stavolta, fu Alex a rabbrividire.

"Fidati," dissi. "È una di quelle cose che non suona divertente ma, dopo averla provata, potrebbe davvero piacerti."

"Sembra un tema ricorrente, qui."

"Oh, lo è. Il sesso è come il cibo: provalo, potrebbe piacerti."

Rise. "Me lo ricorderò.

"A ogni modo." Indicai ciò che ci circondava. "Ecco il negozio. Vuoi comprare qualcosa?"

Pensavo che avrebbe scosso la testa e iniziato a strisciare verso la porta. A quanto pareva, Alex era decisamente determinato a uscire dal guscio, più di quanto avessi immaginato, quindi non avrei dovuto essere sorpreso quando si guardò di nuovo intorno, o che sembrasse molto più a suo agio di quando aveva varcato la soglia.

Dopo un momento, disse: "Quel lubrificante alla ciliegia potrebbe essere divertente."

Oh, non ne hai idea, ragazzo...

"Lubrificante alla ciliegia sia." Tornammo a quella sezione e ne scegliemmo uno che avevo già provato. Ero un fan degli esperimenti ma, per il momento, meglio qualcosa di già testato. Dopotutto, l'unica cosa peggiore del lubrificante senza gusto era un lubrificante con un gusto *cattivo*.

Mentre andavamo alla cassa, feci per prendere il portafoglio, ma Alex tirò fuori il suo per primo.

"Faccio io," disse.

"Sicuro?"

"Sì," replicò. "Non ti preoccupare."

"Okay," dissi, stringendomi nelle spalle. "Il prossimo lo

offro io."

I nostri sguardi si incrociarono.

Il suo sembrava dire, *Il prossimo?*

Io strinsi leggermente gli occhi sperando che sentisse forte e chiaro il mio muto, *Oh, sì. Il prossimo.*

Alex deglutì, fissò la bottiglietta che teneva in mano, poi me.

"Andiamo?" chiesi.

Lui annuì, ma non disse nulla mentre andavamo a pagare.

Fu un po' nervoso con il cassiere, arrossendo ed evitando il suo sguardo, ma non esitò né parve avere ripensamenti. Forse voleva solo superare la paura di comprare qualcosa in un posto simile. Un sacco di gente diventava nervosa la prima volta che metteva qualcosa di sessuale sul banco. Comprare dei preservativi in farmacia era un conto. Comprare lubrificante alla ciliegia in un sexy shop significava ammettere di essere disposti a fare qualcosa di un po' più kinky del semplice fare sesso.

Dopo il pagamento, il cassiere fece scivolare la bottiglia in un sacchetto di carta senza scritte. Almeno, questo negozio non usava quei sacchetti di plastica nera che sembravano urlare "Ho appena comprato qualcosa di sconcio!" Non ero sicuro che Alex avrebbe potuto sopportarlo. Semplicemente, non gli dissi che Oh Zone era l'unico negozio nel raggio di sei isolati che usava sacchetti di carta marrone.

Con il sacchetto neutro in mano, uscimmo.

"Allora, questa è fatta," dissi. "Adesso di cos'hai voglia?"

Alex arricciò le labbra. Guardò il sacchetto che aveva in mano, poi mi guardò da sotto le ciglia. "Potremmo sempre andare a casa mia."

Gli presi la mano libera. "Direi che l'idea mi piace."

CAPITOLO 9

Per quanto la nostra conversazione si fosse concentrata sul rallentare, il tour dell'Oh Zone aveva lasciato Alex troppo eccitato per andare *troppo* piano.

E, comunque, guardarlo aggirarsi in quel posto aveva fatto lo stesso effetto a me. Non potevo farci niente. Immaginare di leccargli quel lubrificante alla ciliegia dall'uccello? O fantasticare sulla sua espressione la prima volta che avesse scoperto quanto potesse essere piacevole un toy? Un'erezione era inevitabile. Un'erezione, e salire le scale baciandoci e incespicando, e un sacco di imprecazioni sussurrate e senza fiato da parte di entrambi perché la sua porta d'ingresso si ostinava a stare *troppo* lontana dall'auto.

Il sacchetto marrone finì sul letto. Le nostre maglie finirono ai nostri piedi. In piedi vicino al letto, ci baciammo in modo famelico, passandoci le mani sulla pelle nuda e fra i capelli.

Alex portò le mani alla mia cintura, facendomi sobbalzare.

"Pensavo che volessi rallentare," ansimai contro le sue labbra.

"È così," disse. "Ma queste sono cose che abbiamo già fatto, per cui..."

"Quanto oltre vuoi andare?" Inspirai seccamente quando mi slacciò la cintura.

"Te lo dirò," mormorò sulle mie labbra, "quando ci arriveremo."

"Solo, non voglio..." Chiusi gli occhi mentre la sua mano seguiva la mia cintura allenata fino alla schiena. "Non voglio spingere troppo."

"Non stai spingendo."

"Allora, non sarebbe correre troppo se suggerissi di levarci questi vestiti?"

Alex deglutì. "No. Per niente. Direi che prima è, meglio è."

Ci separammo per spogliarci e io osservai il suo linguaggio corporeo in cerca di mani tremanti o qualche altro segno che la sua audacia fosse solo un tentativo di mascherare l'incertezza. Niente. Niente di niente. Forse si sentiva più a suo agio giocando in casa; stasera eravamo nel suo territorio. Almeno una cosa gli era familiare.

Eliminati i vestiti, Alex si fermò. Mi diede una lunga occhiata dall'alto in basso e, anche se in circostanze normali avrebbe potuto farmi sentire imbarazzato, lui non aveva mai visto un altro uomo nudo, prima. L'altra sera mi ero spogliato fino alla vita, ma non oltre. Quindi, se voleva prendersi un momento per guardare, non lo avrei fermato.

Alla fine, il suo sguardo raggiunse i miei occhi e ci fissammo per un momento. Poi, Alex allungò le mani verso di me. Io le allungai verso di lui. Pelle contro pelle, ci baciammo, carezzando la pelle ora esposta.

Senza fiato e ubriachi l'uno dell'altro, in qualche modo, non sapevo come, finimmo sdraiati insieme sul letto. Alex si girò sulla schiena e, quando gli salii sopra, il calore della sua pelle contro la mia mi fece girare la testa. Non c'era un centimetro di stoffa fra noi e mi sciolsi contro di lui per colmare la poca distanza restante. Quando la mia erezione sfiorò la sua, gememmo entrambi.

In un istante, però, il bacio di Alex passò da audace a timido. Le sue mani non erano più così decise. Si ritrasse quanto più possibile, considerando il materasso sotto di lui.

Merda. Mi sollevai per dargli un po' di spazio, ma la sua incertezza rimase.

Forse avermi sopra era troppo. Far stare sopra lui avrebbe anche potuto sopraffarlo; invece di essere inchiodato e implicitamente alla mia mercé, avrebbe sentito la pressione di avere più controllo di quanto si sentisse in grado di gestire.

Mi girai su un fianco e lo incoraggiai a fare lo stesso. Sdraiati così, più o meno alla pari, Alex riemerse dal guscio. I baci divennero più profondi, per sua scelta. La sua lingua mi esplorò la bocca e le sue mani si fecero più ferme sulla mia pelle.

Le nostre mani si avventurarono lentamente più in basso. Gli stuzzicai un capezzolo con il pollice. Lui mi carezzò il braccio con la punta delle dita. Gli passai il palmo della mano dalla vita al fianco. Lui mi posò la mano su un fianco, ma si fermò lì.

Eravamo già arrivati fino a questo punto, ma non eravamo andati oltre.

Stringendogli il polso, gli guidai la mano fra noi. Avevo il cuore a mille. Quando le sue nocche mi sfiorarono l'uccello, ansimammo.

"Va bene?" sussurrai, respirando a malapena.

Annuendo, Alex cercò la mia bocca. Gli lasciai andare il polso e lo cinsi con il braccio mentre mi schiudeva le labbra con la lingua. Proprio come speravo, la sua mano rimase ferma. Forse era distratto da quel bacio mozzafiato... Dio sapeva che io lo ero... e forse si era dimenticato di spostarla. Non lo sapevo.

L'unica cosa di cui mi rendevo conto era il suo bacio. Catturò tutti i miei sensi, distraendomi da tutto il resto finché, dopo un solo istante di esitazione, Alex mi strinse le dita intorno all'uccello. Mi si mozzò il respiro. E anche a lui.

Mi strofinò lentamente, lasciando che quel contatto caldo e leggero come una piuma scivolasse su, fino alla punta, poi giù, poi di nuovo su. Mi trattenni dal dirgli come fare, lasciando che invece sperimentasse da solo. Non avrebbe certo fatto qualcosa di doloroso o roba simile. Aveva toccato almeno un uccello in vita sua e probabilmente aveva fatto abbastanza pratica da sapere che alcune cose non funzionavano.

E, mio Dio, aveva chiaramente imparato alcune cose che *funzionavano*. Provò a strofinare un po' più in fretta. Un po' più lentamente. Strinse più forte. Allentò la presa. Forse ero solo eccitato al punto di delirare, forse aveva il tocco magico, ma ogni carezza mi faceva girare la testa.

Strinse la presa e mi strofinò più veloce. Io gli posai una mano sul polso e lui si fermò.

"Ecco." Presi il sacchetto marrone. "Qualcosa da provare." Tirai fuori la bottiglietta e svitai il tappo.

Alex mi scoccò un'occhiata divertita. "L'hai imparato da quei manuali?"

"No. Non ne ho letto nessuno." Ridacchiai, rimuovendo il sigillo di sicurezza. "Ho frequentato una scuola del cazzo."

Alex gemette e alzò gli occhi al cielo.

Ridendo, dissi: "Seriamente, ho imparato per tentativi." Una volta rimosso il sigillo, riavvitai il tappo. "Dammi la mano."

Lui tese la mano con il palmo all'insù e vi versai un po' di lubrificante.

Mentre lo facevo, Alex disse: "Quindi, tu provi e basta? E vedi che succede?"

"Mm-mm." Richiusi il tappo e misi la bottiglia da parte.

"E se a qualcuno non piace?"

Feci spallucce. "Allora provi qualcos'altro." Mi sporsi a baciarlo, riportando la sua mano in basso. "Sperimenti. Fai quello che piace a te..." Inspirai con un sibilo sentendo il lubrificante fresco sulla pelle quando le dita calde di Alex si strinsero intorno al mio membro. "Fa' quello che pensi possa piacermi e vedi che succede." Mi fermai per un altro bacio. "Oh, e quando fai pompini? Non usare i denti. A parte quello, va bene praticamente tutto."

Alex rise timidamente. "Me lo ricorderò quando, uhm, arriveremo a quel punto. Per ora..." Strinse la presa. Strofinandomi lentamente, mi strappò un gemito.

"Così... lo sto facendo bene?" chiese.

Annuii. "Cazzo, sì. E ricorda quello che ho detto. Sperimenta un po'. Prova cose..." Rabbrividii quando allentò, strinse, poi allentò di nuovo la presa. "Cose diverse." Chiusi gli occhi. "Oh, sì, così... Dio, sì..."

"Fa tanta differenza?" chiese. "Il lubrificante, intendo."

"Dimmelo tu." Presi di nuovo la bottiglia e me ne versai un po' in mano.

Le carezze di Alex si incepparono mentre mi guardava portare la mano in mezzo a noi. Il mio tocco, e probabilmente il freddo del lubrificante, lo fece irrigidire, ma gemette la prima volta che la mia carezza scivolò con facilità lungo il suo uccello.

Socchiuse le labbra. "Oh... Cristo..."

Per un po', seguì il mio esempio. Io accelerai un po'. Lo

fece anche lui. Io rallentai, e anche lui rallentò. Allentai la presa, e lui...

Lui *strinse*, facendomi correre una scarica elettrica lungo la schiena.

"Ti piace?" chiese, con un tono che mi fece capire che sapeva benissimo che mi piaceva eccome.

"Sì, mi piace," sussurrai.

Alex mosse la mano più in fretta. Le sue carezze rapide e lubrificate mi fecero incurvare le dita dei piedi, così accelerai anch'io il ritmo.

Si fermò per applicare altro lubrificante. Io rallentai perché potesse concentrarsi sull'aprire la bottiglia. Dopo essersene versato un po' in mano, mise la bottiglietta da parte e, quando tornò a toccarmi, sia la mia mano che il mio cuore accelerarono.

"Oh, mio Dio..." Strinsi la presa sul suo uccello e il basso gemito di Alex soffocò qualunque suono potesse sfuggirmi.

"Così," sussurrò. Serrò gli occhi e, consciamente o no, mosse i fianchi a tempo con le mie carezze, spingendo l'uccello lubrificato nel mio pugno. "Cristo, Kieran, non smettere..."

"Non smetterò." Mentre parlavo, le mie labbra sfiorarono le sue. "Non fino a farti venire."

Lui gemette piano e la sua mano perse completamente il ritmo. "Cazzo..."

"*Vuoi* che ti faccia venire?" mormorai. "Così?"

Un altro gemito, stavolta un chiaro, disperato assenso. La sua mano mi lasciò andare l'uccello e si aggrappò alla mia spalla, cercando la presa con dita scivolose prima di fermarsi finalmente dietro al mio collo.

"Vieni per me," sussurrai, poggiando la fronte alla sua. "Non trattenerti."

"Non mi sto... oh, Dio..." Un respiro fresco mi sfiorò le

labbra e le sue dita scivolarono sulla mia pelle. "Non smettere, ti prego, ti prego, non..." La sua voce si spense in un gemito da brividi. Fu scosso da un violento sussulto. Mi affondò le dita nella nuca, spinse i fianchi contro la mia mano e, con un gemito strozzato, venne.

Poi, rimase immobile. Fermai la mano e lentamente, con cautela, lo lasciai andare. Le sue dita sulla nuca mi impedivano di tirarmi indietro, quindi rimasi fermo anch'io, dandogli il tempo di riprendersi dall'orgasmo.

Alla fine, allentò la presa sul mio collo e sollevò la mano perché potessi prendere i fazzoletti sul comodino.

Alex si fissò la mano, poi guardò me con aria di scuse. "Scusa, non volevo ricoprirti di lubrificante." Guardò il fazzoletto che stringevo in mano mentre mi ripulivo il suo seme dagli addominali e avvampò.

"Non preoccuparti," dissi. "Più tardi faremo una doccia." Gli strizzai l'occhio. "Quando avremo finito."

Abbassò lo sguardo sul mio uccello, che era ancora duro, e si morse il labbro inferiore. Stavo per rassicurarlo che non era costretto a fare niente più di quanto non avesse già fatto, che andava benissimo continuare quello che stava già facendo e niente altro.

Poi, Alex mi guardò di nuovo negli occhi, e la fiera determinazione nei suoi mi mise a tacere.

"Potresti..." Indicò il cuscino con un cenno del capo. "Sulla schiena?"

"Uhm, sì, certo." Finii di ripulirmi, poi feci come mi aveva chiesto, domandandomi silenziosamente cosa avesse in mente.

Si chinò su di me e mi diede un bacio leggero. "Abbiamo preso il lubrificante alla ciliegia per un motivo, no?"

Oh, Dio, sì. Deglutii pesantemente. "Sì, è vero."

"Allora, forse dovremmo usarlo?" Sorrise, ma c'era

dell'incertezza nei suoi occhi e nelle sue sopracciglia corrugate. Comunque, si sporse a baciarmi il collo e, a ogni bacio, scivolò un po' più in basso. Mi doleva l'uccello per l'anticipazione, ma Alex doveva volerlo. Volerlo davvero.

"Alex, non sei obbligato a farlo," sussurrai, anche se il mio corpo mi gridava di chiudere il becco.

"Voglio farlo." Mi baciò sopra l'ombelico.

Deglutii. "Sei sicuro?"

"Lo scoprirò fra un minuto, no?" Il suo tono scherzoso non bastava a nascondere l'incertezza.

"Se non ti piace," sussurrai, "puoi smettere. Non c'è problema."

"Capito," mormorò sulla mia pelle, e continuò a scendere.

Giù.

Oh, Dio.

Giù.

Le sue labbra tracciarono una calda, morbida linea sul mio fianco, e affondai le dita nel piumone mentre si avvicinavano sempre di più al mio uccello.

Oh, Dio.

Si sollevò su un braccio. Con l'altra mano, mi carezzò lentamente, e io inspirai quando il suo palmo e le dita scivolarono in modo delizioso sulla mia pelle.

Poi... oh, Cristo Santo, poi me lo prese in bocca.

La sua bocca era timida ma curiosa, ed esplorò ogni centimetro del mio uccello con le labbra e la lingua. Volevo guidarlo, ma lasciai che le mie reazioni parlassero da sole e, che Dio lo benedica, Alex prestava attenzione a ogni mio gemito. Quando un guizzo della sua lingua mi faceva sollevare la schiena dal letto, lo faceva ancora. E ancora. E ancora. Poi passava a qualcos'altro prima di tornare a farlo.

Ero così eccitato che avrei potuto venire anche solo

pensando a lui che me lo succhiava, ma le sue labbra incerte e avventurose sapevano il fatto loro e dovetti stringere i denti per trattenermi.

Sorreggendosi su un braccio, mi strinse l'uccello con la mano libera e mi prendeva lentamente più a fondo in bocca. Poi si sollevava, faceva una pausa e tornava ad abbassarsi, ogni volta un po' di più. Trattenni il fiato, sforzandomi di restare perfettamente fermo. Non avrebbe aiutato nessuno dei due se mi fossi mosso di scatto e lo avessi accidentalmente fatto strozzare.

Mi prese ancora più a fondo, ma si ritirò di scatto. Esitò, quindi provò di nuovo.

"Non sforzarti," dissi, prima che scendesse troppo.

"Mm?" Alzò lo sguardo su di me.

"Quello che stai facendo è perfetto," dissi. "Non c'è bisogno di farti venire un conato." Mi leccai le labbra. "Quella cosa che facevi prima era... sì, cazzo, *quella*..." Gemetti e mi dimenai sotto di lui. "Usa... usa la mano."

Mi strinse le dita intorno all'uccello.

"Sì, così. La mano e la bocca... insieme..."

Non riuscii ad articolarlo meglio di così, ma Alex recepì il messaggio. Si fermò per versarsi altro lubrificante in mano, poi ricominciò. La sua mano mi scivolò lungo il cazzo, e le sue labbra la seguirono. Su, giù, su. Su, giù, su. Cristo Santo, era bravo. Era davvero bravo. Oh, Cristo... su, giù, su.

"Proprio così," sussurrai. Avevo le lacrime agli occhi. Inarcai la schiena sul letto e sollevai le braccia per aggrapparmi alla testiera. Mi strofinò l'uccello ancora e ancora, con la mano e la bocca, scivolando su e giù finché non fui sul punto di perdere la testa. In qualche modo, Dio solo sapeva come, ebbi la presenza di spirito per ricordare che non l'aveva mai fatto prima e forse non era pronto perché gli venissi in bocca.

"Alex, sto per..."

La sua lingua. Dio Santo, sapeva davvero come usare la lingua.

"Cazzo... oh, cazzo, è perfetto," gemetti. "Se continui... se continui così, io..."

Lui non si tirò indietro. La sua mano strinse più forte e si mosse più in fretta. La sua lingua girò e stuzzicò e guizzò con più insistenza.

"Alex, sto..." Inarcai la schiena. "Cazzo, sto per venire, oh, cazzo..."

Se voleva fermarsi, era questo il momento, ma non si fermò e io non riuscii più a trattenermi e strinsi le dita intorno alla testiera e, con un gemito strozzato, mi arresi. Lui mi strofinò ancora qualche volta, poi smise. Si sollevò a sedere, tossendo e, quando mi si snebbiò la vista, lo guardai.

Ansimando, chiesi: "Tutto bene?"

Alex annuì e si schiarì la gola, con gli occhi un po' umidi. "Sì, sto bene. Non sapevo bene cosa aspettarmi."

"Avresti potuto chiedere."

Alex si leccò le labbra e si sporse verso di me. "Avrebbe rovinato un po' l'atmosfera, non credi?"

"Rovinare l'atmosfera è meglio che soffocare, no?"

"Non ha rovinato l'atmosfera e non sono soffocato a morte. Non mi sto lamentando." Mi baciò. La sua bocca era salata per il seme e vagamente dolce per il lubrificante alla ciliegia. Non riuscivo ancora a credere che si fosse spinto tanto in là, che avesse fatto quel passo. Ma, assaporare per credere: gli strinsi i capelli e cercai ogni traccia del mio orgasmo sulla sua lingua.

Alla fine, mi tirai indietro. Con il respiro ancora ansante, dissi: "La tua bocca è... fantastica."

Rise timidamente. "La fortuna del principiante?"

"Qualcosa del genere," ridacchiai. "Comunque, è stato meraviglioso.

"Sono felice che ti sia piaciuto." Mi diede un altro bacio. "È piaciuto anche a me."

A un certo punto, ci districammo l'uno dalle braccia dell'altro e ci alzammo dal letto, facemmo una doccia veloce, e crollammo di nuovo dritti a letto. Alex mi appoggiò la testa sul petto e io lo cinsi pigramente con un braccio, passandogli le dita fra i capelli umidi. Potevo finalmente rilassarmi, saziato il bisogno di venire e placato il mio senso di colpa. Sì, forse la prima sera ero andato un po' troppo in fretta per lui ma, stasera, era avventuroso e deciso, e non vedevo l'ora che fosse pronto ad andare ancora oltre.

Per il momento, però, ero contento così. Sdraiati a letto insieme, con i capelli ancora bagnati e il mio gomito indolenzito. Avevamo ripreso fiato e rientrati dalla stratosfera. Adesso, eravamo solo a nostro agio.

Era molto... intimo.

Un brivido mi corse nelle vene. Era giusto il genere di piacevole intimità che rischiava di farci scivolare troppo oltre in una direzione diversa da quella di cui avevamo parlato, impacciati, bevendo un caffè. Una direzione che non avevo alcuna intenzione di imboccare.

Avevo già avuto delle relazioni ma, a parte Chris, il mio ultimo ragazzo serio, non mi ero mai aspettato molto da loro. Io e Sebastian eravamo esclusivi, ma non era per il bisogno di essere monogami. Ci piaceva scopare insieme così tanto che non avevamo il tempo di andare a cercare qualcun altro. Il sesso era una cosa, ma l'amore e le relazioni non facevano per me.

L'altra sera, Alex mi aveva detto che lo intimoriva l'idea di scoprire il sesso e l'amore allo stesso tempo. L'aveva detto ma, che fosse intimidito o no, era facile che il confine fra il sesso e l'amore si facesse labile. Prima che andassimo oltre, avevo bisogno che sapesse che quel confine non si poteva superare. Non con me.

"Kieran?"

Sobbalzai al suono del mio nome. "Come, scusa?"

Alex rise piano. "Ti eri incantato."

"Stavo solo pensando." Mi girai su un fianco per poterlo guardare. Passandogli le dita fra i capelli, dissi: "Senti, prima di andare oltre, voglio essere sicuro che siamo d'accordo su... quello che stiamo facendo."

Un misto di curiosità e allarme gli fece sgranare gli occhi. "Okay..."

"Voglio solo assicurarmi che abbiamo le stesse aspettative." Presi fiato. "*Non* sono adatto alle relazioni. Non lo sono e basta. Quindi, qualunque cosa facciamo oltre a essere amici, devo solo essere certo che tu sappia fin da subito che è solo fisico." Feci una pausa. "Sei libero di frequentare o scopare chi vuoi, e lo sono anch'io."

Per un momento, non disse nulla, poi annuì. "Per me va bene."

"Ne sei sicuro? Voglio dire, possiamo arrivare fin dove vuoi, a livello fisico," dissi. "Ma le questioni emotive... non posso."

Alex si strinse nelle spalle. "Non sto comunque cercando niente del genere, per ora."

"Non per ora, no," dissi. "Ma, quando lo vorrai..." Indicai me stesso. "Non è questo il posto dove cercare."

Rise. "Messaggio ricevuto. Ma non penso sarà un problema." Tacque, poi si affrettò ad aggiungere: "Non che non sarei mai attratto da te in quel senso, ma non sono neanch'io... pronto per questo."

Sorrisi. "Sembra che siamo sulla stessa lunghezza d'onda."

"Sì, sembra di sì." Mi fece scorrere le dita su un braccio. "Allora, parlami di alcune delle cose che hai fatto. Ovviamente, hai più esperienza di me, quindi..."

"Mi stai dando del playboy?"

Raddrizzò leggermente la schiena, con gli occhi sgranati e le guance in fiamme. "Uhm..."

Risi. "Stavo scherzando. Porto quel titolo con orgoglio."

"Non stento a crederlo," disse, alzando gli occhi al cielo. "Sono solo curioso. Diciamo che è per viverlo indirettamente tramite te."

Mi sentii avvampare. Non per l'imbarazzo per qualcosa che avevo fatto... ero troppo svergognato per quello... mi sentivo solo al centro dell'attenzione. "Non so bene da dove cominciare."

"Beh, hai detto che hai già fatto cose a tre, vero?"

Annuii. "Sì, qualche volta."

"Allora, sono pazzesche come dicono tutti?" chiese Alex. "A sentire i ragazzi a scuola, farsi due tipe contemporaneamente sembrava il Santo Graal delle esperienze sessuali. È vero anche con due ragazzi?"

"*Oh*, sì," replicai. "C'è qualcosa di incredibilmente sexy nello scopare un ragazzo mentre un altro scopa te."

"Wow." Il suo sguardo si fece distante, e pensai che stesse cercando di immaginare la dinamica del sesso a tre.

"È eccitante, fidati."

"Ma come comincia una cosa del genere? Cioè, come si fa a..."

"Come si passa dall'essere tre uomini vestiti a tre uomini nudi?"

"Sì. Quello."

"Suppongo che dipenda dalla situazione. La prima volta che mi è successo, io e il mio ragazzo avevamo entrambi una cotta per un amico comune. Ne abbiamo parlato e poi abbiamo approcciato il nostro amico per vedere se gli andava. E, in un batter d'occhio, via i vestiti e fuori i preservativi."

Alex rise. "Wow. Non riesco neanche a immaginarlo."

"Sinceramente, non sapevo cosa aspettarmi." Gli passai distrattamente le dita lungo un braccio. "Era terreno completamente inesplorato per me." Espirai. "Probabilmente, avrebbe dovuto restarlo."

"Come mai?"

"Le cose fra me e il mio ragazzo non andavano tanto bene in quel momento," replicai. "Il fatto che fossimo tutti e due attratti da questo ragazzo al punto da perdere la testa avrebbe dovuto essere un segnale d'allarme, ma pensavamo che sarebbe stato divertente. Che magari ci avrebbe resi più uniti o stronzate del genere."

"Immagino che non sia andata così?"

Scossi la testa. "Io e Chris ci siamo lasciati per altri motivi qualche mese dopo." Fra i denti, aggiunsi: "E loro sono andati a convivere sei mesi più tardi."

"Allora, sembra che le cose a tre non siano una grande idea."

"Oh, possono esserlo," dissi. "Purché tutti siano aperti e onesti fin dal principio e non si comportino da stronzi possessivi o da traditori." Il mio tono era più acido di quanto avessi voluto. Mi schiarii la gola. "A dire il vero, ho avuto una cosa a lungo termine con una coppia che è andata benissimo."

"Definisci 'una cosa'."

"Abbiamo cominciato mentre erano separati. Loro..." Tacqui, senza sapere come spiegarlo senza rivelare chi fossero i miei scopamici. "Beh, diciamo solo che facevo sesso occasionale con ciascuno di loro. E lo sapevano entrambi, quindi andava tutto bene. Una cosa ha portato a

un'altra, siamo finiti tutti a letto insieme, ed è continuata
così."

"E lo fate ancora?"

"Ogni tanto. Le cose si sono incasinate un po' all'inizio
per questioni di gelosia, visto che si erano lasciati. Ammetto
che abbiamo commesso tutti degli errori cominciando ma,
quando loro hanno risolto i problemi e abbiamo capito cosa
volevamo dalla situazione, è andato tutto bene. Ora stanno
di nuovo insieme, sono felicissimi e ogni tanto, per divertir-
ci..." Feci spallucce.

Alex aggrottò la fronte. "Aspetta, non starai parlando
del padre e del patrigno di Sabrina, vero?"

Mi si gelò il sangue nelle vene e lo fissai a occhi sgranati.
"Come?"

"Hai detto che vivevi con loro quando ti sei trasferito
qui," disse. "E lei mi ha detto che eri il loro coinquilino
quando si sono lasciati."

Risi. "Non ti sfugge niente, eh?"

"Quindi stavi... *stai* davvero con loro?"

"È una cosa occasionale." Mi morsi il labbro inferiore.
"Ma, per favore, non dire niente a Sabrina. Non stiamo
cercando di nasconderglielo perché ci vergogniamo o qualcosa del genere, ma..."

"Ma quale ragazza vuole sapere della vita sessuale dei
suoi genitori?"

"Esatto."

Alex scosse la testa. "Non glielo direi mai. Non spetta a
me farlo e, sì, se fossi nei suoi panni, non vorrei saperlo
neanch'io." Poi mi scoccò un'occhiata maliziosa. "Tutt'a un
tratto, non mi sento più tanto strano perché mi piacciono gli
uomini più vecchi."

"Gli uomini più vecchi?" Sbuffai. "Ho solo, quanti, sei
anni più di te?"

"Beh, sei comunque più vecchio di me."

"Non di molto." Sottovoce, borbottai: "Uomini più vecchi. Bah."

Alex ridacchiò. "Immagino significhi che le ragazze non scherzano quando dicono che i padri di Sabrina sono fighi. Pensavo che lo facessero solo per prenderla in giro."

"Oh, *no*," dissi. "Rhett ed Ethan sono fighi da morire. Tutti e due."

"Davvero?"

"Sì. Anzi..." Raccolsi i miei jeans dal pavimento. Sganciai il cellulare dalla cintura e mi sollevai a sedere, scorrendo le foto. Alla fine, trovai quella che cercavo. L'avevo scattata a una partita di baseball mentre loro due erano concentrati sul gioco, ed era un bello scatto di profilo. Porsi il telefono ad Alex. "Giudica tu stesso."

"Oh. Wow. E sei stato con tutti e due?"

"Già."

"Contemporaneamente?"

"Contemporaneamente."

"Cavolo." Fischiò e scosse la testa. "Sembra la fantasia di ogni uomo gay."

"Non ne hai idea."

"No, no, decisamente no." Ridacchiò e guardò di nuovo la foto. "Il padre biologico di Sabrina è quello a destra?"

Annuii.

"Vedo la somiglianza." Mi restituì il cellulare. "Allora, sono tornati insieme ma andate ancora a letto tutti insieme?"

"A volte."

"Interessante." Fece una pausa. "Che altro hai fatto? Spero di non impicciarmi troppo; sono solo curioso su cosa mi sono perso."

"Figurati, non preoccuparti." Sorrisi. "Allora, cos'ho

fatto? O meglio, cosa *non* ho fatto?" Contando sulle dita, dissi: "Sesso sulla spiaggia, sesso su un aereo, sesso con un ex, sadomaso. Non sono mai stato con una donna, però."

"Hai mai voluto farlo?"

Scossi la testa. "No. Sono il tipo da provare tutto almeno una volta, ma non riesco davvero a immaginare di andare a letto con una donna."

"Hai mai fatto esperienze negative?"

"Un sacco," replicai. "Esilaranti, imbranate, impacciate, dolorose, imbarazzanti, di tutto." Esitai, domandandomi se parlargli di alcune delle esperienze che mi facevano ancora accapponare la pelle. Non qui, non ora. "Penso che la cosa più imbarazzante sia stata essere colto sul fatto da mio padre."

Alex spalancò la bocca. "Tuo padre ti ha beccato?"

Annuii. "Avevo diciassette anni e io e il mio ragazzo abbiamo perso la cognizione del tempo." Mi girai su un fianco, sorreggendomi su un gomito. "Eravamo stati tanto stupidi da scopare in soggiorno e mio padre è tornato a casa." A quel ricordo, ridacchiai, scuotendo la testa. "Cioè, ci eravamo coperti quando è entrato. Non ha visto niente, ma non serviva essere un astrofisico per capire cos'avevamo fatto."

Alex si sdraiò sulla schiena e si intrecciò le dita dietro la testa. "E cos'è successo?"

"Un lungo, imbarazzante silenzio. Poi è uscito dalla stanza, noi ci siamo vestiti e il mio ragazzo se l'è data a gambe." Gli passai pigramente le dita sul petto. "Dopo un paio d'ore, io e papà ci siamo seduti e abbiamo più o meno parlato. Ci era chiaramente rimasto un po' male. Voglio dire, chi vuole cogliere suo figlio sul fatto? Così c'è stata una discussione tipo 'promettimi che starai attento, per favore non farlo in casa mia, e non farti beccare da tua madre' e non ne abbiamo mai più parlato."

"Non era arrabbiato?"

"No. Sapeva che avevo un ragazzo; semplicemente, non si aspettava di vederci così."

"Allora, tu e tuo padre avete un bel rapporto?" chiese Alex. "Cioè, a parte quel momento imbarazzante?"

"Ce l'avevamo." Mi si strinse il petto. Mio padre e io ci parlavamo, ma la distanza e la tensione non erano mai sparite, e probabilmente sarebbero rimaste per sempre. Potevo perdonare, fino a un certo punto, ma non potevo dimenticare.

"Che è successo?"

Feci un cenno noncurante. "È una lunga storia. Ma non aveva niente a che vedere con il mio essere gay. Per lui, quello non era un problema."

Alex espirò. "Non riesco neanche a immaginarlo. Se mio padre, o chiunque altro in quella città, avesse saputo che ero gay, o se mi avesse beccato insieme a un ragazzo..." Rabbrividì.

Gli carezzai i capelli. "Quei giorni sono finiti, Alex. Ci sarà sempre gente per cui ciò che siamo è un problema, ma qui sei più al sicuro."

"Lo so." Si sollevò per baciarmi. "A proposito, prima ho notato il tuo tatuaggio, ma non ho avuto l'occasione di guardarlo bene. Posso?"

"Certo." Rotolai sullo stomaco perché potesse vederlo. Sulle spalle avevo l'intricato tatuaggio di una tigre. Era un design personalizzato del mio ex e, come al solito, aveva fatto un ottimo lavoro. Ogni striscia, ogni dente erano super dettagliati e il più vicino possibile al vero. Lo avevo da più di un anno e restavo ancora allibito quando lo vedevo allo specchio. Il talento artistico di Sebastian era innegabile e avrei pagato qualunque cifra per quel tatuaggio, se non avesse insistito per farlo gratis.

Alex ne tracciò il bordo con le dita. "È davvero forte."

"Grazie."

"È stato doloroso?"

"Non quanto pensavo." Lo guardai da sopra la spalla. "Non hai detto che pensavi di farti un tatuaggio?"

"Sì, ci penso da un pezzo," rispose piano.

Mi girai sulla schiena. "Sai già cosa vorresti farti?"

"A dire il vero, no," replicò, stringendosi nelle spalle. "Suppongo che lo saprò quando lo vedrò."

"Beh, come dicevo l'altra sera, il mio ex fa il tatuatore," dissi. "Ha fatto il mio. Forse la prossima tappa del tour di Seattle di Kieran Frost dovrebbe essere il suo studio."

Alex sorrise. "Potrebbe essere divertente." Mi fece scorrere un dito in mezzo al petto. "Tutto il tour è stato divertente, finora."

Passandogli la punta delle dita sull'avambraccio, chiesi: "Allora, ti piace?"

"Decisamente."

"C'è qualcos'altro che vorresti fare, stasera?"

Si chinò per baciarmi. "Mi piace quel lubrificante alla ciliegia."

"L'ho notato."

"Potrei volerlo provare di nuovo."

"Davvero?"

Alex non disse nulla. Si limitò a prendere la bottiglia.

CAPITOLO 10

Il giorno seguente, Alex non doveva essere al lavoro fino alle due e io fino alle tre, quindi lo portai allo studio di tatuaggi del mio ex, dall'altra parte della città. Quando entrammo, il socio di Sebastian, Jason, era intento a tatuare un cliente.

"Ehi, Kieran," disse, alzando lo sguardo dalla spalla della donna sofferente. "Sei venuto a fartene un altro?"

"Non oggi," replicai. "C'è Seb?"

"Sì, è nel retro." Allungò il collo verso il retrobottega e chiamò: "Seb! Vieni fuori."

Una voce gli rispose. Era quella di Seb, ma non riuscii a sentire esattamente cos'avesse detto. Un attimo dopo, il mio ex quasi-ragazzo apparve sulla soglia e gli si illuminarono gli occhi. "Ehi, quanto tempo."

"Davvero troppo," dissi. Ci scambiammo un sorrisetto e, in un'altra epoca, probabilmente mi avrebbe invitato nel retro per "controllare quel disegno al computer". Ah, quanti ricordi.

Posai una mano in fondo alla schiena di Alex e indicai Sebastian. "Alex, ti presento Seb. Seb, Alex."

Si strinsero la mano da sopra il bancone.

Alex indicò il braccio di Seb, tatuato fino al polso. "Non sei solo il capo, ma anche un cliente?"

"Già." Seb, che non perdeva mai un'occasione per sfoggiare i bellissimi tatuaggi che gli coprivano le braccia, si arrotolò la manica.

"Wow," sono stupendi," disse Alex.

"Grazie." Seb sorrise. Stupendi era dire poco. Le braccia di Sebastian erano coperte dal polso alla spalla in disegni intricati e variopinti, e ne aveva molti altri sotto i vestiti. Ancora oggi, mi venivano i brividi a pensare al dragone sul lato sinistro del suo addome, al modo in cui si muoveva quando...

"Hai poi finito la manica destra?" chiesi, troncando i miei pensieri sul nascere.

"Sì, qualche mese fa." Seb alzò gli occhi al cielo, e il suo piercing al sopracciglio scintillò. "Giuro, ci è voluta un'eternità."

"Capisco il perché," disse Alex. "Ha dei dettagli incredibili."

"E se l'è fatta lui stesso." Indicai Seb. "Questo pazzo si tatua *da solo*."

Alex sgranò gli occhi. "Davvero?"

Seb rise. "Non è difficile quanto sembra."

"Ti credo sulla parola."

"Beh, certa gente dice che sono fuori di testa, per cui..." Seb si strinse nelle spalle. "Comunque, cosa posso fare per voi?"

"Sto pensando di farmi un tatuaggio," disse Alex. "Ma non è lo stesso per chiunque entri qui dentro?"

"Oh, alle volte la gente viene a cercare di venderci roba," replicò Seb. "Ma, in generale, sì. Cos'hai in mente?"

"A essere sincero, non ne sono ancora sicuro. Suppongo che lo saprò quando lo vedrò."

Seb annuì. "Okay, beh, da' un'occhiata a cosa c'è appeso ai muri e nei cataloghi. Se vedi qualcosa che ci va vicino o ti viene un'idea, posso sempre fartene uno personalizzato."

"Il mio l'ha disegnato lui," dissi. "Fidati, è un dio."

Seb arrossì. "Cristo, Kieran, non sono così..."

"Oh, piantala, Miss Modestia," disse Jason, senza alzare gli occhi dalla spalla della cliente. "Non dargli retta, ragazzo. È uno dei migliori in città."

Seb si fece ancora più rosso. Si schiarì la gola. "Comunque, dà uno sguardo. Fammi sapere se trovi qualcosa." Indicò la pila di cataloghi sul baule consunto che faceva da tavolino nell'area di attesa.

Alex si sedette e iniziò a sfogliare i raccoglitori mentre io mi intrattenevo con Seb.

Mi appoggiai al bancone e Seb vi poggiò un gomito dall'altro lato.

A voce così bassa che perfino io riuscivo a malapena a sentirlo, indicò Alex con un cenno del capo. "È carino. Non sembra il tuo tipo, però."

"Perché no?" Inarcai un sopracciglio. "Non ha abbastanza tatuaggi e piercing?"

Seb fece spallucce. "Non so, sembra solo un po'... timido, direi?"

Risposi con un singolo, lento cenno d'assenso. "Sì, è un po' timido."

"Allora, immagino tu non l'abbia conosciuto al *Wilde's*. Se lo mangerebbero vivo, in quel posto."

"È l'amico di un'amica."

Il piercing al sopracciglio di Seb scintillò di nuovo alla luce. "Un appuntamento al buio?"

"Qualcosa del genere."

"Pensi che finirà per essere qualcosa..." Guardò Alex,

poi me. "Di più delle tue avventure occasionali e solo per scopare?"

Scossi la testa. "No, non penso. Assolutamente no."

Un'altra occhiata rivolta ad Alex. Poi un'altra a me. "Okay."

"Sembri scettico."

"Forse un pochino." Mi diede una pacca sulla spalla. "Solo perché ti conosco."

"Allora, *sai* che non fa per me."

"Il punto è proprio quello."

Aggrottando la fronte, dissi: "Che significa?"

"Niente, niente."

Prima che potessi insistere, un tintinnare di campanelle e una corrente d'aria ci fecero girare in tempo per vedere una brunetta ben vestita entrare dalla porta.

"Il mio appuntamento di mezzogiorno." Seb si scostò dal bancone. "Fatemi sapere se trovate qualcosa che vi piace."

Lo fissai e lui si limitò a scoccarmi un sorrisetto. Poi andò ad occuparsi della sua cliente e io andai a sedermi vicino ad Alex. Presi uno dei cataloghi.

"Non pensavo che ci sarebbero stati tanti libri da sfogliare," disse Alex, senza alzare lo sguardo da quello che aveva in grembo. "Fa dei lavori incredibili."

"È davvero uno dei migliori." Guardai l'orologio. "Guardane finché vuoi. Abbiamo tutto il tempo."

Mentre sfogliavo uno dei raccoglitori di Seb, il mio cellulare squillò. Guardai lo schermo e gemetti. "Torno subito," dissi, alzandomi in piedi.

"Fai con calma," mormorò Alex, senza alzare lo sguardo.

Uscendo dalla porta, aprii il cellulare. "Ciao, mamma."

"Ciao, tesoro," disse lei. "Senti, riguardo al prossimo fine settimana..."

Trattenni un altro gemito. La porta dello studio si

chiuse con un tonfo alle mie spalle, soffocando il tintinnio delle campanelle all'interno. Mi appoggiai a un distributore di giornali e cercai di non lasciar trapelare la mia frustrazione.

"Che succede?" chiesi.

"Beh, zia Rose verrà per cena venerdì sera e vorrebbe tanto vederti."

Sospirando, mi strinsi il dorso del naso con il pollice e l'indice. "Ne abbiamo già parlato," dissi, con tutta la gentilezza possibile ma con fermezza. "Venerdì sono impegnato. Domenica sono tutto tuo, ma non posso venire venerdì o sabato." Non che volessi partecipare alla cena di prova o al matrimonio, ma due giorni di fastidio erano un prezzo accettabile da pagare per evitare i drammi che avrebbe causato la mia assenza.

Mia madre fece un sospiro pesante. "Rose non può venire, domenica."

"Non c'è problema," replicai. "La vedrò la prossima volta che vengo in città."

"Ne sei sicuro?" chiese lei. "Le piacerebbe davvero tanto vederti."

Strinsi i denti. Grazie a Dio i miei avevano divorziato quando ero già adulto. Era stato uno schifo passarci a vent'anni ma questa costante ricerca del male minore, il senso di colpa di dover scegliere chi far incazzare e chi deludere, sarebbero stati ancora meno sopportabili per un ragazzino.

"Domenica è il meglio che possa fare, stavolta," dissi. "Di' alla zia che la saluto e che cercherò di chiamarla al più presto. Okay?"

"Va bene. Beh. Allora ci vediamo domenica."

"Ci vediamo domenica. Ti voglio bene, mamma."

"Anch'io ti voglio bene."

Dopo aver riattaccato, espirai e mi sgranchii le spalle. Se non altro, più si avvicinava il matrimonio e più brevi si facevano le telefonate. Ormai doveva aver capito che non potevo o non volevo saltare il matrimonio. Ci provava ancora, ma sembrava stare lentamente accettando la realtà della situazione. Dio, mi dispiaceva per lei, ma non sapevo cos'altro fare.

Riagganciandomi il telefono alla cintura, tornai dentro.

Alex alzò lo sguardo quando entrai ma non disse una parola mentre lo raggiungevo sul divanetto malconcio. Finì il catalogo che aveva in grembo, lo mise da parte e ne prese un altro. A ogni libro, sfogliava le pagine più in fretta e con sempre meno interesse, dando a ciascun disegno poco più di un'occhiata fuggevole. Non capivo se fosse annoiato o irritato. O entrambe le cose.

"C'è qualcosa che ti ispira?" chiesi, per saggiare il terreno.

Lui chiuse il catalogo e lo posò sulla pila. "Non direi," rispose, con tono piatto.

"Non devi per forza scegliere oggi," dissi.

"Bene," replicò, con una risata forzata. "Perché non penso che riuscirò a decidere tanto presto." Mi guardò. "Sei pronto ad andare?"

"Quando vuoi."

"Sì, per favore."

Salutammo Seb e Jason e uscimmo dallo studio. Camminando lungo il marciapiede, dissi: "Tutto bene? Sei molto silenzioso."

"Sì, sto bene." Guardava dritto davanti a sé. "Solo, non mi ero reso conto di quante... opzioni ci fossero."

"Le possibilità sono infinite."

"L'ho notato," disse, quasi sottovoce.

Lo guardai con la coda dell'occhio, cercando di interpre-

tare il suo subitaneo cambio d'umore. In quel momento mi
venne in mente che, per quanto fosse una cosa casual, forse
gettarlo nella stessa stanza con il mio ex non era stata una
buona idea. Aveva già abbastanza cose da elaborare. O forse
ci aveva sentiti e pensava che Seb stesse prendendo in giro
lui, non me. Alex non ci conosceva abbastanza da sapere
che era una costante fra noi due.

Diavolo. Avrei dovuto portarlo in un altro studio ma, ex
o no, Seb era *davvero* il migliore.

Forse era quello il problema. Alex era fin troppo conscio
della sua mancanza di esperienza con gli uomini, e mi
domandai se si stesse mentalmente mettendo a confronto
con lui.

Ci sono un sacco di opzioni, poteva aver immaginato che
stessi pensando, *e guardami, Alex, ti sto presentando una
delle mie* altre *opzioni.* Maledizione, non avevo proprio
riflettuto prima di presentarlo al mio ex.

"Allora, vuoi andare a vedere qualche altro studio?"
chiesi. "Ci sono un sacco di artisti in città."

Scosse la testa. "No, mi piacciono i suoi lavori. Ma non
ne ho trovato nessuno che mi colpisse particolarmente."
Fece una pausa. "Quindi, è il tuo ex?"

"Più o meno," dissi piano, cercando di trattenere una
smorfia colpevole. "Un ex amante, se dovessi dargli un'eti-
chetta. Non c'è mai stato niente di serio fra noi."

"È carino." Sorrise senza grande entusiasmo. "Capisco
l'attrazione."

"Sì, il suo ragazzo è un uomo fortunato." Feci scivolare
la mano in quella di Alex. Un po' troppo affettuoso per il
nostro accordo, ma volevo vedere se si sarebbe tirato indietro. E rammentargli con discrezione che adesso era lui il mio
amante, non Seb. Quando non si ritrasse, dissi: "Non... non
ti ha dato fastidio, vero? Incontrarlo?"

"Cosa? Oh, no. Per niente." Mi strofinò il pollice con il suo. "No, stavo solo pensando a tutti i disegni. Sai, cercando di capire cosa diavolo voglio tatuarmi."

"Beh, non c'è fretta," dissi. "Non sei mica obbligato a farti un tatuaggio entro i venticinque anni o qualcosa del genere."

Alex rise. "Sono felice di sapere che non c'è una scadenza."

"Per niente." Abbassai lo sguardo sulle nostre mani. Non si era tirato indietro. Non mi aveva spinto via. Qualunque cosa avesse in mente doveva essere più dell'enorme varietà di potenziali disegni ma, a quanto sembrava, non era ostile verso di me. Saggiando ancora un po' il terreno, guardai di nuovo l'orologio. "Sai, abbiamo ancora un po' di tempo prima di dover andare al lavoro."

"È vero. Hai qualcosa in mente?"

Sorrisi, sperando che non notasse come gli stavo scrutando gli occhi. "Oh, mi vengono in mente alcune cosette."

"Alcune cosette?" Ricambiò il sorriso e strinse maliziosamente gli occhi. "Tipo, cosette per cui dovremmo tornare in uno dei nostri appartamenti?"

"O almeno in un posto più appartato, sì."

Alex mi lasciò andare la mano e mi passò il braccio intorno alla vita. Qualunque cosa gli frullasse in mente, non doveva riguardare me, almeno non in senso negativo, perché ringhiò: "Allora sarà meglio sbrigarci, non credi?"

CAPITOLO 11

Qualche sera dopo, finii il turno alle undici e, visto che ero andato a lavorare a piedi, Alex venne a prendermi.

Scivolai sul sedile del passeggero e mi sporsi per baciarlo. "Ehi, ciao."

"Ciao a te." Mi diede un altro bacio.

Mi appoggiai allo schienale. "Cavolo, come sono contento di aver finito."

"Lunga giornata?"

Annuii. "Dio, eccome."

"Anche per me. Se avessi fatto un turno doppio, credo che sarei collassato."

"Ti capisco. Amo il mio lavoro, ma alle volte è davvero brutale." Gli posai una mano sul ginocchio. "E non penso che potrei sopravvivere a un doppio turno adesso che ci sei tu."

"Idem," disse Alex. "Hai ancora voglia di fare qualcosa, stasera?"

"Certo che sì," replicai. "Ti va di mangiare, prima?"

"Sì." Innestò la marcia. "Che ne dici di quella caffetteria lungo la strada? Quello dove siamo andati la prima volta?"

"Per me va benissimo." Indicai verso Broadway. "Esci dal parcheggio e tieniti sulla sinistra."

Broadway e le stradine laterali erano deserte. Nel giro di pochi minuti, Alex parcheggiò davanti alla caffetteria. All'interno, la cameriera ci accompagnò a un tavolo, versò del caffè di cui c'era un gran bisogno e ci lasciò a leggere il menù.

Dopo aver mangiato, nessuno dei due aveva troppa fretta di andare, quindi ci trattenemmo a sorseggiare tazze di quel caffè migliore del sesso.

Nonostante la caffeina, iniziavo ad accusare la fatica. Posai la tazza e mi strofinai gli occhi.

"Sicuro di stare bene?" chiese Alex. "Sembri esausto."

"Sono a posto. Ho solo bisogno di un maledetto giorno libero." Sospirai. "Ma lavoro tutta la settimana perché questo week-end devo andare fuori città."

"Davvero?" Alex bevve un sorso di caffè. "Dove vai?"

"A Sacramento." A denti stretti, aggiunsi: "Mio padre si sposa sabato."

Alex inclinò la testa. "Mi sembra di intuire che tu non ne sia molto felice?"

"No. Decisamente no."

"Ma vai comunque?"

Accigliandomi, annuii. "Non vorrei ma, se non vado, mi daranno il tormento a vita. E poi, mia madre non l'ha presa bene, quindi passerò a trovarla. Spero che la tirerà un po' su di morale." *E magari smetterà di farmi venire i sensi di colpa al telefono un giorno sì e uno no.*

"Se posso chiedere," disse Alex. "Esattamente cos'è successo con tuo padre? Cioè, cos'ha fatto?"

"Non è tanto cos'ha fatto," replicai. "È *chi* si è fatto."

Alex raddrizzò la schiena. "Oh."

"Mia madre ha scoperto che la tradiva qualche anno fa,"

dissi. "Con almeno tre donne. Ha ammesso che andava avanti da un po', ma non ci ha mai detto precisamente da quanto."

"Wow," disse Alex. "Dev'essere stato orribile per tua madre e per voi ragazzi."

Annuii. "Difatti. Mia madre non ha mai davvero superato la cosa e io, mia sorella e mio fratello non siamo più riusciti a guardare nostro padre con gli stessi occhi." Sorseggiai il mio caffè, sentendone a malapena il sapore. "Quindi, sì, non posso dire di essere entusiasta per questo matrimonio."

"Credo che non lo sarei neanch'io."

"Ma è sangue del mio sangue, la famiglia è sempre la famiglia, la famiglia viene prima di tutto, eccetera, eccetera." Alzai gli occhi al cielo e posai la tazza. "A proposito di stronzate di famiglia, sono curioso riguardo alla tua."

Alex deglutì. "Che vuoi sapere?"

"Mi domandavo solo, e se non vuoi parlarne basta dirlo..." replicai. "Nell'ambiente in cui sei cresciuto, dov'erano tutto così omofobi, come hai capito di essere gay?"

Con un basso risolino tinto di amarezza, abbassò lo sguardo. "A dire il vero, è un po' ironico."

"In che senso?"

Toccandosi il mento con il pollice e fissando il tavolo con occhi distanti, Alex disse: "Mio padre aveva il terrore che io o mio fratello fossimo gay. Voglio dire, giuro che probabilmente passava le notti in bianco a preoccuparsi che uno dei suoi ragazzi diventasse frocio." Alzò gli occhi al cielo. "Per tutta la vita mi hanno martellato in testa come dovrebbero comportarsi i bravi ragazzi eterosessuali. Ero davvero confuso, credimi. Quindi immagina, a undici anni so solo che i gay sono cattivi e disgustosi, ma mi rendo conto di non sapere esattamente cosa siano. Lo chiedo a mia madre e lei mi dice che sono uomini che hanno relazioni con altri uomini anziché con le donne come dovrebbero." Si mordicchiò per un momento il labbro inferiore.

"E dopo cos'è successo?"

Alex sospirò. "Ho reagito con orrore e disgusto come si aspettava che facessi, e le cose sono solo peggiorate man mano che crescevo e iniziavo a dubitare di ogni pensiero che mi passava per la testa. Noto l'esistenza di un altro ragazzo? Oh, Dio, potrei essere gay. Non mi piace il football? Oh, merda, e se fossi gay?" Fece una pausa. "Mi rendo conto che il ragazzo seduto davanti a me a matematica è così figo che non riesco neanche a pensare? Sì, sono *decisamente* gay."

"La prima cotta di solito schiarisce le idee," dissi.

"Infatti è successo." Fischiò, scuotendo la testa. "E lui era stupendo, lascia che te lo dica."

"Quindi, lo hai accettato subito?" chiesi. "O hai cercato di negarlo?"

"Ci è voluto un po' di tempo, ma penso di averlo sempre saputo. Era inevitabile. Ero così vigile riguardo a tutto quello che avrebbe potuto suggerire che fossi gay che ho finito per esserne fin troppo cosciente. Quando finalmente ho avuto davanti l'evidenza, non potevo precisamente ignorarla."

"Dev'essere stata dura, però. Data la tua situazione."

Alex sospirò, annuendo lentamente. "È stato un inferno. Veramente." Mi guardò negli occhi. "Sai quando i ragazzi dicono 'mio padre mi ammazza se lo scopre' riguardo a qualcosa?"

Mi corse un brivido lungo la schiena. "Sì..."

"Ancora adesso, ogni tanto mi domando se mio padre lo avrebbe fatto. Letteralmente." Deglutì. "O se mi avrebbe almeno pestato fin quasi ad ammazzarmi. Ci picchiava di rado ma, se l'avesse mai scoperto..." Tacque.

"Quanti anni avevi?" chiesi piano. "Quando l'hai capito?"

"Tredici," sussurrò. "Quattordici quando l'ho accettato davvero, ed è allora che ho elaborato il piano di buttarmi nello studio e assicurarmi che *nessuno* capisse che ero gay. Sapevo esattamente come *non* essere gay perché me lo ripetevano tutto il tempo, e ho capito che dovevo continuare così finché non me ne fossi andato. E poi... eccomi qui."

"Hai passato un terzo della tua vita così?"

Tacque per alcuni secondi. "Sì, suppongo di sì." Espirò. "Wow, quando la metti così..." Per un lungo momento, non disse nulla. Poi fece un cenno brusco con una mano. "Ma ormai è passata. Non ha senso passare i prossimi sette anni a piangermi addosso, giusto?"

"Beh, no, ma credo che nessuno si aspetterebbe che tu superi tutto da un giorno all'altro."

"No." Si strinse nelle spalle. "Ma sto facendo progressi." Ci sorridemmo. Alex prese la sua tazza. "E tu? Quando hai capito di essere gay?"

"Più o meno alla tua stessa età," replicai. "Intorno ai tredici anni, e ho fatto *coming out* quando ne avevo quattordici."

"I tuoi l'hanno presa bene?"

"Molto bene," dissi. "Ero un po' preoccupato, ma non hanno fatto una piega. Non pensavo che potessero reagire come avrebbero fatto i tuoi, ma non sapevo cosa aspettarmi. Non andavano mica in giro a dire alla gente che speravano disperatamente di avere un figlio gay, capisci?"

Alex rise piano. "No, immagino di no."

Sorseggiai il caffè e posai la tazza sul piattino. "Erano sorpresi ed è stata una conversazione decisamente imbarazzante, ma tutti i miei timori di essere sbattuto fuori di casa o roba del genere sono svaniti in fretta."

"Sei fortunato," mormorò lui. "Avrei dato qualsiasi cosa per fare quella conversazione con i miei genitori."

Allungai la mano sul tavolo per posarla sulla sua. "Onestamente, peggio per loro. Nessuno vuole essere rifiutato dai suoi stessi genitori, ma dice molto più su di loro che su di te."

"Lo so." Girò la mano sotto la mia e mi strinse le dita intorno al polso. "Ho imparato molto tempo fa che non mi accetteranno mai. E ci ho messo qualche anno, ma ho capito che era un problema loro, non mio. Non c'è niente che non va in me."

"No." Gli passai il pollice avanti e indietro lungo l'interno del polso. "Non c'è assolutamente niente che non va in te. E almeno adesso sei lontano da loro."

Alex espirò e annuì. "Ne sono grato ogni giorno, credimi."

"Pensi che glielo dirai mai?"

"Non so." Guardò distrattamente il suo dito medio descrivermi lenti archi lungo il braccio. "Forse. Prima o poi. Probabilmente quando avrò una relazione seria o qualcosa del genere, visto che uno dei problemi che hanno con i gay è l'idea che siamo tutti promiscui."

Mi sentii avvampare e gli scoccai un cauto sorrisetto. "Devo ammettere che alcuni di noi lo sono."

Rise. "Sì, forse ma, ironia della sorte, sei anche esattamente ciò di cui avevo bisogno per levarmi tutte le loro stronzate dalla testa. Alcuni potrebbero non essere d'accordo, ma penso che questa sia la cosa più sana per me."

Ridacchiando, abbassai lo sguardo. "Non so se userei proprio la parola 'sana', ma..."

"Io sì," disse Alex. "Assolutamente."

"Sul serio?"

"Pensaci. Sei andato lentamente con me, a ogni passo.

Non mi dai addosso se sono nervoso o incerto. Stiamo usando la tua esperienza ma con i miei tempi." Si sporse in avanti, stringendomi la mano nella sua e portandosela alle labbra. Mi baciò il dorso delle dita e mi guardò negli occhi. "Non vedo come potrebbe essere più sano di così."

"Forse hai ragione," dissi. "È un modo interessante di vederlo."

"Decisamente meglio che imparare a tentoni insieme a qualcuno che ne sa poco quanto me."

"Già, non hai tutti i torti."

"Com'è stato per te?" chiese Alex. "Immagino che anche tu sia stato un novellino una volta?"

Risi. "Oh, Dio, sì. C'è decisamente stato un momento in cui non sapevo cosa diavolo stavo facendo."

"Stento a crederci." Mi fece l'occhiolino.

Sorrisi, ma si spense in fretta. "Che tu ci creda o no, ho avuto la mia dose di esperienze imbarazzanti. E anche alcune... spiacevoli."

"Davvero?"

Annuii. Mi mossi leggermente, appoggiando il gomito vicino alla tazza di caffè. "Non l'ho detto a molti ma, la mia prima volta? Non è stata un'esperienza che vorrei ripetere. E non lascerò che sia così per te se e quando arriveremo a quel punto."

"Non sei obbligato a parlarmene," disse. "Sono curioso, ma se non ti va..."

"No, va bene," replicai. "Penso che meriti di sapere da cosa sto cercando di proteggerti." Rabbrividii, fingendo che non mi si accapponasse la pelle a quel ricordo. Poi presi fiato. "La prima volta che ho fatto sesso, stavo sotto. E non avevo la benché minima idea di cosa stessimo facendo. Zero."

"E lui?"

"Beh, mettiamola così," dissi. "Non era la sua prima volta. Sapeva abbastanza da renderlo piacevole per sé. Ma per me?" Scossi la testa. "Mica tanto."

"Quindi, cos'è successo? Se non ti spiace che lo chieda."

Inspirai. Evitando il suo sguardo, dissi: "Di solito, i verginelli non durano molto la loro prima volta. Almeno, se stanno sopra. Sarà l'eccitazione iniziale, immagino. Beh, per lui... non era così. Quindi ha continuato per un pezzo." Deglutii. "Un bel pezzo."

Alex inclinò la testa. "Suppongo che per te non sia stato piacevole?"

"Per niente." Rabbrividii al pensiero. "Ricordi quando ti ho detto che è meglio arrivarci per gradi?"

"Giusto. Il piano delle cinque dita, è così che l'hai chiamato?"

"Il piano in cinque passi, ma sì, più o meno." Sospirai. "Comunque tu voglia chiamarlo, lui non l'ha fatto."

Alex inarcò le sopracciglia. "È passato direttamente... da zero a scoparti?"

Annuii. "Pensava che, se avessimo usato abbastanza lubrificante, sarebbe andato tutto bene." Risi con amarezza. "Non che ne abbia usato abbastanza e, onestamente, non credo gli importasse che andasse bene o no, purché fosse bello per lui."

Con una smorfia, Alex si dimenò sulla sedia. "Dio, non riesco neanche a immaginarlo."

"Dopo, ero ancora interessato al sesso, ma non avevo la minima intenzione di stare di nuovo sotto."

Sgranò gli occhi. "Quindi... tu stai solo..."

"Adesso faccio tutte e due le cose. Non preoccuparti."

Si rilassò. "Cosa ti ha fatto cambiare idea?"

"Un ragazzo con cui sono uscito al college mi ha convinto a riprovare. Mi ha assicurato che, se gli avessi dato un'opportunità, forse mi sarebbe piaciuto. Bastava che gli dicessi di fermarsi e non avrebbe mai più tirato fuori l'argomento." Mi strinsi nelle spalle. "Così, ho pensato di accontentarlo. Non credevo che avrei resistito più di cinque minuti, e poi mi avrebbe lasciato in pace."

"E... hai resistito più di cinque minuti?"

Scossi la testa. "Gli sono bastati circa tre minuti e due dita, e mi ha fatto venire."

Alex sbatté le palpebre. "Sul serio?"

"Già. La seconda volta che lo ha fatto, l'ho implorato di scoparmi."

"E, quando l'ha fatto, ti è piaciuto?"

"Oh, mio Dio, sì. Dopo, non mi bastava mai."

Alex si morse il labbro inferiore. "Sono ancora un po' scettico, devo ammetterlo."

"Un sacco di gente lo è." Passai un dito lungo il bordo del piattino sotto la mia tazza. "Incute timore, soprattutto quando un sacco di ragazzi hanno fatto esperienze come la mia e parlano di quanto abbia fatto male."

"Non che abbia sentito molte di quelle storie," disse Alex. "Ma, adesso che lo dici, è un altro motivo per cui sono felice di avere te a guidarmi."

"Al tuo servizio." Presi il mio caffè, che era freddo e quasi finito. Buttai giù quanto ne restava, posai la tazza sull'angolo del tavolo e guardai Alex. "Sai, seriamente, devo dire che è incredibile che tu sia uscito dal tuo ambiente senza essere completamente fottuto nel cervello."

"Ho i miei momenti," replicò. "Non so, suppongo che, sapendo che non sarebbe durato per sempre, ho pensato che se avessi potuto resistere e mantenere il segreto per qualche anno, avrei potuto andare in un posto migliore."

"Come sapevi che Seattle è una città gay-friendly? Se

avevi così tanta paura che qualcuno ti scoprisse, come hai fatto ricerche?"

Rise. "È stato di nuovo mio padre ad aiutarmi inavvertitamente. Parlava sempre di 'posti come San Francisco e Seattle' e come erano invasi dai froci. Immaginavo che San Francisco sarebbe stata un po' ovvia, visto che odiava *davvero* quel posto, ma Seattle sembrava una mossa più discreta." Fece una pausa, fissando la sua tazza. "È buffo. Se non avesse parlato in continuazione di tutto ciò che gli sembrava gay, probabilmente mi sarei tradito molto prima. Ma, così, ha scoperto subito le sue carte, perciò io ho tenuto le mie strette al petto e, per quanto ne so, non ha mai sospettato nulla."

"Mossa astuta."

Alex si strinse nelle spalle. "Solo istinto di sopravvivenza."

Sospirai e gli strinsi la mano. "Non dovrebbe essere così con la tua stessa famiglia."

"Già, ma che vuoi farci? Non puoi sceglierti la famiglia."

"Santa verità." Mio padre era ancora in cima alla mia lista nera e non lo avrei mai perdonato per il modo in cui aveva trattato mia madre. Non volevo avere niente a che fare con il suo matrimonio. Ma avrebbe potuto essere una persona anche peggiore.

La cameriera apparve con una caraffa di caffè. "Ancora un po'?"

"No, grazie," disse Alex.

Ci pensai per un momento, poi dissi: "Neanche per me."

"Okay, beh, potete restare finché volete," disse lei. "Io comincio a chiudere, ma non vi sbatto fuori."

"A chiudere?" Tirai su il polsino. "Che ora... Santo Cielo, è mezzanotte passata."

"Non c'è fretta," disse lei.

Alex espirò. "No, ma non dovrei tardare ancora molto. Al capo non piace che mi addormenti sul lavoro."

"Neanche al mio," dissi. "Potresti portarci il conto, così ci togliamo dai piedi?"

"Ma certo." La cameriera tirò fuori dalla tasca un blocchetto, staccò il conto e lo posò sul tavolo.

Io e Alex pagammo metà ciascuno, quindi lasciammo la donna a chiudere in santa pace.

In auto, Alex avviò il motore ma, quando posò la mano sulla leva del cambio, esitò.

"Qualcosa non va?" chiesi.

Sospirando, mi guardò. "Anche dopo tutto quel caffè, sono sul punto di addormentarmi. Ti offendi se dico che mi resta giusto l'energia per salire le scale fino al mio appartamento, e basta?"

Gli posai la mano sul ginocchio. "Vuoi andare a dormire?"

"Sì. Sono cotto." Poi mi rivolse un sorriso assonnato. "Ma sei comunque il benvenuto se vuoi unirti a me."

"Con molto piacere."

Mentre salivamo le scale del suo condominio, fui lieto che avesse già sventolato bandiera bianca. Le gambe mi dolevano a ogni gradino e l'unica cosa che volevo fare a letto era dormire. Fra Alex e il *Wilde's*, ero pronto a crollare.

Alex aprì la porta ed entrammo. Gettò le chiavi sul tavolo. Voltandosi verso di me, disse: "Sicuro che non ti dispiace restare anche così?"

"Non mi dispiace affatto." Gli posai le mani sui fianchi e lo baciai. "E poi, se cambiassi idea dovresti accompagnarmi fino a casa, il che..."

Alzò una mano. "Allora, sembra proprio che tu sia bloc-cato qui. Non vado da nessuna parte per il resto della notte."

"Beh, a dire il vero sì."

"Davvero?"

"Mm-mm." Indicai il corridoio con un cenno del capo. "A letto."

Non ci mettevamo mai molto ad andare da quella porta d'ingresso alla camera da letto, e stasera non fece eccezione ma, anche mentre tiravamo su le coperte e ci stringevamo l'uno fra le braccia dell'altro, la fatica prese il sopravvento su tutto.

Alex mi baciò. "Sono stanco morto, stasera," sussurrò. "Ma non posso promettere di lasciarti andare domattina senza combinare qualcosa."

"Sarà meglio," dissi contro le sue labbra. "Perché ho tutte le intenzioni di farmi perdonare, domani."

"Bene. Ne avevo davvero voglia stasera, ma..." Scosse la testa. "Non ce la posso fare."

"Recupereremo il tempo perduto. Vieni qui." Mi girai sulla schiena e Alex mi poggiò la testa su una spalla.

Gli strofinai distrattamente i capelli, fissando l'oscurità. Erano passati secoli dall'ultima volta che avevo dormito così con qualcuno: a letto, vicini, senza prima scopare fino allo stremo delle forze. Avevo dimenticato quanto potesse essere gradevole anche senza i piacevoli postumi di un orgasmo o due.

Alex si assopì nel giro di pochi minuti ma, nonostante la stanchezza, la mia mente mi tenne sveglio ancora un po'. Ripercorsi la conversazione che avevamo fatto alla caffetteria.

Il pensiero di come era stato trattato crescendo mi gelava il sangue nelle vene. Non che ignorassi come venivano trattati dalle loro famiglie molti ragazzini gay... ero veramente fortunato, e lo sapevo... ma, per qualche motivo, la sua storia mi colpiva. L'idea che Alex vivesse spaventato da qualcuno, figurarsi dal suo stesso padre, mi faceva accapponare la pelle.

Lo strinsi un po' più forte, chiudendo gli occhi e inspirando il suo profumo.

"*Alcuni potrebbero non essere d'accordo,*" aveva detto, "*ma penso che questa sia la cosa più sana per me.*"

Forse lo era e forse no ma, se quello che stavamo facendo gli avesse impedito di passare quello che avevo passato io e lo avesse aiutato a prendere le distanze dalle stronzate della sua gioventù, allora non lo avrei contraddetto. Se non altro, significava che avrebbe evitato alcune esperienze il cui ricordo faceva rabbrividire uomini come me e Rhett anche anni dopo. Avrebbe imparato quanto poteva essere bello il sesso e lo avrebbe imparato con i suoi tempi, non miei o di chiunque altro.

Prima o poi, Alex sarebbe passato ad altri uomini. Ci sarebbero stati altri amanti ed era meglio per loro che non pensassero neanche di fargli del male. Speravo che mi avrebbe preso in parola quando dicevo che aveva tutto il diritto di buttare uno fuori dal letto se era uno stronzo egoista o imprudente. Che avesse cercato di manipolare Alex per farlo senza protezioni, o avesse cercato di dirgli "non preoccuparti, so quello che faccio" mentre Alex insisteva che, no, gli stava facendo male, o che avesse rimproverato Alex perché gli piaceva o non gli piaceva qualcosa, chiunque avesse tentato una stronzata del genere doveva solo sperare che io non lo scoprissi mai.

Lo strinsi a me e gli diedi un bacio sulla testa.

Se qualcuno prova a farti del male, Alex, giuro su Dio che gli spezzo le braccia.

CAPITOLO 12

Mentre mi contorcevo sulla scomoda panca di legno, avevo in mente almeno un centinaio di posti dove avrei preferito trovarmi.

Al lavoro. Sarebbe stato bello. Mi piaceva il mio lavoro e, anche se fosse stato uno degli impieghi di merda che avevo avuto in passato, sarebbe comunque stato meglio di questo.

A pulire l'appartamento. Per quanto detestassi fare le pulizie, altro motivo per cui avevo una casa così piccola, in quel momento avrei imbracciato con gioia il mocio.

O, meglio ancora, avrei potuto essere a letto con Alex. Nudo, senza fiato, con l'uccello duro e...

Datti una calmata, Frost.

Chiusi gli occhi e trassi un respiro profondo. L'ultima cosa che volevo era far capire a quelli seduti vicino a me che avevo la mente... da un'altra parte. Soprattutto quando il mio corpo era inchiodato qui, su questa panca. In una chiesa. In California.

Al matrimonio di mio padre.

Strinsi i denti. Ero sopravvissuto alla prova generale e

adesso dovevo solo sopravvivere alla cerimonia e al ricevimento, per quanto fossero durati. Potevo farcela. Almeno, al ricevimento ci sarebbe stato abbondante alcool. Di solito non ero un gran bevitore, ma oggi? Oh, avrei bevuto come una cazzo di spugna.

Le persone continuavano a entrare in chiesa, mormorando fra loro mentre prendevano posto. Erano tutti sorrisi smaglianti, con il completo della domenica, e mi domandai se qualcuno fra loro sapesse la verità. Se fossero genuinamente ignari, o se stessero solo sorridendo perché era vietato essere accigliati durante un matrimonio.

Perché diavolo ho accettato di venire?

Sospirai. Non importava. Avevo accettato e adesso eccomi qui. Merda.

Mio padre e il ministro sbucarono da una porta sul davanti della chiesa, e mi sentii istantaneamente irritato.

Lo stai facendo davvero, papà. Lo stai seriamente *facendo.*

E, oh, che aria compiaciuta che aveva, lì in piedi col suo completo di Armani e un sorriso smagliante mentre aspettava che la sposa percorresse la navata. Che arrogante figlio di puttana. Mi domandai se l'avesse già tradita o se avesse in programma di aspettare fino a dopo la luna di miele. Chissà? Forse le cose fra loro andavano bene. Forse papà era un uomo cambiato. Forse Lacey era "quella giusta" e gli aveva dato un motivo per sistemarsi.

E forse il monte Rainier era pieno di coriandoli a forma di pene.

Inspirai a fondo.

Rilassati. Presto sarà tutto finito.

Mi sorpresi a domandarmi se intendessi la cerimonia o la loro relazione.

Partì una musica rispettosamente festosa e io, in modo

semi-rispettoso, trattenni un gemito. Così iniziò la parata di damigelle e testimoni e chiunque altro fosse coinvolto. Si schierarono tutti sul davanti della chiesa con bouquet, smoking e fiori all'occhiello, facendo qualunque cosa dovessero fare damigelle e testimoni.

Poi la musica cambiò e, come tutti gli altri, mi alzai e mi girai.

Le porte si spalancarono e Lacey entrò, accompagnata da suo padre.

Dunque, ecco la mia matrigna. Di ben otto anni più vecchia di me, con un abito che probabilmente costava più della mia auto, sorridendo come se fosse davvero innamorata di mio padre.

L'avevo già incontrata qualche volta, ma non riuscivo ancora a credere che stessero per sposarsi. Non solo perché lei era molto più giovani di lui. Anzi, non avevo niente contro le differenze d'età. Se mai avessi incontrato un uomo single come Ethan o Rhett, e fossi riuscito a superare la mia avversione per le relazioni in generale, non avrei battuto ciglio davanti a una differenza di più di vent'anni.

Questi due, però, erano ridicoli. La monogamia... o, almeno, la fedeltà... e mio padre non si conoscevano neanche, e non ero ancora riuscito a capire cos'avessero in comune lui e Lacey. Dalle ultime notizie che avevo sentito, lei gli alitava ancora sul collo perché voleva altri figli, e mio padre rifiutava anche solo di prenderlo in considerazione. Aveva già tre figli adulti, almeno uno dei quali avrebbe potuto frequentare le superiori con quella donna. A lei piaceva viaggiare. Lui era un pantofolaio. Lei era un'insegnante di danza professionista. Lui non avrebbe ballato nemmeno sotto tortura. Papà era fissato col comprare solo cose americane, mentre Lacey guidava una BMW e beveva vino d'importazione.

Aveva anche la reputazione di una che faceva gli occhi dolci a tutti gli uomini con una fede al dito, e mio padre era un traditore seriale.

Mm. Forse, dopotutto, erano fatti l'uno per l'altra.

Il padre di Lacey la affidò a mio padre, quindi andò a prendere posto in prima fila accanto a sua moglie. Con sorrisi smaglianti, come se non avessero idea di che razza di stronzo fosse lo sposo, guardarono il ministro dare inizio alla cerimonia.

"Fratelli e sorelle," esordì. "Siamo qui riuniti..."

Sì, sì, sì. Roba già sentita.

Fratelli e sorelle, siamo qui riuniti per essere testimoni dell'unione di due persone che probabilmente non si piacciono neanche più di tanto, ma lui ha i soldi e lei gliela dà, quindi faranno finta di provarci prima di mollarsi. Finché morte o cinque anni non vi separino e via discorrendo.

Quel pensiero mi fece quasi scappare un risolino ma, quando venne il momento dei voti, mi si torse lo stomaco. Serrai la mandibola mentre quel figlio di puttana ripeteva le stesse parole che aveva detto a mia madre trent'anni prima. Mi domandai se stavolta, al contrario di allora, dicesse sul serio. Forse diceva sul serio la prima volta. Non lo sapevo. Forse era davvero rimasto fedele per i primi diciassette o diciotto anni, come giurava di aver fatto. Forse quando aveva pronunciato i voti ci credeva davvero, anche se poi aveva cambiato idea.

Supponevo che fosse possibile. Forse aveva iniziato con le corna nel periodo in cui insegnava a guidare a mia sorella, stava dietro a mio fratello che imparava a suonare la tromba, o si sforzava di accettare che suo figlio di mezzo fosse gay. Forse era successo prima, quando le lezioni di calcio di Jackie, le mie di baseball, e quelle di equitazione di David avevano sfinito i miei genitori e svuotato il loro conto in banca. Per quanto ne sapevo, poteva anche averla tradita fin dal primo giorno, appartandosi con qualche tizia in una pausa mentre posava con la sua novella sposa per tutte quelle foto ormai sbiadite ancora appese ai muri della casa dov'ero cresciuto.

L'unica cosa di cui ero certo era che, a un certo punto, mentre noi eravamo occupati a essere ragazzi e mamma era occupata a fare la mamma, papà aveva iniziato a scoparsi altre donne. Quante? Non lo volevo sapere. Le tre di cui ero a conoscenza bastavano e avanzavano. Si mormorava che ce ne fossero altre. Molte altre.

E adesso pretendeva che tutti i presenti qui, in particolare la donna in abito bianco, credessero che avesse davvero intenzione di essere fedele sempre, di amare e onorare, e tutta l'altra merda su cui aveva già mentito una volta.

"Lo voglio," disse mio padre alla sua quasi-moglie.

Sì, come no, stronzo.

Tirai su con il naso e mi asciugai gli occhi. Non sarei certo crollato qui. Non dove qualcuno avrebbe potuto pensare che fossi travolto dalla felicità, commosso fino alle lacrime a un matrimonio. Neanche per idea.

Mentre lottavo per mantenere il più possibile un contegno, distolsi lo sguardo dalla coppia felice e sbirciai lungo la panca, verso mia sorella. I suoi occhi guizzarono verso di me, poi tornò a guardare in avanti. Aveva un'espressione stoica e, quando le fremettero le guance, immaginai che stesse digrignando i denti proprio come me.

Accanto a lei, mio fratello minore aveva la stessa postura, fissando dritto davanti a sé, senza traccia di contentezza sul volto. La sua ragazza gli posò una mano sulla gamba e gli sussurrò qualcosa. Lui ricambiò stringendole la mano, ma la sua espressione non cambiò.

Riportai l'attenzione sul davanti della chiesa. Grazie a

Dio avevamo tutti e tre ben più di ventun anni, perché avremmo bevuto *eccome* al ricevimento.

"Con il potere conferitomi dallo Stato della California," disse il ministro, riportandomi a quella farsa di matrimonio, "vi dichiaro marito e moglie."

Buffo. Non ricordavo che avesse chiesto se qualcuno aveva obiezioni. Sarebbe stata una vera tentazione, eh? Ma avrei taciuto per sempre per lo stesso motivo per cui ero venuto a questo maledetto matrimonio: per ridurre al minimo i drammi familiari.

Una volta conclusa la cerimonia, il fotografo radunò i familiari nel giardino vicino alla chiesa per alcune foto di gruppo. La mia matrigna probabilmente non sarebbe stata entusiasta una volta ricevute le foto con me, Jackie e David con l'espressione di chi avrebbe preferito essere sotto i ferri del dentista. Sapevo simulare un sacco di cose. Fingere di essere felice per questa storia non era sulla lista.

Dopo le foto segnaletiche, tutti salirono in auto diretti verso il ricevimento e le sue bottiglie e casse e *vagonate* di alcolici. Io ero insieme a mio fratello e alla sua ragazza e, visto che lei non faceva parte della famiglia da abbastanza tempo da aver bisogno dell'anestetico in bottiglia come noi, si era offerta di restare sobria per guidare. Santa donna.

Il ricevimento si teneva in un country club dall'altro lato della città. David parcheggiò davanti alle scale e tutti e tre ci avventurammo nel calore soffocante. Il nord della California era brutale d'estate e gli anni passati a Seattle non avevano certo aumentato la mia tolleranza per il calore. Soprattutto non quando portavo una camicia, una cravatta, e una carogna sulla schiena.

David porse le chiavi a un valletto. Poi ci trascinammo su per le scale fino alla porta d'ingresso, dove ci fermammo. Io e lui facemmo un respiro profondo e ci scambiammo

un'occhiata esausta. L'aria condizionata e l'alcool ci attendevano all'interno, ma considerai comunque se restare fuori.

"Sei pronto?" chiese David.

"Abbiamo scelta?"

"Se ce l'avessimo," borbottò lui, afferrando la maniglia
della porta, "non saremmo qui."

Aprì la porta ed entrammo in quell'inferno ad aria
condizionata. Il grosso della famiglia era già arrivato,
insieme ad amici e vicini che non vedevo da tempo. Ero
felice di vedere tutti loro e, mentre osservavo la folla, mi
promisi che mi sarei divertito nonostante le mie riserve
riguardo al matrimonio,

Dopo l'entrata in pompa magna dei novelli sposi, andai
al bar per prendere una bottiglia di birra e il primo sorso
bastò a rilassarmi abbastanza per poter socializzare un po'.
Raggiunsi mia sorella Jackie e suo marito che, una volta
tanto, si comportavano civilmente l'uno con l'altra. Evidentemente, lui aveva già iniziato a bere. Era un ubriaco tranquillo, ma Jackie avrebbe avuto il suo bel daffare la mattina
seguente, quando si sarebbe svegliato col doposbornia. Sotto
spirito, era abbastanza simpatico. Da sobrio, era insopportabile. La maggior parte dei matrimoni con un ubriacone si
deterioravano con l'aumentare del consumo di alcool. Il loro
era progressivamente peggiorato da quando lui l'aveva
ridotto.

Perché Jackie non avesse divorziato da quel coglione,
non ne avevo idea.

"Lo amo ancora," aveva singhiozzato sulla mia spalla il
Natale scorso, quando lui non si era ancora attaccato allo
zabaglione e si comportava ancora da stronzo totale.

"Ma guarda come ti tratta," avevo detto e, Cristo, quante
volte avevamo già ripetuto la stessa conversazione? "Tu
meriti di meglio."

Mesi dopo, eccola qui, ancora a guardarlo in cagnesco e ancora con l'anello al dito.

Era *quello*, essere innamorati? Oh, wow, non vedevo l'ora.

No, un attimo, non l'amore. La birra. Ecco cosa volevo. Un'altra cazzo di birra.

Tornai al bancone e diedi al barista cinque dollari di mancia prima ancora che mi porgesse la bottiglia. Quella birra allentò ancora un po' i miei nervi. Il nervosismo si acquietò e alcune delle contratture al collo e alle spalle si rilassarono. Mi distrassi chiacchierando con amici e parenti e, per un po', riuscii a dimenticare perché mi trovassi lì.

Almeno, finché non venne a cercarmi lo sposo.

"Ehi, figliolo." Mio padre mi cinse le spalle con un braccio. "Sono contento che tu sia venuto. Non hai avuto problemi a prendere ferie o roba del genere?"

"No, il capo mi doveva un fine settimana libero." Sgusciai con nonchalance via da sotto al suo braccio. "Nessun problema."

"Beh, vorrei che fossi arrivato prima per passare un po' di tempo insieme." Indicò sua moglie. "Ma partiamo domattina presto per la luna di miele."

"Oh?" dissi, a denti stretti. "Dove andate?"

"Lei ha insistito per andare a Cancun." Alzò gli occhi al cielo. "È quello che la principessa desidera..."

"Non è anche la tua luna di miele, non solo la sua?"

Mio padre rise e mi diede una pacca sulla spalla. "Figliolo, è un bene che tu non abbia bisogno di capire le donne." Prima che potessi commentare, aggiunse: "Come sta tua madre?"

Serrai la mandibola. "Papà..."

Lui alzò una mano. "Stavo solo chiedendo, Kieran. Mi preoccupo per lei."

Come no. "Sta bene."

"Davvero?" Inclinò la testa e inarcò un sopracciglio in quel modo che sembrava dire *ti leggo nel pensiero, ragazzo* che mi aveva strappato innumerevoli confessioni quand'ero piccolo.

Stavolta non funzionerà. "Sta *bene*, papà."

Strinse leggermente gli occhi, ma parve concludere che non avrei rivelato altro. "Beh, mi fa piacere sentirlo. Sarà meglio che vada a salutare gli altri ospiti.

E probabilmente una o due damigelle, conoscendoti.

Andò a socializzare e io mi resi conto che la mia birra era pericolosamente quasi vuota. Mentre tornavo al bancone, fui intercettato da Jackie.

"Il vecchio ti ha messo all'angolo?" chiese.

"Eh, immaginavo di non poter superare questo matrimonio senza dovergli parlare per un paio di minuti."

"A essere sincera, sono già stupita che tu sia venuto."

"Ti immagini se non l'avessi fatto?" Scossi la testa. "Me l'avrebbe rinfacciato a vita."

"Avresti potuto dire che non potevi permettertelo o non potevi prendere ferie," disse lei. "Almeno, tu avevi qualche scusa a disposizione."

Sospirai. "Mi si sarebbe ritorto contro, prima o poi. Farmi vedere al matrimonio era il male minore."

"Mm, vero." Jackie si guardò intorno. "Allora, hai portato qualcuno con te?"

"No, non stavolta."

"Ti vedi con qualcuno?"

"Non al momento." *Almeno, niente di serio.*

Jackie sospirò. "Kieran, quando hai intenzione di sistemarti?"

"Sistemarmi?" La guardai, inorridito. "Ho ventisette anni. Che fretta c'è?"

"Beh, voglio dire, non hai trovato nessuno?"

"Non ho cercato."

"Non ti senti solo?"

Sogghignai. "No, non è un problema."

Lei arricciò il naso e rabbrividì. "Oh, Dio, non voglio sapere niente."

Mi strinsi nelle spalle, ridacchiando. "L'hai chiesto tu."

"Non ho chiesto i dettagli!"

"Posso fornirteli, se..."

"Chiudi il becco, Kieran."

Ridemmo e andammo insieme al bancone.

Il ricevimento continuò. Ancora. E ancora. Ma io smisi di bere dopo quattro birre. Non ero certo abbastanza ubriaco e non dovevo guidare, ma il mio umore non stava migliorando. Più saliva il tasso alcolemico nel mio sangue, più difficile diventava tenere a freno la lingua quando ero a portata d'orecchio di mio padre. Ero venuto al matrimonio per mantenere i drammi al minimo; meglio evitare di sbronzarmi e scatenarne uno io.

Dopo la cena, mentre tutti ballavano e festeggiavano, mi trattenni al mio tavolo deserto, godendomi gli ultimi fumi dell'alcool. Dalla mia sedia, ispezionai con lo sguardo la folla di gente venuta a festeggiare il matrimonio di mio padre.

Una coppia di genitori bisticciava cercando di tenere i figli piccoli lontani dalla torta. Un marito guardava torvo la moglie mentre lei agitava il suo cocktail. Un amico *molto* sposato di mio padre, la cui moglie non era venuta perché malata, ci stava provando con la sorella della sposa. Una damigella faceva gli occhi dolci a un cameriere, evidentemente ignara della mano che il suo fidanzato le teneva sulla gamba, così come il cameriere era ignaro del diamante che lei portava all'anulare sinistro.

E, l'indomani, sarei andato a trovare la mia madre depressa che, dopo tre anni, non aveva ancora superato la scoperta che il suo matrimonio lungo trent'anni era stato una bugia.

Sospirando, presi il mio bicchiere d'acqua. Se non altro, mio padre aveva avuto la decenza di non sposare una delle sue amanti. Dubitavo che ne avesse scaricata qualcuna ma, per quanto ne sapevo, la sua nuova moglie era stata aggiunta alla rotazione dopo il divorzio.

Il matrimonio dei miei genitori era stato il ritratto della felicità. Non c'erano due persone al mondo devote l'una all'altra come mia mamma e mio papà. Almeno, finché mia madre non aveva scoperto la lunga sfilza di amanti di mio padre. Trent'anni di "è così che un matrimonio dovrebbe essere" erano finiti nel cesso nel giro di una settimana.

Mia madre era andata in depressione. Io ero andato in depressione. Il mio ragazzo dell'epoca se n'era stancato. Avevo detto alla gente che ci eravamo lasciati perché ci eravamo allontanati e volevamo cose diverse dalla vita, ma era solo perché non volevo dire la verità. Era troppo difficile spiegare che l'uomo che avevo amato mi aveva piantato in asso perché ci avevo messo troppo per i suoi gusti a superare il divorzio dei miei.

Il matrimonio di mia sorella era un disastro. La maggior parte dei genitori dei miei amici erano divorziati. Dei miei colleghi al *Wilde's*, quando avevo iniziato a lavorare lì due anni prima, quattro erano in relazioni a lungo termine e solo una di esse era ancora intatta.

Anche Ethan e Rhett si erano quasi lasciati. Quando ero entrato nel loro mondo, affittando una stanza a casa loro dopo essermi trasferito a Seattle per fuggire dai miei casini, fra loro era praticamente finita. L'unica cosa che li legava l'uno all'altro era il mutuo e mi avevano affittato la stanza per accelerare i tempi del pagamento per poter vendere la casa e andare ognuno per la sua strada.

Adesso stavano di nuovo insieme e andava tutto a gonfie vele. Invidiavo l'amore profondo e genuino che ora c'era fra loro, ma non avrei mai dimenticato com'erano quando li avevo conosciuti. Avevano chiuso, finito, ed erano in cerca della più rapida via di fuga da quella relazione. Volevo il genere di amore che condividevano adesso, ma non se il prezzo era passare un'esperienza tanto dolorosa. Quello che c'era fra loro, e il fatto che fosse finito tutto bene, era l'eccezione, non la regola.

Tutto intorno a me, i matrimoni implodevano su se stessi. Relazioni a lungo termine si sbriciolavano. La gente soffriva. E poi i miei amici e parenti si domandavano perché fossi così cinico riguardo all'amore.

Non avevo la fobia di impegnarmi o cazzate simili; avevo solo visto cosa succede quando queste cose vanno a rotoli. Il matrimonio era una presa in giro. Innamorarsi era andare a cercarsi della sofferenza, e avevo visto poco che suggerisse il contrario. Se l'amore non fosse stata una scommessa così brutalmente rischiosa, mi sarei concesso di provare di nuovo, ma no. Non dopo tutto quello di cui ero stato testimone. Il fatto era che avevo paura di avvicinarmi a qualcuno al punto che avrebbe fatto male perderlo.

Gli amanti occasionali andavano e venivano, e di solito mi lasciavano con poco più di una fitta di disappunto se il sesso era stato bello. Ero rimasto amico con molti di loro... Seb, Rhett, Ethan, tanti altri... perché non c'erano sentimenti di mezzo. Visto che non c'era nulla che potesse ferire, nessuno restava ferito. La vita era molto più semplice, così.

Finii di bere e posai il bicchiere vuoto sul tavolo, continuando a fissare la gente sulla pista da ballo.

Un cameriere apparve con una caraffa d'acqua. "Ancora

un po'?"

"Sì, certo." Feci un cenno noncurante. "Grazie."

Si sporse davanti a me per prendere il mio bicchiere e un brivido mi corse lungo la schiena tanto improvvisamente da farmi sobbalzare. Il cameriere mi scoccò un'occhiata perplessa, ma io feci finta di niente. Come se non avessi appena reagito come se qualcosa mi avesse scioccato.

E non era certamente stato il debole, familiare profumo del cameriere a farlo.

Quando si fu allontanato, chiusi gli occhi e inspirai dal naso, cercandone un'ultima traccia nell'aria. La trovai, la assaporai e mi rilassai contro lo schienale della sedia mentre espiravo. Sgranchendomi le spalle, sorrisi fra me. La mia mente tornò a Seattle, fra le lenzuola scompigliate di Alex. Un piacevole formicolio mi risalì dalla base della spina dorsale fino al collo.

Dovevo solo sopravvivere al resto del ricevimento, all'indomani da mia madre, e il giorno seguente sarei tornato a Seattle. Ah, il mondo sembrava improvvisamente un posto molto più tollerabile, sapendo cosa mi aspettava una volta tornato a casa. Mi domandai se Alex fremesse dalla voglia di passare una notte insieme come me. Mi domandai se avesse fatto qualcosa al riguardo mentre non c'ero, e se avesse pensato a me mentre lo faceva. Io avevo certamente pensato a...

"Kieran?"

Aprii gli occhi.

Mio fratello inclinò la testa. "Tutto bene?"

"Sì." Mi sforzai di sorridere. "Che succede?"

Lui indicò qualcosa alle sue spalle. "Papà vuole fare qualche altra foto con noi e Jackie."

"Fantastico." Mi alzai e lo seguii.

E tanti saluti al mio buonumore.

CAPITOLO 13

Richiusi la porta della camera degli ospiti spingendola con la schiena. Appoggiandomi all'uscio, chiusi gli occhi e lasciai ricadere la testa all'indietro con un lungo sospiro esasperato. Un solo pomeriggio con mia madre ed ero già esausto.

Tornavo a Sacramento ogni sei mesi o giù di lì a visitare amici e parenti e avrei giurato che mia madre invecchiasse di dieci anni fra ogni visita. Per tutta la mia vita, era sempre sembrata dieci o quindici anni più giovane della sua vera età.

Dopo il divorzio, aveva perso più peso di quanto potesse permettersi di perdere e, anche se adesso non sembrava più emaciata come durante il primo anno, era ancora smunta. Aveva cessato tutti i suoi accurati sforzi di nascondere il grigio nei suoi capelli scuri, che ora erano più grigi che castani. Avrebbe compiuto cinquantadue anni fra pochi mesi, ma sembrava prossima ai settanta.

Comprendevo la sua depressione e il suo bisogno di piangere il suo matrimonio. La mia depressione per la loro separazione aveva rabbuiato sei mesi buoni della mia vita e distrutto la mia relazione. Avevo cercato di essere comprensivo per il primo anno, ma lei si ostinava a crogiolarsi nella miseria. Adesso ero solo frustrato. Cosa potevo farci se mia madre insisteva a lasciare che l'amarezza e la tristezza la consumassero? Aveva ancora la loro foto di matrimonio appesa al muro, Dio santo.

"Hai più considerato di vendere questa casa?" avevo chiesto per la milionesima volta.

Mia madre aveva sospirato, afflosciando ancora di più le spalle. "Sì, ma... non so."

"Cambiare aria potrebbe farti bene," avevo detto. "Ci sono un sacco di bei ricordi qui, ma a volte possono essere i peggiori, sai?"

Lei aveva annuito senza dire niente.

"Potresti sempre venire a Seattle," avevo aggiunto. "Ti piacerebbe. Il clima non fa schifo come dice la gente, e hai detto tu stessa che sei stanca del caldo."

"Ma... questa è *casa*."

E avanti così, a girare in tondo.

Sospirai e mi strofinai gli occhi con i palmi delle mani. Non c'era niente che potessi fare e, maledizione, era estenuante. Era uno dei molti motivi per cui avevo lasciato Sacramento per Seattle un anno dopo il divorzio. C'era un limite a quanto potessi sopportare.

Mi scostai dalla porta e attraversai la stanza. Sbuffando, mi lasciai cadere sul letto e mi sganciai il cellulare dalla cintura. Senza guardare, feci una chiamata.

Mentre il telefono squillava, mi appoggiai all'indietro sul letto, sorreggendomi la testa con la mano libera.

"Ehi," disse Alex.

Chiusi gli occhi e sorrisi. Il suono della sua voce bastò a farmi respirare liberamente. Ah, qualcosa di bello che mi aspettava una volta tornato a casa. La cosa migliore per me

in quel momento sarebbe stata rotolarmi fra le sue braccia e
le lenzuola. Lasciarmi trasportare da qualche meritato orgasmo. Mi venne l'acquolina in bocca al pensiero di assaporare il suo uccello.

Ma, per il momento, io ero qui, lui era là, e parlargli era
meglio di niente.

"Ehi," replicai.

"Com'è andato il matrimonio?"

Gemetti.

"Così brutto?" Il suo tono era compassionevole, ma non
senza una traccia di divertimento.

"Poteva andare peggio," dissi. "E mia madre fatica
ancora ad accettarlo, quindi non è stato piacevole, ma che ci
vuoi fare?"

"Mi dispiace sentirlo."

"Sopravviverò. Allora, tu come te la passi?"

"Per lo più lavoro," disse. "Negli ultimi giorni, è venuta
un sacco di gente in negozio."

"Bene. Più ore fai, più commissioni guadagni."

"Commissioni?" Rise. "Per piacere. Sono fortunato se
riesco a comprarmi una tazza di caffè con le commissioni
che mi pagano. Ci resto solo per le ore e lo sconto."

"La maggior parte degli impieghi sono buoni solo per
quello."

"Sì, ma almeno il tuo ha un panorama interessante."

"Vero, ha quel vantaggio," dissi.

"Allora, che fai di bello stasera?" chiese lui.

"Ceno con mia madre e mia sorella." Mi strofinai la
fronte. "Stento a trattenere l'entusiasmo. E tu?"

"Fra poco esco con Sabrina e qualche amico."

"Esci effettivamente di casa?" sbuffai. "Dio mio, ti
stanno ricattando o qualcosa del genere?"

Alex si schiarì la gola. "Sì, qualcosa del genere."

Sorrisi immaginando le sue guance avvampare.

"A dire il vero," aggiunse, "mi sono divertito l'ultima volta. Certo, ho passato tutto il tempo con te."

"Temo di non poterti aiutare stasera."

"Non c'è problema, me la caverò." Fece una pausa. "A proposito..."

"Mm?"

"Io, ecco, ho seguito il tuo consiglio."

Aprii gli occhi. "Che consiglio?"

"Sono tornato a quel negozio dove mi avevi portato. Com'è che si chiamava?"

"*Oh Zone?*"

"Sì, quello."

Il mio cuore accelerò i battiti. "Oh, davvero?"

"Già." Rise piano, lasciando trapelare un certo imbarazzo. "È incredibile quanti soldi si riescano a spendere in un posto così."

Deglutii. "Cos'hai comprato?"

"Io... uhm..." Fece una pausa. "Qualcosa non *proprio* a grandezza naturale."

Mi venne la bocca secca. "E? Come ti ci trovi?"

Alex esitò. "Subito era un po' strano, ma mi piace." Tacque. "Inizio a domandarmi perché abbia mai dubitato che mi sarebbe piaciuto."

Sussultai, chiudendo gli occhi e immaginando l'espressione sul suo volto e i gemiti che dovevano essergli sfuggiti la prima volta che aveva provato quel genere di orgasmo. Probabilmente era rimasto sdraiato lì a tremare per qualche minuto, dopo, cercando di comprendere l'intensità delle sensazioni che aveva appena provato.

"Ci sei ancora?"

"Sì, sì." Tossicchiai. "Dunque, significa che posso partire con i 'te l'avevo detto'?"

Rise. "Sì, sì, avevi ragione. Assolutamente ragione. Anzi..." Prese fiato. "Quanto sarai tornato, vorrei andare oltre."

La mia pressione sanguigna si impennò. "Quanto... quanto oltre?"

Alex tacque per un momento. Io non dissi nulla, più che altro perché non riuscivo a smuovere l'aria che avevo nei polmoni. Il cuore mi martellava nel petto mentre aspettavo la sua risposta. Mi mossi leggermente, sistemandomi la patta dei jeans, che erano improvvisamente diventati stretti da morire. Mettermi comodo era impossibile quando ce l'avevo così duro.

Alex si schiarì la gola. "Non sono ancora totalmente sicuro sul, uhm, ricevere, ma..." Fece un'altra pausa. "Diciamo solo che ho comprato dei preservativi e del lubrificante, e mi piacerebbe davvero usarli."

Oh, Signore, sto sognando.

Mi inumidii le labbra. "Stai dicendo che vuoi scoparmi quando sarò tornato a casa?"

Quando replicò, mi sarei aspettato più timidezza e incertezza, o che incespicasse nelle parole.

"Sì." Non c'era nulla eccetto pura e semplice audacia. "Voglio scoparti."

Rischiai. Di. Venire.

Ci volle un altro colpetto di tosse per riprendere a respirare. "Allora, penso che dovrò prenotare un volo anticipato per tornare a casa."

"A che ora atterra il tuo aereo?"

"Alle quattro e mezza."

"Lavoro comunque fino alle sei." Fece una pausa. "Da te o da me?"

"Dovunque ci sia una superficie piana e dei preservativi." La mia voce era un ringhio. Chiusi gli occhi, lasciando campo libero all'immaginazione.

"Che ne dici di casa mia?" chiese.

"Per me va bene." *Oh, Dio. Lo faremo. Finalmente.* L'uccello mi tendeva la patta dei jeans, e il letto cigolò quando mi mossi. Non riuscivo neanche a concentrarmi su una singola fantasia. Lo volevo così...

"Kieran?"

"Come? Scusa." Mi sentii avvampare e fui felice che non potesse vedermi. Tossicchiai. "Ero distratto."

Il suo risolino mi fece domandare se non avesse capito a cosa stavo pensando.

"Meglio che ti lasci andare," disse. "Sabrina arriverà fra poco. Suppongo che dovrei rendermi presentabile."

Mi leccai le labbra secche. "Okay, divertiti, stasera."

"Ma meglio non divertirmi troppo, giusto?"

"Divertiti finché vuoi," replicai. "Basta che conservi un po' di energia per domani sera."

"Lo farò, non preoccuparti."

"Ci vediamo domani."

"Credimi, non vedo l'ora."

"Siamo in due."

Riattaccammo e il mio telefono era appena atterrato accanto a me sul letto quando iniziai a slacciarmi freneticamente la cintura e i pantaloni.

Avrei fatto sesso con Alex. *Oh, Dio. Mi vuole. Mi vuole. Ho* bisogno *di lui, cazzo.*

Mi strinsi le dita intorno all'uccello. Stasera non ero neanche in grado di cercare del lubrificante o un adeguato sostituto. Avevo perso il conto di quante volte avessi fantasticato di fare sesso con lui... in un ruolo attivo o passivo... e, domani, sarebbe successo davvero, e la mia mano non poteva muoversi abbastanza in fretta da alleviare quel bisogno insopportabile.

Sesso con Alex. Cazzo. Alex dietro di me, scopandomi duro. Alex sopra. Oppure sulla schiena, lasciando che facessi tutto il lavoro mentre si godeva la cavalcata, oh, cazzo, morivo dalla voglia di prendere il suo uccello. Non ne aveva idea. La benché minima idea.

Mi strofinai ancora più forte finché non mi vennero le lacrime agli occhi e la mia schiena si sollevò dal letto. Serrai gli occhi, cercando di respirare, poi smise d'importarmi di respirare perché l'unica cosa che contava era essere così maledettamente eccitato e il mio bisogno di venire, oh, Dio, non potevo aspettare, non potevo più aspettare, se non fossi venuto al più presto sarei... ero solo...

"*Cazzo.*" Quella parola mi sfuggì a denti stretti e, un istante dopo, venni così intensamente che mi si colmarono gli occhi di lacrime.

Poi, rimasi immobile. Senza muovermi, senza respirare. Il cuore mi martellava ancora nel petto ma non ero in grado di muovermi, scosso dagli ultimi brividi.

Una volta finiti, rilassai lentamente la mano ed espirai. Poi armeggiai in cerca della scatola di fazzoletti sul comodino. Una volta ripulito, tornai a sdraiarmi e fissai il soffitto, facendo un lungo sospiro e ascoltando il mio cuore impazzito mentre rallentava.

Ventiquattr'ore. Anzi, anche meno, e sarei di nuovo stato con lui. Speravo che non avrebbe cambiato idea o avuto ripensamenti, che volesse davvero oltrepassare quel limite insieme a me. Anche se si fosse tirato indietro, non m'importava. Volevo solo stare con lui. Dopo due giorni con la mia famiglia e tutti i suoi drammi, due giorni *lontano* da Alex, avevo bisogno di fuggire dalle stronzate e tornare fra le lenzuola con lui. Diavolo, anche solo nella sua stessa stanza, anche se finire a letto era inevitabile.

Mi mossi, cercando di mettermi comodo. Diavolo, ero

arrapato e la mia mano non sarebbe stata sufficiente, stasera. Il bisogno era stato saziato, per il momento, ma quanto sarebbe durata? Conoscendomi, non tanto.

Guardai l'orologio. Erano solo le quattro e mezza. La cena con mamma probabilmente sarebbe finita per le sette, lasciandomi la serata libera. Avevo un sacco di tempo tutto per me.

Avevo ancora degli amici... *quel* genere di amici... in zona. Non ci avrei messo molto a trovare qualcuno di disponibile.

Non ci avrei messo molto, ma non avevo l'energia necessaria. Cercare numeri. Fare telefonate. Trovare la forza di andare da qualche parte e il desiderio di stare con qualcuno che non fosse Alex.

Sospirai e tornai a fissare il soffitto.

Ventiquattr'ore. Anche meno.

Potevo aspettare.

CAPITOLO 14

Quando arrivai a casa di Alex il giorno seguente, feci le scale due gradini alla volta. Bussai alla porta, picchiettando tre volte con la nocca, allo stesso ritmo del mio cuore galoppante. Sentii dei passi dall'altro lato della porta. *Oh, Dio...*

Alex aprì e, appena non ci fu più la porta di mezzo, ci gettammo l'uno fra le braccia dell'altro. Da zero a un bacio profondo e appassionato in un istante, e non ci lasciammo più andare. Incespicammo contro lo stipite. Nell'appartamento. Sbattei la spalla contro il muro. Lui urtò qualcosa con il fianco.

Chiuse la porta con un calcio e io ce lo sbattei contro. Baciandoci, ansanti, artigliando l'uno i vestiti dell'altro, dovevamo arrivare il più vicini possibile, il più in fretta possibile. Inspirai a fondo, saturando i miei sensi del suo profumo, e ringhiai nel suo bacio mentre un brivido mi faceva venire la pelle d'oca sotto la maglia.

E non ero l'unico a essere aggressivo. Alex mi strappò la maglia di dosso. Poi mi baciò di nuovo, infilandomi le mani nelle tasche per attirarmi a sé. Cristo, ce l'aveva duro. Volevo che mi scopasse, ora. Forte. Veloce. Violento. *Adesso.*

Ma, no, non ancora. Avevo altri progetti, prima.

Gli slacciai la cintura e, prima di abbassargli la cerniera, gli feci scivolare la mano sulla patta dei pantaloni. Quando strinsi la sua erezione, non avrei saputo dire chi sussultasse con più violenza.

Oh, Dio, avrò questo cazzo dentro di me stasera.

In qualche modo, ricordai come funzionava la cerniera e ansimammo entrambi quando gli strinsi le dita intorno. Lo strofinai lentamente. Ogni centimetro del mio corpo doleva e formicolava come se la *sua* mano fosse stata sul *mio* uccello.

"Aspetta," ansimò Alex. "Kieran, io... se tu... Cazzo, mi farai venire."

"Lo so." Lo baciai. "L'idea è quella."

"Ma io..."

"Fidati."

Prima che potesse protestare, mi lasciai cadere in ginocchio e il gemito che gli sfuggì quando gli passai la lingua intorno al glande rese la mia erezione quasi insopportabile. Maledizione, quanto lo volevo.

Gemetti e lo strofinai più in fretta, prendendolo più a fondo in bocca, con l'uccello dolente e le mani tremanti al solo pensiero di prendere *quell'*uccello dentro di me.

Alex inarcò la schiena contro la porta e mosse i fianchi a tempo con le mie carezze e, più mi scopava la bocca, più io mi eccitavo. Strinsi più forte con la mano, rigirai la lingua intorno al suo glande ancora, e ancora, e ancora.

"Oh... Dio..." Sbatté una mano contro il muro. Poi l'altra. I suoi fianchi sussultarono, gli cedettero le ginocchia e, con un gemito disperato, si arrese e venne nella mia bocca in attesa.

Quando mi alzai, appoggiando una mano al muro da

quanto mi tremavano le gambe, Alex mi posò le mani sul collo e mi baciò con passione.

"Pensavo volessi che ti scopassi," ansimò fra un bacio e l'altro.

"Oh, lo voglio." Gli guidai la mano sulla patta dei miei jeans e sul mio uccello decisamente duro. "Ti voglio tanto da perdere la testa."

"Ma..."

Lo interruppi con un altro bacio. "Se c'è una cosa che quasi tutti dicono sulla loro prima volta, è che è finita troppo presto." Mi chinai a baciargli il collo. "Voglio che tu te la goda." Gli cosparsi la gola e la clavicola di baci. "Che la assapori." Un altro bacio, indugiando per un secondo. "Che la ricordi."

Rabbrividì. "Non credo che quello sarà un problema."

Gli mordicchiai il lato del collo. "Bene." Alzai la testa e, appena prima che le nostre labbra si unissero, sussurrai: "Abbiamo tutta la notte. Usiamola."

In un groviglio di baci e vestiti, percorremmo il corridoio fino alla sua camera da letto, dove crollammo sul letto. Ci spogliammo fra lunghi baci, esponendo pelle calda alle nostre mani avide. Nonostante la nostra reciproca, innegabile disperazione, tutto era lento e sensuale. Pelle bollente, sudore fresco, respiri affannosi; se io ero così sopraffatto, potevo solo immaginare come fosse per lui. Mi girava la testa e mi tremavano le mani e mi si mozzava il fiato ogni volta che il suo fianco o la sua mano o le sue labbra sfioravano la mia erezione. Trovai appena abbastanza autocontrollo da non perdere la testa, e più di una volta fui tentato di implorarlo di lasciare che lo scopassi. Se gli era piaciuto un toy, gli sarebbe piaciuto un uccello, ma non ancora. Doveva essere una sua mossa, anche se l'attesa mi avesse fatto impazzire.

I suoi baci si fecero lentamente febbricitanti, proprio come prima contro la porta. E oltre. Molto oltre. Erano baci famelici, senza fiato, *frenetici*, esigenti e incalzanti ed ero certo che, se mi fosse venuto ancora più duro, avrei perso la testa.

Alex mi inchiodò al letto e spinse i fianchi contro i miei, e io gemetti nel suo bacio. Sentire l'erezione di un altro uomo non mi aveva mai eccitato così tanto. Non potevo aspettare un altro maledetto minuto.

"Preservativi?" mormorai fra un bacio e l'altro.

"Nel cassetto." Mi diede un altro bacio, poi si sollevò. "Ne prendo uno."

Mentre apriva la scatola, gli tremavano le mani.

Gli toccai la spalla. "Sicuro di essere pronto?"

Con il profilattico in mano, appoggiò la scatola e si girò verso di me. Mi posò la mano libera sulla nuca e mi baciò. "Continuo a pensarci da prima che partissi per la California." Sfregò il labbro inferiore contro il mio. "Non ho così male al gomito da anni." Ridemmo piano entrambi prima che mi coprisse le labbra con le sue. Con le dita fra i miei capelli, le nostre membra intrecciate, finalmente si tirò indietro quanto bastava per sussurrare: "Sono pronto eccome."

"Dimmelo," sussurrai.

"Che cosa?"

"Cosa vuoi." Gli strinsi le dita fra i capelli e lo costrinsi a guardarmi negli occhi. "Dimmelo."

Si inumidì le labbra e mi fissò negli occhi con un'intensità che mi fece formicolare la schiena. "Voglio te." Deglutì. "Voglio scoparti."

Il mio uccello fremette fra noi. "Fallo, ti prego."

Con dita tremanti, lottò con l'involucro del preservativo.

"Dammi." Tesi la mano. "Faccio io."

I nostri sguardi si incrociarono. Poi mi mise il profilattico sul palmo. Lacerai l'involucro con i denti. Mentre gli infilavo il preservativo, Alex si morse il labbro inferiore e non sapevo se fosse per il nervosismo, l'eccitazione, o il fatto che gli stessi toccando l'uccello. Forse tutte e tre le cose. Le stesse tre ragioni per cui le *mie* mani erano malferme.

Alex prese il lubrificante e, mentre se lo spalmava, mi guardò negli occhi. "Sono, uhm." Inarcò le sopracciglia. "In che posizione?"

"Da dietro di solito richiede meno contorsioni," dissi. "E avrai il controllo assoluto. Veloce, lento, forte, delicato. Come vuoi."

Stavolta, fu lui a baciarmi. "Tu come lo vuoi?"

"Non importa." *Cazzo, perché sono già senza fiato?* "Ti voglio solo dentro di me."

Alex fu scosso da un tremito.

"È più facile..." Lottai per formare parole coerenti per articolare pensieri quasi incoerenti. "Sarà più facile... da dietro, intendo. Se mi metto a carponi." Mi leccai le labbra. "Meno complicato per te."

Lui deglutì. Poi si umettò le labbra e sussurrò: "Girati."

Gli diedi un bacio leggero prima di fare come aveva detto.

Mi posò una mano incerta sul fianco. Il materasso si mosse leggermente mentre si chinava verso di me. La stanza era silenziosa, tutto era fermo, e pensai che fosse stato sopraffatto dal nervosismo. Poi, trasse un lungo respiro tremante e premette contro di me.

Gemendo piano, mi entrò dentro. Chiusi gli occhi, espirando con la stessa lentezza... *così* lento... con cui si spingeva dentro di me. Un centimetro, non di più, e si tirò indietro. Entrò di nuovo. Spinte lente, sempre più profonde, e lottai contro l'impulso di ondeggiare all'indietro contro di lui e costringerlo a entrare fino in fondo; dovevamo andare alla velocità che voleva lui, per quanto avessi bisogno di ogni suo centimetro.

Una volta entrato fino in fondo, si fermò. Espirammo entrambi e io gemetti quando si ritirò, così maledettamente lento. Ancora più lentamente, ora, si spinse di nuovo dentro. Mentre si abituava, non trovò un ritmo. Prima ci furono alcune lunghe spinte fluide. Poi uscì completamente prima di rientrare. Le sue dita mi scorrevano lungo la spina dorsale e lo immaginai che fissava incredulo ogni punto in cui ci toccavamo. Mi domandai se vedesse la pelle d'oca che avevo sulla schiena, o se la sentisse sotto la punta delle dita, o se non riuscisse a smettere di guardare il suo uccello che si muoveva dentro di me.

Parte di me voleva implorarlo di scoparmi il più forte e veloce possibile, o almeno trovare un qualche ritmo regolare per portarmi da una dolorosa eccitazione al tanto agognato orgasmo, ma mi morsi la lingua. Era tutto nuovo, per lui. Potevo essere paziente mentre capiva come fare. Solo sentire il suo uccello muoversi dentro di me, soprattutto quando ero eccitato in modo così assurdo, bastava a mozzarmi il fiato. Quindi, se voleva continuare così per un po', era il benvenuto.

Purché non si *fermasse*.

Si fermò. Quando fu completamente dentro di me, si fermò, cazzo. Strinsi le coperte fra le dita e chiusi gli occhi. Digrignai i denti, implorandolo silenziosamente di... di... di fare *qualcosa*.

Si mosse. Cambiò leggermente posizione. Il suo baricentro si spostò e io cambiai istintivamente posizione a mia volta per adattarmi. Stringendomi i fianchi, si ritirò e io espirai, sollevato che avesse ripreso a muoversi e, quando si spinse di nuovo dentro, io...

"Santo... oh, mio Dio..." Mi sfuggì tutta l'aria dai polmoni e mi aggrappai alle lenzuola come se ne andasse della mia vita. Qualunque cosa avesse fatto, qualunque cosa avesse cambiato, era mozzafiato. A ogni spinta... ogni lenta, ritmica spinta... colpiva il punto esatto per farmi girare la testa.

Ciao, punto G maschile. Ti presento il meraviglioso uccello di Alex.

"Stai bene?" chiese.

"Sì. Sì. Sto... cazzo, continua così."

"Così?"

Annuii, mordendomi il labbro inferiore mentre scivolava contro quel punto perfetto ancora, e ancora, e ancora.

"Oh, mio Dio, è..." Le sue dita mi fremettero sui fianchi. "Non so se sia più eccitante vederti o sentirti. È tutto..." Gemette, spingendo un po' più a fondo. "Ti piace così?"

"Cristo, sì," gemetti.

"Cazzo, voglio solo..." Ansimò, perdendo appena il ritmo. "Voglio... farlo più forte... e lasciarmi andare."

"Fallo," sussurrai.

"Non voglio..." Si interruppe, lottando per prendere fiato. "Non voglio farti male."

"Non mi farai male. Promesso. Solo... Dio, scopami più forte, Alex. *Ti prego*."

Lo fece. Cristo Santo, se lo fece. Mi vennero le lacrime agli occhi sia per il dolore che per il piacere. Era così maledettamente bello che riuscivo a stento a respirare, figurarsi a digli quanto fosse meraviglioso. Mi si contrassero le palle per un imminente orgasmo impossibile da ritardare e mi morsi il labbro inferiore. Sarebbe stato un orgasmo pazzesco, lo sapevo, e... cazzo...

Alex disse qualcosa che non capii. Forse una domanda? Non ne ero sicuro. Sapevo solo che aveva parlato.

Mi leccai le labbra. Di nuovo. Cercai di parlare. Fallii.
Serrando gli occhi, mi spinsi contro di lui, ma non riuscii a
trovare le parole, la voce, niente.

Una mano lasciò il mio fianco e scivolò su per la mia
schiena, seguendo un brivido dalla base della spina dorsale
fino al collo. Un istante di lucidità mi fece perdere un
battito di cuore quando mi resi conto di cosa stava per fare,
ma mi strappò comunque un ansito quando mi afferrò per i
capelli e mi strattonò la testa all'indietro. Fui scosso da un
tremito deliziosamente violento.

"Ti ho chiesto se ti piace così," ringhiò Alex.

"Sì," riuscii ad ansimare. "Dio... sì..."

Mi lasciò andare i capelli, mi strinse di nuovo il fianco e
spinse con tutta la sua forza.

Se avessi pensato di potermi sorreggere su un braccio in
questo momento, mi sarei masturbato, ma era già un miracolo che riuscissi a reggermi con tutte e due le braccia. Non
che importasse; ogni spinta di Alex centrava il punto esatto
per farmi correre scariche elettriche lungo la schiena.

"Cazzo, Alex," gemetti. "Non... fermarti..." Piantai le
unghie nelle lenzuola. La mia mente si aggrappò disperatamente alla lucidità. Le dita di Alex mi affondarono nei
fianchi e mi scopò in modo più forte, più meraviglioso e più
violento di quanto avrebbe dovuto saper fare un verginello
e, oh, mio Dio, non mi aspettavo niente del genere stasera.
Era impossibile... non era... non poteva... non con qualcuno
così inesperto. Come? Oh, Cristo, come poteva sapere esattamente l'angolazione giusta, la velocità perfetta, cazzo,
come?

Mi spinsi all'indietro contro di lui e, con un gemito di
resa, sussultai e venni.

Nel vortice di piacere, mi resi vagamente conto del
gemito disperato di Alex. Poi attirò a sé i miei fianchi, pian-

tandomi l'uccello dentro il più a fondo possibile. Mossi i fianchi come potevo per prolungare il suo orgasmo, ma la sua presa non mi permetteva grandi movimenti.

Alex si accasciò su di me, appoggiando la fronte fra le mie scapole, e mi cinse con un braccio. Respiri affannosi e irregolari mi raffreddarono il sudore sulla schiena e, in qualche modo, Dio solo sapeva come, le mie braccia tremanti sorressero entrambi.

Restammo fermi. Ansimanti, tremanti ma, a parte questo, immobili.

Alex non era più vergine ma, in quel momento, non avrei saputo dire chi dei due fosse più stravolto.

CAPITOLO 15

Alex si ritirò, ma restammo fermi a lungo, recuperando il fiato e le facoltà mentali. Dopo un po', quando le acque si furono evidentemente calmate abbastanza perché potesse muoversi, si sollevò. Ci trattenemmo appena dal crollare fino ad esserci ripuliti ma, una volta fatto, ci lasciammo ricadere sul letto.

"È..." Chiusi gli occhi, leccandomi le labbra secche. "È stato fantastico."

"Sembri sorpreso," replicò Alex, con voce bassa e timida.

"Lo sono." Intrecciai pigramente le dita alle sue. "Niente di personale, lo sai."

Lui ridacchiò. "Non sono offeso."

"Bene." Mi girai su un fianco e gli feci scorrere le dita fra i capelli sudati. "Sapevo che saresti durato un po' dopo essere già venuto una volta ma, *diavolo*. La maggior parte dei ragazzi non durano così a lungo la loro prima volta."

Lui sorrise, imbarazzato, passandomi le nocche lungo la guancia. "A essere sincero, oggi sono già venuto due volte."

"Due volte?"

"Beh, okay, è passata qualche ora dalla prima volta..." Il suo sorrisetto era più malizioso che timido. "Dovevo trovare un modo per smettere di pensare a... questo."

"Ha funzionato?"

"Per circa cinque minuti."

Ridemmo. Poi gli diedi un bacio sulla fronte. "Non sto scherzando. Seriamente, è stato incredibile."

Mi scoccò un'altra occhiata imbarazzata. "Ho avuto un po' d'aiuto."

"Aiuto?"

Indicò il comodino. "Nel secondo cassetto."

Aggrottai la fronte, poi mi voltai e mi protesi per aprire il cassetto. All'interno, dovevano esserci una dozzina di libri. Presi il primo della pila e mi rigirai sulla schiena.

"*La guida degli uomini agli uomini,*" lessi dalla copertina. Poi sfogliai qualche pagina. "Hai fatto letture edificanti, vedo?"

"Solo un pochino." Mi cinse con un braccio e mi baciò il collo. "Te l'ho già detto, sono un topo di biblioteca. Usavo lo studio per giustificare il fatto che non avessi una ragazza." Lasciò che la sua barbetta mi sfiorasse il collo mentre mi mordicchiava il lobo dell'orecchio. "È un'abitudine difficile da rompere, non credi?"

Il calore del suo respiro sulla pelle mi fece rabbrividire.

"Ti ha servito bene," mormorai. "Li hai letti tutti?"

"Ehi, essere uno studente ossessivo ha i suoi vantaggi. Leggo abbastanza in fretta."

"Non stai scherzando. Dio santo."

"Beh, non li ho letti tutti dall'inizio alla fine. Uno aveva tipo duecento pagine di 'parla con il tuo partner per capire cosa vuole'." Alzò gli occhi al cielo. "Sì, grazie, ho capito. Ora che ne dici di qualche idea o suggerimento?"

Ridacchiai e posai il libro sul comodino. Alex mi poggiò

la testa sul petto e io lo strinsi fra le braccia, intrecciando le dita sulla sua spalla.

"Allora, che altro hai studiato mentre non c'ero?"

Si mosse leggermente, così lo lasciai andare. Si sollevò sugli avambracci. "Oh, ho solo... fatto qualche esperimento. Come mi avevi detto. E avevi decisamente ragione sul dildo." Chiuse gli occhi e non riuscì a trattenere un brivido.

"Sei un allievo diligente, eh?"

"Quando l'argomento mi interessa, sì."

"Beh," dissi, "continua a sperimentare, e fammi solo sapere quando sei pronto."

Mi diede un bacio leggero. "Lo farò."

Si girò sulla schiena vicino a me e restammo sdraiati in silenzio per un po'. Pensai che si fosse assopito, ma un rapido sguardo mi rivelò che era ancora sveglio. Fissava il soffitto con occhi distanti e un'espressione indecifrabile.

Mi girai su un fianco e gli passai le dita fra i capelli. "Tutto okay?"

La mia voce lo fece sobbalzare, ma cercò di non darlo a vedere. "Sì, sto bene. Stavo solo pensando."

"Qualcosa non va?"

Strinse le labbra e prese fiato. Poi scosse la testa. "Non è niente."

"Sicuro?" Gli sollevai il mento perché mi guardasse negli occhi. "Se c'è qualcosa che non va..."

Prese di nuovo fiato e girò lo sguardo. "Stavo solo pensando. Ricordi quando siamo andati nello studio di tatuaggi del tuo ex?"

Inclinai la testa. "Sì, certo."

Mordendosi il labbro inferiore, mi guardò negli occhi. "È stato... strano."

"Lo studio?" Il senso di colpa mi attanagliò lo stomaco. "O incontrare il mio ex?"

"Il tuo ex non mi ha dato fastidio." Mi posò una mano sul braccio, descrivendo piccoli cerchi con il polpastrello del pollice. "È simpatico. E sexy." Mi strizzò l'occhio. "Capisco perché ti piaceva."

Risi. "Sai, quel giorno ho avuto l'impressione che ti sentissi a disagio e per tutto questo tempo ho pensato che fosse per via di Sebastian. Che forse non avrei dovuto sbatterti il mio ex in faccia."

Alex si strinse nelle spalle. "No, non è stato un problema. A dire il vero, non ci ho neanche pensato."

Gli passai il dorso delle dita sulla guancia. "Allora, cos'era?"

Inspirò. "Voglio un tatuaggio. Lo voglio da tempo. Non so, forse è un atto di ribellione, ma vorrei qualcosa per sottolineare che adesso la mia vita è davvero *mia*. Ma..."

"Ma...?"

Espirò. "Mentre sfogliavo il catalogo con i disegni, non ho trovato niente. Neanche un'idea. Semplicemente, non c'era nulla che... facesse per me. Un milione di opzioni e assolutamente *niente* che facesse scattare qualcosa." Tacque. "Ecco, mi sono reso conto di quanto non sappia chi sono. So che suonerà patetico ma, da quando ero adolescente, tutta la mia vita è stata una menzogna. Un tentativo di convincere tutti che *non* ero qualcosa. E, da quando sono arrivato a Seattle, ho finalmente potuto almeno cercare di essere me stesso, di qualunque cosa si tratti." Spostò il peso su un braccio. "Ed è quello il punto. Il tatuaggio, tutto..." Posò la mano sulla mia, sul mio petto. "*Questa* è l'unica parte di me che capisco. Quello che stiamo facendo. È solo sesso, ma ha senso e, più senso ha, più mi rendo conto di quanto poco senso abbia tutto il resto."

"Tipo, che altro?" chiesi. "Cos'è che non ha senso?"

"La scuola e una carriera, per esempio."

"Pensavo che avessi già scelto la tua traiettoria."

"Oh, è vero," replicò. "Vado dritto verso una professione redditizia e rispettabile, con un lavoro sicuro e tutte quelle stronzate."

Aggrottai la fronte. "Ma...?"

Sospirò. "Mi sto facendo il culo a Medicina perché è quello per cui studio fin dalle superiori. E poi, ci sarà la specializzazione. Poi l'internato. E poi..." Fece un cenno brusco e frustrato. "Una carriera da dottore." Si passò una mano fra i capelli con un altro sospiro. "E ora mi domando se sia davvero la mia strada o se sia solo la continuazione dell'Operazione Fuga da Rayesville."

"Tu cosa *vuoi* fare?"

"Ecco il punto," sussurrò. "Non lo so."

"Ci hai mai pensato?"

"Non ho mai veramente pensato più in là del lasciare la mia città," replicò. "Tutto quello che ho fatto, tutto quello che ho progettato, tutto quello per cui ho studiato, non è stato perché volevo una carriera nella medicina. Volevo solo andarmene. Seguire le orme di mio padre era la scusa perfetta. Non ha mai fatto domande. Ma... adesso che faccio?"

"Non è troppo tardi per cambiare rotta, sai."

"Sì, ma cambiarla per cosa?"

"Forse devi fare una pausa." Gli passai le dita fra i capelli. "Fare un lavoro di merda per un po' mentre rifletti e capisci cosa vuoi davvero dalla vita."

"Potrebbe essere un'idea. Non saprei come spiegarlo ai miei genitori, ma..." Fece spallucce. "Che vadano al diavolo."

"Così si fa."

Riuscì a ridacchiare, a malincuore. Poi chiese: "Cosa ti ha spinto a trasferirti qui?"

"Onestamente? Avevo bisogno di un nuovo inizio dopo che il matrimonio dei miei è naufragato e la mia relazione è andata a puttane." Feci una pausa. "Forse, dopotutto, cercavo anch'io di scappare da qualcosa."

"Non lo fanno tutti?"

"Sì, probabilmente sì."

Tacque per un momento. "Posso farti una domanda personale?"

Sorrisi. "Penso che ci conosciamo abbastanza da fare domande personali, non credi?"

"Già, direi di sì." Si morse il labbro inferiore. "Tutta la faccenda con i tuoi, e la relazione che avevi all'epoca..." Esitò. "È per questo che sei... sai, il motivo per cui sei..."

"Per cui sono un imperterrito playboy?"

"Stavo per dire 'promiscuo', ma va bene."

Ridacchiando, scossi la testa. "No, ero così molto prima di tutta quella merda. Sono rimasto con il mio ex per un po', ma è l'unica volta in cui sono stato monogamo per un periodo."

"Quanto siete stati insieme?"

"Tre anni."

Alex sbatté le palpebre. "Tu? Monogamo per tre anni?"

Con le guance in fiamme, annuii. "Già. È difficile da immaginare, vero? In effetti, per un po' abbiamo avuto una relazione aperta. Un anno, forse un anno e mezzo. Ma, dopo, eravamo solo noi due."

"Dovevi tenere molto a lui."

Sospirai. "Sì. È vero."

"Scusa," sussurrò Alex. "Non volevo..."

"Non c'è problema." Lo guardai negli occhi, carezzandogli i capelli. "È passato molto tempo. L'ho superata. Ma l'amore è uno schifo."

Alex rise piano. "Posso solo immaginarlo." Mi appoggiò

di nuovo la testa sulla spalla, cingendomi con un braccio. "Immagino che prima o poi dovremmo alzarci per fare una doccia."

"Probabile."

"Ma non ho voglia di muovermi."

Gli diedi un bacio sulla testa. "Abbiamo tempo. Io non vado da nessuna parte senza di te."

"Potresti dover restare qui per un pezzo."

"Per me va benissimo."

CAPITOLO 16

Quella notte fu la prima in cui facemmo sesso, ma non fu certamente l'ultima. Alex non mi bastava mai, soprattutto via via che ci prendeva la mano. Era un amante entusiasta, imparava in fretta, il tipo che adattava la sua tecnica a beneficio dell'uomo con cui stava, non solo per se stesso. Morivo dalla voglia di stare sopra almeno una volta, anche solo per mostrargli cosa si provasse ma, finché non fosse stato pronto, ero più che felice di lasciar stare sopra lui.

Per due settimane, fra i rispettivi impieghi e il tempo che passavamo a letto, vedemmo a malapena la luce del giorno. Ogni volta che ero libero mentre lui era al lavoro, però, riuscivo a trascinarmi a fare esercizio da Ethan e Rhett. Pesi e cardio ad alta intensità erano decisamente una sfida quando il mio corpo era in un costante stato di esausta beatitudine. I ragazzi, ovviamente, lo trovavano esilarante.

"Diavolo, Kieran, cosa ti sta facendo quel ragazzino?" aveva chiesto Rhett l'altra sera.

"Digli di non rompere uno dei nostri giocattoli preferiti," aveva aggiunto Ethan, con severità quasi convincente.

"Già," aveva detto Rhett. "I ninfomani ventenni non crescono mica sugli alberi, sai."

Ethan ci aveva riflettuto un momento, poi: "A ripensarci, forse dovresti invitarlo qui."

Almeno, capivano perché continuavo a declinare ogni invito per fare cose a tre. Ero troppo stanco, troppo indolenzito. Qualcosa del genere, comunque. Per loro non c'era problema e non la prendevano mai sul personale, anche se continuavano a scambiarsi strane occhiate che rifiutavano di spiegare. Qualche scherzo che sapevano solo loro, indubbiamente.

Oggi ero andato da loro presto per finire gli esercizi prima del mio turno. Ora, in piedi dietro al bancone, mi faceva male dappertutto, e non capivo dove finissero i postumi degli esercizi e dove iniziassero quelli di ieri sera... e stamattina. Ma non mi sarei certo lamentato. Dio mio, avevo trovato un degno sfidante. Era passato molto tempo da quando ero stato con qualcuno che poteva lasciarmi così esausto e soddisfatto.

E stasera, dopo il lavoro? Muscoli doloranti o no, ero *pronto*.

La folla del *Wilde's* era insolitamente insipida, stasera. Certo, c'era qualche bel ragazzo, e scommettevo che un sacco dei presenti avrebbero scopato prima della fine della nottata, ma nessuno mi faceva girare la testa. Non c'era nessuno fra la gente che mi avrebbe fatto cadere una bottiglia di mano, o mi avrebbe fatto dimenticare come fare un cocktail e, considerando i tipi che frequentavano di solito il locale, era tutto dire.

"Sono *davvero* felice di non fare chiusura, stasera," disse Chad, uno degli altri baristi.

"Come mai?" chiesi, mentre asciugavamo bicchieri. "Hai un appuntamento sexy?"

Sogghignando, guardò in giro per il locale. "Ne avrò uno prima di andarmene, questo è certo."

Inarcai un sopracciglio, quindi seguii il suo sguardo. Avevamo gusti simili in fatto di uomini... alzando il naso davanti ai palestrati tutti muscoli e sbavando sui bei ragazzi con i tatuaggi... ma, stasera? Nessuno attirava la mia attenzione. Come facevo sempre, esaminai ogni uomo in sala domandandomi se ci sarei andato o meno a letto, e solo una manciata meritarono una seconda occhiata, figurarsi un indifferente "beh, suppongo che potrebbe andare."

Forse stasera non ero semplicemente dell'umore giusto.

"Cosa posso servirti?" chiesi a un cliente.

"Long Island Iced Tea, grazie."

Misi del ghiaccio in un bicchiere e lo posai sul bancone. Poi, con due bottiglie in ciascuna mano, iniziai a versarlo.

Avevo appena capovolto le bottiglie quando Wes apparve al mio fianco e sussurrò: "Ehi, non è il tuo nuovo tipo, quello laggiù?"

Alzai lo sguardo. Le bottiglie che stringevo nella mano sinistra scivolarono e, se Wes non fosse intervenuto in tempo, il Triple Sec si sarebbe infranto nel secchiello del ghiaccio.

"Grazie," dissi, raddrizzando tutte e quattro le bottiglie e fingendo di non sentirmi un perfetto imbecille. Mi schiarii la gola e guardai il bicchiere sul bancone. Era pieno solo a metà, il che significava che c'era... qualcos'altro. Un altro passaggio. Un altro ingrediente.

"Tutto bene?" chiese il cliente.

"Sì," replicai. "Mi sono solo... distratto." La presenza di Alex vibrava lungo le mie terminazioni nervose mentre si avvicinava al bancone. Non avevo bisogno di guardarlo perché i suoi occhi marroni e il suo timido sorriso mi scompigliassero il cervello. Mi formicolavano le dita al solo pensiero di passarle fra i suoi capelli scuri e, per quanto ci provassi, non riuscivo ancora a ricordare cosa diavolo avrei dovuto mettere in quel bicchiere mezzo pieno che avevo davanti. Schiarendomi di nuovo la gola, rivolsi un'occhiata di scuse al cliente.

"Cosa... cos'è che avevi ordinato?"

Lui ridacchiò. "Un Long Island."

"Grazie." Misi da parte il primo tentativo e lasciai cadere del ghiaccio in un bicchiere nuovo.

"Deve succedervi spesso," disse il cliente. "Di distrarvi quando entra un figo."

"Già." Risi, fingendo di avere le mani ferme. "Capita sempre. I rischi del mestiere." Il mio secondo tentativo di preparare un Long Island Iced Tea... che cazzo? Potevo farli anche a occhi chiusi... ebbe successo e lo feci scivolare sul bancone verso il mio divertito cliente. Fortunatamente, aveva il senso dell'umorismo e mi lasciò una cospicua mancia nonostante la mia goffaggine.

Quando se ne fu andato, raggiunsi l'estremità del bancone, dove Alex si era seduto.

"Ehi, ciao," dissi.

"Ehi," replicò lui. "Sono un po' in anticipo. Spero vada bene lo stesso."

"Ma certo." Mi sporsi per dargli un bacio leggero. "Ma ho ancora qualche minuto prima di staccare. Ti va un drink mentre aspetti?"

"No, sono a posto." Si mosse sullo sgabello. Sembrava nervoso. In modo insolito. Ormai si sentiva a suo agio con me e Dio sapeva che aveva superato molte delle sue incertezze ma, stasera, la timidezza del primo giorno era riapparsa. Non allo stesso livello, ma era decisamente presente.

"Stai bene?" chiesi.

"Sì." Sorrise con ostentata tranquillità. *Visto? Sto bene. Benissimo. Non c'è assolutamente niente che non va.*

Mi si strinse lo stomaco. "Lasciami vedere se il capo può lasciarmi andare un po' prima."

"Non c'è fretta."

Visto che era una serata lenta, il capo mi lasciò andare e, nel giro di pochi minuti, mi cambiai d'abito e io e Alex uscimmo nel parcheggio. Lui era ancora silenzioso, irrequieto, e il mio stomaco agitato non si sarebbe calmato finché non avessi scoperto il perché.

Ero andato al lavoro a piedi, quindi salimmo a bordo della sua auto.

Alex inserì la chiave, poi esitò.

"Qualcosa non va?" chiesi. Avevo il cuore a mille.

"No, io..." Tacque e deglutì pesantemente.

"Alex?"

"Prima di andare, io..." Si morse il labbro inferiore, guardando fuori dal parabrezza. Poi, invece di parlare, si voltò verso di me, si sporse oltre la leva del cambio, mi fece scivolare una mano dietro la nuca e mi attirò in un bacio. Con il cuore ancora martellante e lo stomaco ancora stretto in una morsa, lo cinsi con le braccia e aderii a lui. Il modo in cui baciava non mi bastava mai, e neanche la mia preoccupazione per il suo nervosismo cambiava le cose.

Inspirai a fondo dal naso e rabbrividii. Il suo profumo era diventato da tempo un afrodisiaco, per me. Inspirarlo mi trasformava la mente in un collage di fantasie e ricordi. Fantasie e ricordi che erano quasi impossibili da distinguere le une dagli altri, dozzine di immagini delle mie mani, le mie labbra, la mia pelle su Alex, che mi facevano venire l'acquolina in bocca. Lo desideravo troppo per restarcene fermi in un parcheggio quando non lontano c'era un letto.

"Andiamocene da qui." Chiusi gli occhi ed espirai quando le sue dita mi sfiorarono l'uccello.

"Lo faremo."

"Alex..." sussurrai. "Siamo... siamo a solo pochi minuti da..."

Mi interruppe con un bacio. Un bacio profondo e aggressivo che mi avrebbe ridotto come suo maledetto schiavo se me l'avesse chiesto.

Dopo un momento, le sue labbra lasciarono le mie e calarono sul mio collo. "L'hai detto dall'inizio," mormorò, fermandosi a mordicchiarmi il lobo dell'orecchio. "Il punto del sesso è avere abbastanza intimità da provare a spingere i limiti." La sua mano scivolò più in alto lungo la mia gamba. "Fare cose che non faresti con uno sconosciuto trovato per strada." Strinse la mia erezione e, quando mi si mozzò il fiato, sussurrò: "Mettersi alla prova." Mi baciò e, quando mi sfiorò il membro con le dita attraverso i pantaloni, rabbrividii, ma non interruppi il bacio. Non finché non mi abbassò la cerniera.

"Cosa stai..." Inspirai a fatica. "A casa... siamo..."

"Non posso aspettare," sussurrò Alex, strofinandomi lentamente. "Sono troppo eccitato pensando a cosa voglio che tu faccia quando arriveremo a casa."

Persi il respiro. "E sarebbe?"

Mi baciò sotto l'orecchio e, stringendo la presa, mormorò: "Voglio che mi scopi."

Non attese nemmeno che assimilassi le sue parole prima di prendermelo in bocca, e io inarcai la schiena sul sedile. Mi affondai i denti nel labbro inferiore e serrai gli occhi. Non avrei potuto essere più eccitato di quanto lo fossi in quel momento. La sua bocca sul mio uccello. La sua audacia, la sua sicurezza di sé. L'anticipazione di entrargli dentro stasera. Stasera. *Stasera*, cazzo.

Mi aggrappai al poggiatesta. "Oh, Dio..."

Chiunque avesse guardato, avrebbe capito esattamente cosa stava succedendo nell'auto, ma non me ne fregava niente. Le labbra e la lingua di Alex facevano magie sul mio uccello, su e giù e poi di nuovo su, e il suo sussurro mi echeggiava ancora nelle orecchie:

Voglio che mi scopi.

"Non smettere," gemetti, mentre a ogni guizzo della sua lingua e carezza della sua mano mi si giravano gli occhi all'indietro e mi si stringevano le palle. "Ti prego, non smettere."

Voglio che mi scopi.

Stasera. Finalmente, stasera sarei entrato in lui.

"Oh, Dio..."

Voglio che mi scopi.

Il mondo divenne di un bianco abbagliante. Un grido di pura estasi mi sfuggì dalla gola, e non m'importava di poter essere sentito. L'unica cosa che m'importava era che Alex sentisse le due parole che finalmente riuscii ad articolare:

"Casa. Subito."

CAPITOLO 17

Lo scatto della porta della sua camera da letto fece irrigidire la schiena ad Alex. La ferrea sicurezza... no, l'aggressività che aveva dimostrato in auto si spense. Mi guardò con gli occhi sgranati e il pomo d'Adamo fremente.

Gli posai una mano sul fianco. "Ne sei sicuro?"

Si passò la punta della lingua sul labbro inferiore. "Io... lo ero."

"Non sei obbligato," sussurrai, toccandogli il volto. "E, anche se cominciamo, non siamo costretti a finire."

Lui guardò ovunque tranne che verso di me.

"Vuoi provare?" chiesi. "Non ci rimarrò male se dici di no." *Ma, ti prego, dimmi di sì. Dimmi di sì. Oh, Dio, Alex, se solo tu sapessi quanto...*

"Possiamo provare," disse, con un lieve cenno di assenso. Riuscì a ridere piano mentre il rossore gli sbocciava sulle guance. "Ci penso da giorni e voglio farlo ma, adesso che siamo qui..."

"Non c'è problema." Gli carezzai la guancia arrossata con la punta delle dita. "Dicevi che hai usato un toy, vero?"

Alex annuì.

"Allora perché non cominciamo con quello?"

Gli sfuggì un suono strozzato, come se avesse provato a schiarirsi la gola senza riuscirci. "Sul serio?"

"Perché no? Con quello sei già a tuo agio. L'unica differenza è che sarò io a tenerlo in mano, e non tu." Gli diedi un bacio leggero. "È una cosa familiare che ti aiuterà a rilassarti."

Lui esitò, quindi sussurrò: "Sì. Possiamo... possiamo farlo." Indicò alle mie spalle. "È nel primo cassetto. Vicino al letto."

"Ci arriveremo. Ma per prima cosa..." Gli feci scivolare le mani sotto la maglia e lo baciai.

Un pezzo dopo l'altro, ci liberammo degli abiti. Un passo dopo l'altro, ci avvicinammo al letto e al cassetto. E, un bacio dopo l'altro, Alex si rilassò, avvicinandosi sempre più a quella deliziosa aggressività di cui mi aveva dato un assaggio in auto.

Poi mi lasciò andare e, con mano malferma, aprì il cassetto.

Con mia sorpresa, aveva scelto un vibratore di plastica anche se, a giudicare da quanto fosse leggero quando me lo porse, dentro non c'erano le batterie. Gli avevo detto che ero abbastanza sicuro che la vibrazione facesse comunque più piacere alle donne che agli uomini e, a quanto pareva, o mi aveva creduto sulla parola o semplicemente non era interessato. Il vibratore era di plastica liscia e svasato, cominciando abbastanza sottile per poi farsi più spesso e un po' più impegnativo. Non avrei pensato di suggerire un oggetto simile per un principiante, ma capivo perché lo avesse scelto.

"Sembrava che sarebbe stato più comodo." Alex avvampò di nuovo. "È... più liscio."

"Buona idea."

Prese fiato. "Allora, uhm, come facciamo?"

"Comincia sdraiato su un fianco. Dandomi la schiena."
Presi la bottiglietta di lubrificante e salimmo sul letto. Il
corpo di Alex era teso contro il mio, la schiena rigida e le
spalle contratte. Gli diedi un bacio sulla nuca. "Stai bene?"

"Sì." Trasse un respiro profondo. "Sono solo... nervoso."

Gli passai le dita fra i capelli. "Andremo lentamente."
Gli diedi un altro bacio sul collo. "Se vuoi smettere, basta
dirlo."

Lui non disse nulla, limitandosi ad annuire.

Coprii il vibratore di lubrificante, quindi mi avvicinai ad
Alex cercando di aderire a lui il più possibile, ma lasciando
abbastanza spazio per muovere la mano e il toy.

"Comodo?" chiesi.

Deglutì. "Sì."

"Rilassati, Alex." Gli baciai il collo. "Possiamo smettere
in qualunque momento. Promesso." Con le labbra che
ancora gli toccavano il collo, dissi: "Vuoi continuare?"

"Sì." Si schiarì la gola, quindi tornò a parlare, più sicuro:
"Sì, lo voglio."

"Dimmi solo se vuoi che mi fermi." Spinsi il toy contro
di lui. Alex trattenne il fiato ma, quando espirai contro la
sua spalla, espirò anche lui.

Ancora un po' di pressione. Espirai. Espirò anche Alex.
Altra pressione, e il vibratore gli scivolò lentamente dentro.
Alex si irrigidì, così lo tirai indietro e lasciai che si rilassasse
prima di spingerlo di nuovo dentro. Mentre lo penetravo
lentamente, gli baciai la spalla.

"Ho fantasticato di farlo fin dal primo giorno," mormorai. "Ho voluto che mi sentissi così come mi senti ora." Feci
scivolare il toy un po' più a fondo, poi lo ritirai lentamente.
"Il solo pensiero di scoparti stasera mi eccita così tanto..."

Alex si fece sfuggire un basso lamento.

"Tutto bene?" chiesi.

"Sì."

"Non ti sto facendo male?"

"No." Trasse un respiro profondo, rabbrividendo.

"Sai," mormorai, sfiorandogli il collo con le labbra. Muovendo la mano un po' più in fretta, proseguii: "La prima volta che mi sono masturbato pensando di entrarti dentro, sono venuto in modo così intenso che credevo di svenire."

Inspirò seccamente. Quando ritirai di nuovo il toy, mosse i fianchi all'indietro contro di me, così lo spinsi di nuovo dentro. Alex mi ricompensò con un altro lamento, stavolta chiaramente di piacere.

Sorrisi contro il suo collo. "Ti piace?"

"Mm-mm." Continuai a stuzzicarlo con il toy. Lunghe spinte profonde. Poi più leggere. Più veloci. Più lente. Qualunque resistenza avesse opposto all'inizio era svanita da tempo, e i movimenti dei suoi fianchi mi incoraggiarono a fare più in fretta, più forte. Mi girava la testa per l'eccitazione, il mio uccello era duro da far male al pensiero di entrargli dentro, e l'unica cosa che potevo fare...

"*Kieran.*"

Alex disse il mio nome con abbastanza forza da bloccarmi sia le mani che il respiro.

"Cosa c'è che non va?"

"Non posso più aspettare." Girò la testa verso di me. "Io... *scopami.*"

Quelle parole mi fecero correre una scarica elettrica fino alle dita dei piedi. Lo baciai dietro l'orecchio e sussurrai: "Fammi prendere un preservativo. Perché non ti metti in ginocchio?"

Nel tempo che servì a cambiare posizione e perché infilassi un profilattico, le sue spalle tornarono un po' tese. Spalmandomi il lubrificante sull'uccello con una mano, gli feci scorrere l'altra lungo la schiena.

"Stai bene?"

"Sì." Alex si guardò alle spalle. "Sono un po' nervoso."

Appoggiandomi a un braccio, mi chinai per dargli un bacio sulla spalla. "È normale. Lo sono tutti, la prima volta. Ma ecco come faremo." Dopo un altro bacio, sussurrai: "Avrai il controllo totale. Dopo aver cominciato, lascerò che prenda tu il comando. Decidi tu quanto andiamo in fretta, quanto vado a fondo. E possiamo sempre fermarci. In qualunque momento."

Si inumidì le labbra e deglutì. "Va bene."

Raddrizzai la schiena. "Pronto?"

"Il più pronto possibile."

Spinsi appena quanto bastava perché la punta del mio uccello iniziasse a scivolargli dentro.

Alex grugnì, le spalle frementi per la tensione. Mi tirai indietro, poi spinsi di nuovo, forse mezzo centimetro più a fondo, e lui rabbrividì.

"Qualcosa non va?" Gli passai la mano lungo la schiena. "Parlami, Alex."

"No," disse, con un gemito strozzato. Inspirò, trattenne il fiato, poi espirò. "È solo... intenso."

"In senso buono o cattivo?"

"Buono." Ondeggiò contro di me, attirandomi più a fondo. "*Davvero* buono."

"Allora, non vuoi che mi fermi?"

"No, ti prego."

Dopo qualche altra lenta spinta, gli strinsi le mani sui fianchi e sussurrai: "Hai tu il controllo."

Cercai di restare fermo, il che era quasi impossibile quando il mio corpo non voleva altro che affondargli l'uccello dentro finché non fossimo crollati entrambi. Gli tenni le mani sui fianchi per guidarlo, non per fermarlo o control-larlo, e trattenni il fiato. Non riuscivo a ricordare l'ultima volta in cui ero andato così lentamente, spingendo l'uccello nel mio amante un centimetro alla volta come se avessimo, e volessimo sfruttare, tutto il tempo del mondo. E farlo in modo così passivo, lasciando che decidesse lui quanto a fondo e quanto in fretta, era una sensazione completamente nuova.

Alex si inceppò, poi di nuovo, quando quasi gli cedette il gomito.

Mi sporsi in avanti e lo cinsi con un braccio. "Tutto a posto?"

"Le braccia, io..." Rabbrividì. "Non riesco a sorreggermi."

"Allora non farlo." Gli diedi un bacio sulla spalla. Usai il mio peso per spingerlo giù, giù, giù, finché non fu sdraiato sullo stomaco.

"Sei comodo?" chiesi, contro la sua nuca.

"Mm-mm."

Mi ritirai, tornai a spingermi dentro, e Alex gemette. Quando espirai, gli venne la pelle d'oca. Poi venne anche a me.

Gli feci scivolare le braccia sotto e le agganciai alle sue spalle per sorreggermi. Alex spostò il braccio per stringermi la mano. Allargai le dita perché potesse farci scivolare in mezzo le sue e gli strinsi più forte la spalla, e lui mi strinse più forte la mano, e io cercai... ci *provai*, cazzo... a mante-nere il controllo.

Appoggiandomi alla sua spalla, gli entrai dentro fino in fondo e mi si annebbiò la vista. Stargli così vicino bastava a sopraffarmi.

Gli sfiorai l'orecchio con le labbra sussurrando: "Com'è?"

"È... fantastico." Quella parola fu poco più di un singhiozzo. "Oh, Dio, Kieran..."

"Ce la fai se vado un po' più forte?" chiesi, domandandomi se potessi farcela *io*.

Alex annuì.

Spinsi più forte e lui gemette, cercando di inarcare la schiena contro il mio petto.

"Stai bene?" chiesi.

Un altro cenno di assenso.

"Dimmi come lo vuoi," sussurrai. "Lento, veloce..." Deglutii. "Dimmi come scoparti, Alex."

Lui sussultò, poi biascicò: "Più lento."

Rallentai. "Così?"

"Solo un po'..." Espirò. "Cazzo, sì, così. È perfetto."

Affondandomi i denti nel labbro inferiore e le dita nella sua spalla, mi sforzai di mantenere quel ritmo deliziosamente, dolorosamente lento. "Oh, mio Dio, Alex. Ho... ho fantasticato di farlo... ma tu sei... questo..." Gli diedi un bacio sulla nuca e sussultai. "Le mie fantasie non erano niente in confronto alla realtà."

"Neanche le mie," gemette.

Per quanto possibile, inchiodato fra il mio corpo e il letto, mosse i fianchi a tempo con i miei e il mondo intorno a me si fece sfocato. Chiusi gli occhi e lottai per mantenere il controllo. La mia pelle che si muoveva sulla sua, anche i miei capezzoli che gli sfioravano la schiena a ogni lenta spinta fluida, mi inebriava quasi quanto il mio uccello a fondo dentro di lui. Baciandogli la nuca, inspirai il suo profumo e un accenno di sudore e di lui, oh, Dio, *lui*...

"Oh, cazzo, sto per..." Rabbrividì. "Oh, Dio, Kieran, continua... così..."

"Ti piace?"

Gemette il suo assenso.

Cristo Santo, se fosse venuto ora, se lo avessi visto e sentito venire così, avrei perso la testa. Non riuscivo a immaginare niente di più sexy di Alex che perdeva il controllo sotto di me, andando in frantumi a ogni mia spinta... *oh, Dio, non riesco a credere di essere dentro di lui...* e stava succedendo ora, in questo momento. Mi affondai i denti nel labbro inferiore, cercando di mantenere il ritmo senza ancora venire. Alex mi eccitava da morire, ma non avevo alcuna intenzione di venire prima di lui.

"Oh...mio... Dio..." la sua voce divenne un ringhio e Alex si spinse improvvisamente contro di me, attirandomi a fondo mentre si faceva sfuggire un grido disperato e veniva. Trattenendo il fiato, continuai a spingere, con la testa che girava mentre lottavo per trattenere l'orgasmo che il suo corpo cercava di strapparmi. Quando Alex sussultò di nuovo per poi rilassarsi, rischiai di perdere il controllo, quasi persi il controllo, e *finalmente* lo persi.

Gemendo fra i suoi capelli, diedi un'ultima spinta, il più a fondo possibile, e crollai. Un suono soffocato, a metà fra un gemito e un singhiozzo, mi sfuggì dalle labbra. Ogni centimetro della mia pelle formicolava per l'orgasmo che mi elettrizzava il corpo, dai capelli che mi si rizzarono sulla nuca alle dita dei piedi affondate nel letto per fare un po' più forza.

Quando fu tutto finito, mi rimasero appena abbastanza facoltà mentali da sorreggermi sugli avambracci perché Alex potesse ancora respirare. Non che avessi alcun desiderio di muovere le braccia, comunque; le nostre mani erano ancora strette contro la sua spalla e non volevo lasciarlo andare.

"Tutto bene?" chiesi.

Lui rispose con un mormorio d'assenso.

Gli baciai il collo, fermandomi a inspirare il sudore e il

profumo da cui ero così maledettamente dipendente. "È stato davvero fantastico."

"Sì." Alex sospirò. "Diavolo, sì."

Quando riuscimmo finalmente a muoverci senza collassare, ci ripulimmo e facemmo una doccia insieme, quindi ci infilammo sotto le coperte. Guardandoci negli occhi, tracciammo leggerissime linee con la punta delle dita l'uno sul viso dell'altro, sul collo, sulle braccia.

"Direi che non sei decisamente più vergine," commentai.

Alex rise. "Penso che non contassi più come vergine già dalla sera in cui ci siamo incontrati."

Sbuffai. "Perché continuano *tutti* a dirlo?"

"Che intendi?"

"Ho chiesto qualche consiglio a Ethan e Rhett riguardo a questa... situazione," dissi. "E da allora mi prendono in giro dicendo che hai perso la verginità la prima volta che siamo stati insieme nella stessa stanza."

Alex grugnì.

Alzai gli occhi al cielo. "Fantastico. Ho la versione porno del tocco di Mida."

"Beh, il tuo tocco non è niente male."

"Sì, ma non penso sia sufficiente a privare qualcuno della verginità, no?"

"Non si sa mai," replicò lui. "Quindi, stavi chiedendo consigli?" Inarcò un sopracciglio. "*Tu?*"

"Non riguardo al sesso, se è quello che pensi."

"E allora...?"

"Solo su come fare tutto questo senza farti del male." Gli toccai il volto. "O darti qualcosa di cui pentirti."

Alex mi passò le dita fra i capelli. "Non hai fatto nessuno dei due, tanto perché tu lo sappia."

"Bene."

Ci guardammo negli occhi per un momento. Gli passai le dita lungo il mento e lui mi carezzò i capelli.

Stavolta, distolsi lo sguardo e mi schiarii la gola. "Allora, adesso che hai provato entrambe le cose, preferisci stare sopra o sotto?"

"Mm, forse prima dovrò fare ancora un po' di ricerca." Mi baciò. "Provare una, poi l'altra. Vedere quale preferisco."

"Vuoi farle tutte e due stasera?"

"Dipende. A te va?"

Risi, carezzandogli la guancia. "Finirai per uccidermi, lo sai?"

"No, non puoi morire. Perché poi non potresti più scoparmi in quel modo."

Rabbrividii. "In tal caso, dovrò continuare a vivere. Voglio dire, se nel mio futuro c'è altro sesso come questo."

"C'è eccome."

"Dimmi solo quando."

"Prendi un preservativo."

CAPITOLO 18

Da quando avevamo iniziato a fare a turno, era un miracolo se io e Alex riuscivamo ancora a uscire di casa. Adesso che aveva superato la paura che stare sotto sarebbe stato doloroso, lo adorava. Gli piaceva anche quando *era* doloroso, quando lo scopavo abbastanza forte da lasciargli segni sui fianchi o sulle spalle con le dita. O al contrario, come testimoniato dai lividi che avevo sotto i jeans.

I nostri vicini dovevano odiarci.

Alcune sere, che fosse per via del lavoro o di tutto quello che avevamo fatto la notte prima, eravamo troppo stanchi per combinare qualcosa. Quelle serate non mi dispiacevano affatto. C'erano modi peggiori di rilassarmi dopo un lungo turno che sdraiato a letto con Alex, a baciarci pigramente mentre parlavamo delle rispettive giornate.

Ma, dannazione, quelle notti di passione? Ogni tanto ne pagavo il prezzo.

Come oggi, mentre mi domandavo perché non avessi mai cercato di convincere Ethan e Rhett a prendere biglietti per dei posti più vicini al campo da baseball invece che in cima agli spalti. I fianchi e la schiena mi fecero male per tutta la scalinata, ma ogni fitta mi faceva sorridere pensando a quello che io e Alex avevamo fatto la notte scorsa e a cosa avremmo fatto stanotte.

Quando raggiunsi la nostra sezione, Ethan e Rhett erano già lì insieme a Dale, l'amico di Rhett. Rhett ed Ethan erano seduti vicini, ma mantenendo qualche centimetro di distanza. Anche se normalmente erano molto affettuosi, c'era ancora gente a cui due uomini che si dimostravano affetto in pubblico creavano dei problemi, quindi, in posti come questo, mantenevano una certa discrezione.

Diretto verso la loro fila, mi resi conto che oggi Dale stava bevendo una bibita anziché una birra. Quando si sbronzava perdeva il controllo e, dopo che Ethan si era quasi beccato un pugno al posto suo la scorsa stagione, Dale aveva con riluttanza rinunciato a bere alcolici alle partite. Grazie a Dio. Lo adoravo quando era sobrio. Ma, da ubriaco? Ero più propenso ad ammazzarlo di botte.

"Ehi, ehi, ehi," disse Ethan, mentre salivo i gradini della loro fila. "Guarda chi è finalmente arrivato."

"Non cominciare," dissi. "Ci ho solo messo un po' a trovare parcheggio."

"Tutte scuse," disse Rhett.

"Il ritardatario non dovrebbe comprare la birra?" chiese Dale.

Lo fissai. "Tanto tu cosa ci guadagni?"

"Oh, fottiti," disse, facendomi un gestaccio.

Risi e presi posto fra Rhett e Dale, sperando che nessuno si accorgesse della cautela con cui mi ero seduto.

"Pronto a guardare i tuoi ragazzi prenderselo in culo?" chiesi, rivolto a Ethan.

Dale grugnì.

Ethan ci guardò storto. "A me sembra che il Toronto

stia giocando una stagione migliore del Seattle. Penso che i *tuoi* ragazzi saranno quelli che se lo prenderanno nel culo, oggi."

"Calma, calma," disse Dale, alzando le mani con fare conciliatorio. "Ci sono abbastanza ragazzi e abbastanza culi per tutti."

"Dale," sussurrò Rhett. "Fa' il bravo."

"Come ti pare." Dale fece un cenno noncurante. Bevve un sorso di bibita, quindi indicò con un cenno del capo la partita in corso circa dodici chilometri più in basso. "Sai, sarei più propenso a tifare per loro se si chiamassero the Toronto Blow Jobs."

"Beh," replicai. "Così magari sarebbero bravi in qualcosa."

A Rhett andò di traverso la birra.

Ethan scoccò un'occhiataccia a me e a Dale. "Sapete che c'è? Fottetevi entrambi."

"Ti piacerebbe," disse sottovoce Dale.

Tre uomini di quarant'anni e io che ne avevo quasi trenta, e chiunque ci avesse sentito avrebbe pensato che fossimo un branco di quattordicenni. Dio, adoravo andare con loro alle partite di baseball.

Ci mettemmo a seguire il gioco. Durante il secondo inning, il mio cellulare vibrò, l'unico modo in cui potevo sentirlo in un posto come questo. Gemetti. Maledizione, speravo che il mio capo non mi stesse chiamando per andare al lavoro.

Lo sganciai dalla cintura e il cuore mi sfarfallò nel petto quando lessi *Alex-lavoro* sul display. Risposi subito.

"Ehi, ciao." Ignorai accuratamente le tre teste che si girarono verso di me.

"Ehi," disse Alex. "Mi spiace disturbarti, io..."

"Non ti preoccupare. Che succede?"

"Volevo solo controllare... ho lasciato il caricatore del cellulare da te?"

Aggrottai la fronte. "Non sono sicuro. Era sul bancone della cucina stamattina, ma non ricordo se ci fosse ancora quando sono uscito."

"Cavolo," borbottò. "Beh, io non l'ho preso. Se era lì stamattina, c'è ancora. Pensi che potresti portarmelo stasera?"

"Sì, non c'è problema, io..."

La folla intorno a me ruggì.

"Scusa," dissi, oltre il fragore. "Ci danno davvero dentro."

"Che stronzi fortunati," borbottò Dale.

Risi.

"Che c'è?" chiese Alex.

"Niente," replicai, continuando a ridacchiare.

Con tono divertito, Alex disse: "Ti lascio andare. Volevo solo assicurarmi di non aver perso quel maledetto affare. Ho il telefono quasi a terra."

"Non preoccuparti, te lo porto."

"Va bene. Ci vediamo stasera."

Oh, sì. Non vedo l'ora. "A stasera." Riattaccai e, mentre riagganciavo il cellulare alla cintura, mi resi conto che tre paia d'occhi mi stavano ancora fissando. "Cosa c'è?"

"Niente." Rhett guardò Ethan. "Tu stavi pensando qualcosa?"

"Io?" Ethan si portò una mano al petto. "No, io no. Dale?"

"Oh, *no*, io neanche." Dale scosse la testa. "Niente di niente."

"Mm-mm," dissi.

"Anche se questa chiamata mi fa venire in mente," disse Rhett, "frequenti ancora quel ragazzo? Il verginello?"

Annuii. "Sì, io..."

"Il *cosa*?" Dale sputacchiò. "Tu?"

"Sì, io."

Tirò su con il naso. "Beh, è come una volpe che fa la guardia a un pollaio."

"La guardia?" Ethan sogghignò. "Sì, come no. Suppongo che non sia più vergine se ti è stato intorno così a lungo."

Mi sentii avvampare e abbassai lo sguardo. "È una possibilità."

Rhett si chinò in avanti, fissandomi. "Kieran, stai... *arrossendo?*"

"Impossibile," sbuffò Ethan.

"Kieran che arrossisce?" disse Dale. "Mai nella vita."

"Chiudete il becco, tutti quanti," dissi, cercando senza successo di restare serio.

"Guardami," disse Rhett.

Gli scoccai la peggiore occhiataccia che mi riuscì, e risero tutti e tre.

"Cristo Santo," disse Dale. "Stai *davvero* arrossendo."

"Non è uno dei quattro cavalieri dell'Apocalisse?" chiese Ethan.

Inclinai la testa. "Che cosa?"

"Kieran innamorato," disse Rhett. "Sì, penso che tu abbia ragione, Ethan."

"Oh, per piacere." Alzai gli occhi al cielo. "Non sono innamorato."

Ethan si portò la birra alle labbra. "Ne sei sicuro?"

Lo guardai torvo. "Sì, sono sicuro. È solo un'avventura."

"Lui lo sa?" chiese Rhett.

"Sì, l'ho messo bene in chiaro fin dall'inizio."

"E l'hai recepito anche tu il messaggio?" chiese Dale.

Alzai di nuovo gli occhi. "Oh, ma dai. Voi pensavate anche che fossi innamorato di Sebastian."

"Solo perché non ti sei fatto vedere per tre mesi," disse Rhett.

"Troppo impegnato a letto," ridacchiò Dale.

Ethan rise. "Sì, come ha detto lui."

"Seriamente, però," disse Rhett. "Abbiamo solo immaginato che ti piacesse se tu, fra tutti, avevi deciso di provare la vita monogama."

"Cosa che non ho fatto con Alex." *Praticamente l'unica cosa che non ho fatto con Alex.*

"Sei stato con qualcun altro, ultimamente?" chiese Rhett.

"No."

"E non ti vediamo da così tanto," disse Ethan. "Ricordo a malapena che aspetto hai nudo." Rhett gli scoccò un'occhiataccia come a dire *potresti non dire cose del genere ad alta voce e in pubblico?* Ma non disse niente.

"Quella è solo la demenza incipiente, Ethan," replicai.

"Quindi," proseguì Rhett. "Non sei stato con noi. Non hai nessun altro in ballo. Il che ti lascia con Alex."

"Un ragazzo solo," precisò Dale. "A me sembra monogamia."

"E poi," aggiunse Ethan, "non ti ho mai visto in faccia quell'espressione ridicola per nessuno."

"Ha ragione," disse Dale. "Io penso che sia adorabile."

Il calore che mi bruciava le guance avrebbe smentito qualunque mia protesta. Non ero innamorato di Alex, maledizione, ma, mentre quei tre ridevano e mi davano pacche sulle spalle, capii che non avevo la minima chance di convincerli. Più ci avessi provato, più mi avrebbero preso in giro, quindi lasciai perdere e tornai a guardare la partita.

A un certo punto, durante il quinto inning, Rhett si girò verso Ethan. "A chi tocca andare a prendere la birra?"

"A te," replicò Ethan. "Io ho preso le ultime."

"Diavolo." Rhett tirò fuori il portafoglio. "Sono un po' a corto, hai altri venti dollari?"

"Sì, credo di sì." Ethan prese il suo portafoglio, poi porse una banconota a Rhett. Mentre il denaro passava di mano, si scambiarono anche uno di quegli sguardi fuggevoli ma inconfondibili. La cosa più vicina all'affetto che si concedevano in posti come questo, e fui stupito che l'intero stadio non si accorgesse di quello sfrigolante istante di intesa lassù nei posti economici.

Poi, Rhett si alzò e raggiunse il passaggio, dove si fermò. "Kieran, ti spiacerebbe venire con me? Mi farebbe comodo un altro paio di mani." Il lieve incurvarsi del suo sopracciglio mi incoraggiò a leggere fra le righe.

"Sì. Certo." Mi alzai e lo seguii.

Lasciammo gli spalti e andammo nell'area delle bancarelle, in un'atmosfera satura delle esalazioni di hot dog, popcorn, grasso e noccioline. Ugh, volevo allontanarmi il prima possibile.

Ma, prima ancora di arrivare al banco della birra, Rhett mi fermò posandomi una mano sulla spalla. "Sono curioso. C'è qualcosa fra te e Alex? Qualcosa di serio, intendo."

Scossi la testa, alzando le mani. "No, te l'ho detto, è *solo* sesso."

Lui abbassò leggermente il mento e strinse gli occhi, nella sua tipica espressione che sembrava dire *ti leggo nel pensiero*.

Sospirai. "Sul serio, Rhett. Non è niente. Perché siete così convinti che abbia una storia con lui?"

"Ehi, rilassati," disse con tono gentile. "Ti prendevamo solo un po' in giro, ma ero curioso. Tutto qui. Anche se sembra che tu sia parecchio preso."

"No, niente del genere," dissi, scuotendo la testa. "Il

fatto è che a lui piace così. Sperimenta cose nuove e ha qualche anno di frustrazione sessuale repressa da sfogare."

"Beh, è decisamente in buone mani per entrambe le cose."

"È quello che dice lui." Mi strinsi nelle spalle, probabilmente non indifferente quanto avrei dovuto. "Comunque, sì, passiamo molto tempo insieme. Non significa niente."

"Non è il tempo che passate insieme che ci incuriosisce," replicò Rhett. "Okay, Dale ti sfotte perché, sì, eri arrossito. Ma io ed Ethan ci facciamo domande da un pezzo, ormai."

Inclinai la testa per incoraggiarlo a continuare.

"Sei solo un po', non so, distratto. Non sei il solito Kieran."

"Sono esausto, Rhett. Solo perché Alex mi ha stremato fino alla monogamia, non significa che non sia solo una cosa fisica." Risi. "Significa solo che qualunque altro uomo, soprattutto tu o Ethan, probabilmente mi ucciderebbe."

Rhett ridacchiò. "No, ti ho già visto esausto. Questo è, è..." La sua espressione divenne seria, e fece un secco cenno frustrato. "Diverso. È qualcosa che non abbiamo mai visto prima con te. È..." Fece una pausa. "È interessante, che posso dire?"

"In che senso?"

"Beh, sai com'è Ethan con la tequila, giusto?"

Rabbrividii. "Dio, sì."

"Anch'io. Basta che suggerisca di fare un paio di shot di tequila e sono arrapato da morire. È come premere un cazzo di interruttore."

"Okay..." Inarcai un sopracciglio, domandandomi dove volesse andare a parare.

"Ricordi l'altra sera, quando stavamo tutti chiacchierando in cucina quando avevi finito con gli esercizi?"

Feci spallucce. "Sì, perché?"

Un sorrisetto sornione gli incurvò gli angoli della bocca. "Perché a un certo punto stavi parlando di Alex e non hai neanche notato la bottiglia di Patrón o Ethan che tagliava le fettine di lime."

Mi si rizzarono i capelli sulla nuca. Tornai mentalmente indietro a quella sera e ricordai vagamente di aver visto Ethan fare i preparativi. Sì, avevo visto cosa stava facendo, ma le implicazioni? Non erano neanche arrivate al mio cervello. Quel riflesso pavloviano non era scattato. Per niente.

Mi sentii di nuovo avvampare. "Mi dispiace, non intendevo liquidarvi così o..."

"No, no, non ci sentiamo mica offesi." Rhett sorrise. "È bello vedere qualcuno che può reggere il tuo ritmo e farti girare la testa. La storia della tequila ci ha solo fatto capire che eri distratto. E il modo in cui ti si sono illuminati gli occhi quando ha chiamato, prima?" Ecco di nuovo quell'espressione sorniona.

Dando silenziosamente la colpa della mia pelle d'oca alla brezza fresca che soffiava da fuori, lo guardai negli occhi. "È solo un'avventura. Dico sul serio. Non voglio niente di più e neanche lui, quindi..."

Rhett arricciò le labbra. Poi il divertimento svanì di nuovo dal suo volto e abbassò la voce. "Se c'è qualcosa di più del sesso, non cercare di fingere il contrario. Kieran, seriamente, sai che so di cosa parlo." Lanciò un'occhiata verso i nostri posti, dove Ethan lo aspettava, quindi tornò a guardare me. "Non fare una stupidaggine e perderti una cosa bella come ho rischiato di fare io."

"Non è *niente*," dissi. "Davvero. Non cerco niente di serio e nemmeno lui."

"Il che è di solito quando lo si trova."

Stavolta, non c'era alcuna brezza da incolpare. Alzai una mano. "E, se inizierà ad andare in quella direzione, lo fermerò sul nascere. Non siamo... Quello che stiamo facendo non è quello, e non lo diventerà."

Rhett inarcò un sopracciglio con aria scettica, ma non insistette oltre. "Okay. Beh, ero solo curioso."

"Eri sospettoso, più che altro."

"Qualcosa del genere." Rise. "E sai che se deciderai di fare sul serio con questo ragazzo con cui non è una cosa seria, dovremo conoscerlo."

Gli diedi una pacca sulla spalla. "Motivo in più per non fare sul serio."

"Cosa? Perché?"

"Perché avresti una pessima influenza su di lui."

"Oh, e tu no?"

"Beh, non si lamenta di certo."

"Questo non significa niente." Fece un cenno verso le bancarelle. "Adesso andiamo a prendere qualche birra prima che Ethan e Dale mandino qualcuno a cercarci."

CAPITOLO 19

Quel giorno, i Mariners presero una bella batosta. Almeno, così pensavo. Erano sotto di qualche punto quando me ne andai durante il settimo inning e, anche se continuai a seguire la partita alla radio mentre tornavo a casa, non sentii il punteggio finale. Ero troppo occupato a brontolare contro tutte le auto che avevano l'ardire di mettersi davanti a me. Me n'ero andato presto per evitare il traffico e, a quanto pareva, altri sette milioni di persone avevano avuto la stessa idea.

"Andiamo, andiamo, *vai*." Diedi una manata sul volante e borbottai una sfilza di imprecazioni che avrebbe fatto impallidire Ethan e Dale. Ma che avevano tutti che non andava? Non sapevano che avevo fretta?

Guardai torvo l'orologio sul cruscotto. Mi restavano solo trentacinque minuti per attraversare la città, fare una doccia e correre da Alex. Perfettamente fattibile.

Spostai lo sguardo corrucciato sul traffico che mi si parava davanti. Okay, trentacinque minuti sarebbero stati perfettamente fattibili in qualunque altro giorno, ma non quando c'era una fila di auto immobili che intasava la strada come un immenso bruco paralizzato fatto di vetro e metallo. Un centimetro dopo l'altro, strisciammo lungo la strada principale. Chiunque avesse installato quel cartello con il limite di velocità di sessanta chilometri orari doveva aver avuto un senso dell'umorismo malato; rimase nel mio campo visivo per dieci minuti buoni. Sessanta chilometri all'ora, un cazzo.

Alla fine, superai la tangenziale, dove si trovava il grosso dell'ingorgo. Mi sembrava sempre ironico che la gente restasse bloccata nel traffico per quasi un'ora solo per restare incastrata sulla tangenziale. Che, in teoria, avrebbe dovuto portarli a destinazione più in fretta. Pazienza. Oggi non ero dell'umore per fare ironia.

Poco dopo essere sfuggito all'ingorgo, arrivai a casa.

Finalmente. Posteggiai l'auto, scesi e mi trattenni a stento dall'attraversare di corsa il parcheggio. Feci le scale a due a due fino all'appartamento, ignorando il dolore alle gambe. Potevano lamentarsi più tardi. In questo momento, i muscoli stanchi non erano una priorità.

Una volta raggiunta la porta di casa, la mia chiave sembrava aver dimenticato come aprire la serratura ma, dopo un paio di tentativi e un sacco di imprecazioni, la persuasi a girare e farmi entrare nel mio maledetto appartamento. Ora mi serviva solo qualche minuto per...

Merda, dovrei essere da lui fra dieci minuti?

Gemetti e scrissi ad Alex un rapido messaggio mentre mi liberavo con un calcio delle scarpe e cercavo di non inciamparvi.

Sono un po' in ritardo. Arrivo fra 15 o 20 minuti.

Inviato il messaggio, gettai il cellulare sul letto, mi tolsi i vestiti e andai a fare la doccia. Dopo, mi rasai il più rapidamente possibile senza farmi sfuggire qualcosa o recidermi un'arteria. Poi mi vestii, presi le chiavi e il caricatore di Alex e arrivai a metà delle scale prima di rendermi conto di aver dimenticato il portafoglio.

La maggior parte della popolazione di Seattle si tenne saggiamente lontana dalla strada fra il mio appartamento e quello di Alex, e anche quel semaforo che era *sempre* rosso, per una volta, mi concesse il verde. Nel giro di pochi minuti, svoltai nel parcheggio sotto il suo appartamento e, per la prima volta da quando avevo lasciato la partita, mi rilassai.

Più o meno.

Con le mani ora malferme per motivi totalmente diversi, riuscii a chiudere l'auto a chiave e infilarmi le chiavi in tasca senza farle cadere più di una volta. Okay, due volte ma, la seconda, le afferrai prima che toccassero terra. Quindi non contava.

Con le chiavi in tasca, i piedi più o meno stabili e il cuore che mi martellava nel petto, raggiunsi il suo appartamento e bussai.

Appena Alex aprì la porta, espirai. *Ah, eccoti qui.*

Gli posai le mani sui fianchi. "Scusa per il ritardo."

"Non te ne farò una colpa." Mi strinse fra le braccia.

Cominciò come un leggero bacio per salutarci, che sarebbe dovuto durare solo un paio di secondi, ma nessuno dei due si tirò indietro. Proprio lì, sulla soglia del suo appartamento, ci stringemmo un po' più forte e ci concedemmo un bacio un po' più lungo di quanto avessimo inteso. Non un bacio profondo, febbrile, della serie "non in pubblico, ragazzi" che ci avrebbe portati dritti alla prima superficie orizzontale. Era solo lento, tenero affetto...

Autocontrollo.

Era autocontrollo. Tutto qui. Saremmo arrivati dopo agli abbracci bollenti e appassionati. Se avessimo continuato, non saremmo più usciti a mangiare. E Alex aveva appena finito di lavorare, quindi probabilmente moriva di fame.

Smise di baciarmi e mi guardò negli occhi, facendomi quasi cedere le ginocchia quando si passò la punta della lingua lungo il labbro inferiore.

"Se vogliamo uscire," disse. "Suppongo che dovremmo avviarci?"

"Giusto." Mi schiarii la gola. "Hai un locale in mente?"

"Non ci avevo ancora pensato." Mi diede un bacio, stavolta rapido e leggero, e indicò il suo appartamento. "Fammi prendere il portafoglio e le chiavi. Possiamo pensarci strada facendo."

Lo seguii all'interno, richiudendo la porta con un piede. "A proposito, ecco il tuo caricatore."

"Fantastico, grazie." Lo posò sul bancone della cucina vicino al portafoglio e alle chiavi e, mentre li infilava in tasca, gli feci scivolare le braccia intorno alla vita da dietro. Strofinandogli il naso contro il collo da dietro, mormorai: "Allora, vuoi solo mangiare un boccone veloce? O sederti con calma da qualche parte?"

Posò le mani sulle mie e inclinò la testa perché potessi baciargli il collo. "Mi va bene tutto."

"Ma cosa vuoi fare?" Lo sfiorai dietro l'orecchio con le labbra.

"Qualunque..." Lui rabbrividì, inspirando. "Qualunque cosa tu voglia."

"Te l'ho chiesto prima io." Scesi, baciandolo, fino alla clavicola, poi presi a risalire. "Dipende da te."

"Quindi, se suggerissi quel ristorante indiano a..."

"Dovunque, tranne lì."

"Dovunque, tipo...?"

Gli stuzzicai il lobo dell'orecchio con la punta della

lingua. "Dovunque tu voglia andare che non sia quel risto-rante indiano."

Alex si girò. Stringendomi fra le braccia, disse: "Sei troppo indeciso."

"Anche tu."

"No, ti sto solo chiedendo cosa vuoi fare."

"E io sto chiedendo a te cosa vuoi fare." Mi sporsi a baciarlo. "Quindi, direi che siamo a un punto di stallo."

"Mm." Si tirò indietro quanto bastava per parlare e, al tempo stesso, mi spinse di un passo verso la porta della cucina. "Forse potremmo..." Un altro bacio. "Decidere in macchina..." Un altro bacio. "Lungo il tragitto."

"Ma se facciamo così..." Lo attirai a me e, con un altro passo, imboccammo il corridoio. "Dovremmo sapere in che direzione andare."

"Vero." Mi baciò. "Ma possiamo sempre..." Un bacio profondo, un passo. "Tornare indietro se..." Incespicammo di nuovo, stavolta contro un muro. "Se andiamo nella dire-zione sbagliata."

"Giusto."

Fece per girarsi in una direzione, ma io lo attirai in quella opposta, e continuammo a trascinarci in modo impac-ciato lungo il corridoio.

"A proposito di andare nella direzione sbagliata," disse, fermandosi per baciarmi prima di indicare alle sue spalle. "La porta d'ingresso è da quella parte."

"Davvero?"

"Mm-mm."

Gli aprii il primo bottone della camicia. "Beh, l'hai detto tu..." Lo baciai, quindi aprii un altro bottone. "Possiamo sempre tornare indietro."

"È vero. Possiamo." Afferrandomi i polsi, mi scostò le mani prima che potessi slacciare un altro bottone. Si portò le nostre mani ai fianchi, ma avere le mani occupate non bastò a fermare le nostre bocche. Anzi, quell'impedimento rese i nostri baci più famelici, più disperati. Se non potevo toccarlo allora, maledizione, lo avrei assaporato, e la sua bocca non cercò neanche di rallentare la mia, di placarla o calmarla.

"Non stiamo facendo grandi progressi," disse contro le mie labbra.

Senza neanche smettere di baciarlo, dissi: "No, hai ragione."

"Almeno, non se vogliamo uscire." Mi sospinse di un altro passo lungo il corridoio.

"Uscire è sempre più in basso sulla mia lista delle cose da fare." Lo tirai indietro di un altro passo.

"Davvero?" Un passo.

"Mm-mm." Un passo.

"Anche per me." Un passo.

Fui fermato dal divano. I nostri sguardi si incrociarono. Liberai una mano. Poi l'altra. Le feci scivolare sul suo petto, guardandolo inspirare a fatica mentre avvicinavo le dita al bottone che non mi aveva permesso di slacciare. Mi posò le mani sui fianchi e, anche attraverso lo spesso strato di jeans, non mi sfuggì il loro tremore.

Non molto tempo fa, avrei potuto credere che fosse nervoso, ma non stavolta. *Oh*, no. Non quando mi succhiò il labbro inferiore per un altro assaggio dei miei baci mentre le sue mani seguivano la mia cintura fino al culo.

"Beh, siamo arrivati fin qui," disse Alex, stringendo leggermente gli occhi e sorridendo. "Direi che non possiamo andare oltre."

"Non in questa direzione, comunque."

"No, mi sa di no." Mi fece scivolare le mani nelle tasche posteriori e, invece di attirarmi a sé, mi tenne fermo mentre si sporgeva in avanti. Le nostre labbra si sfiorarono quando disse: "E non abbiamo ancora deciso dove andare."

"Hai qualche idea?"

"Non ancora. Tu?"

"Niente."

Il suo sguardo guizzò alle mie spalle, verso il divano, poi tornò a incrociare il mio. "Proprio nessuna idea?"

"Sai," sussurrai. "Non sono mai stato bravo a decidere su due piedi." Afferrandogli la maglia, mi lasciai cadere all'indietro e lo trascinai con me sul divano.

Alex non perso un colpo. Eravamo appena atterrati sui cuscini quando la sua bocca coprì la mia, e il suo bacio mi disse che non saremmo andati da nessuna parte. Artigliando il dorso della sua maglia, ricambiai il bacio con altrettanto fervore.

Poi Alex alzò la testa e, ansimanti, ci guardammo negli occhi. Si leccò le labbra e, un attimo dopo, senza riflettere, feci lo stesso.

"Okay, va bene," disse. "Prenderò una decisione." Mi inchiodò un polso al divano, sopra la testa. "Restiamo qui." Poi l'altro polso. "E ordiamo del take-away." Si chinò a baciarmi il collo.

Mordendomi il labbro inferiore, chiusi gli occhi. "Pizza o cinese?"

"Non m'interessa." Arrivò fin sotto al mio mento. "Qualunque cosa ci metta..." Un altro bacio, e avrei giurato che quasi mi affondasse i denti nella pelle. "Qualunque cosa ci metta di più ad arrivare." La sua barbetta mi sfiorò la gola e io mi dimenai sotto di lui.

"Non importa quale ci metta di più," sussurrai, chiudendo gli occhi mentre mi stuzzicava il lobo dell'orecchio con le labbra. "Dobbiamo telefonare per ordinare." Gli passai le dita lungo la schiena fino a farlo rabbrividire. "Il che significa fermarci."

"Mm. Giusto." Alzò la testa per baciarmi. Non ci fu alcuna battuta, alcun commento, solo un bacio insistente e appassionato che mi disse che la conversazione era finita e non saremmo andati da nessuna parte.

Wow, sei davvero uscito dal guscio, eh?

Gli feci scivolare le dita lungo il collo e fra i capelli. Quando strinsi la presa e gli tirai la testa all'indietro, Alex smise di baciarmi e inspirò con un sibilo.

"Forse dovremmo spostarci da un'altra parte," ringhiai, baciandogli il collo.

"Forse..." Si interruppe con un basso gemito. Inclinò la testa da un lato, lasciandomi campo libero, e premette la sua erezione contro la mia. Alla fine, riuscì a biascicare: "Forse hai ragione."

Si alzò in piedi. Mi porse la mano, io la presi e, anche dopo essermi alzato, non ci lasciammo andare. Stavolta, però, non incespicammo inciampando l'uno nei piedi dell'altro. Andammo diretti e decisi dal divano alla sua camera, dove Alex mi trascinò con sé sul letto.

I baci si fecero frenetici e disperati. Gli abiti finirono a terra. Il piumone ci si aggrovigliò intorno finché non lo allontanammo con un calcio. Lubrificante e un preservativo emersero dal cassetto ma, nella foga di un bacio mozzafiato, finirono dimenticati sul letto accanto a noi. Lo volevo e basta. Avevo bisogno di lui. Avevo bisogno di stargli il più vicino possibile, eccetto se arrivargli così vicino significava separarci anche solo per pochi secondi.

Mi sdraiai sulla schiena e Alex mi salì sopra. Inchiodandomi i polsi al letto, ricambiò ogni mio bacio violento e disperato.

Il suo uccello premette contro il mio, facendoci rabbrividire entrambi. Alex mosse i fianchi quanto bastava a creare una deliziosa frizione e, quando lo fece di nuovo, non capii neanche chi fosse dei due a gemere.

"Ti piace?" ringhiò.

L'unica risposta che riuscii a dargli fu muovere a mia volta i fianchi, e Alex recepì il messaggio. I nostri corpi trovarono un ritmo regolare, muovendosi insieme in modo fluido in una danza che il mio cervello non riusciva a seguire. Ogni volta che la nostra pelle si sfiorava, a ogni respiro, a ogni sussulto, mi si appannava la vista e mi si annebbiava la mente.

Gli strinsi la testa con mani tremanti. Le nostre fronti, calde e madide di sudore, si toccarono, ma stavamo ansimando troppo per baciarci. Probabilmente non mi ricordavo nemmeno come fare.

Poi, Alex serrò gli occhi. "Cazzo, Kieran..." Gemette, sussultando contro di me. "Voglio..." Ansimò. Tremava come una foglia e la sua voce si fece più simile a un singhiozzo che a un gemito. "Voglio che mi scopi. Ti prego. Ti prego, Kieran, io... oh, Dio..."

"Vuoi che ti scopi?" sussurrai.

"Sì," gemette. "Sì, io... oh... cazzo..." Digrignò i denti, con gli occhi chiusi, e mosse i fianchi un po' più in fretta.

"Lo farò," dissi, lottando per trattenermi mentre il suo uccello sfregava contro il mio, mentre Alex perdeva il controllo sopra di me. Era al limite, proprio al limite, e sapevo esattamente come farglielo superare. "Se vuoi che ti scopi, lo farò."

A quelle parole, Alex gemette, rabbrividì e venne, e io *quasi* venni insieme a lui.

Lasciò ricadere la testa vicino alla mia e ansimò contro la mia spalla.

"Vuoi ancora che ti scopi?" chiesi, carezzandogli i capelli.

"Sì. *Adesso*."

Mi morsi il labbro inferiore mentre un brivido mi correva lungo la schiena. "Allora, dovresti lasciarmi prendere un preservativo, non credi?"

Si sollevò su braccia tremanti. Dopo esserci ripuliti, presi il profilattico che avevamo lasciato cadere sul letto e lacerai l'involucro.

"Non so se riesco a sorreggermi," disse Alex.

"Non avevo in programma di farti sorreggere." Indicai i cuscini con un cenno del capo. "Sdraiati sulla schiena e mettine uno sotto i fianchi. Dietro di te." Una volta sistemato il cuscino, per avere un'angolazione più comoda, mi posizionai contro di lui.

Trattenendo il fiato, gli scivolai dentro, ogni terminazione nervosa in fiamme al sentire *lui*. Non solo entrargli dentro, ma stargli sopra. Premuto contro. Così vicino a lui. Anche mentre le mie spinte si facevano più rapide e il mio corpo doleva per il bisogno di venire, ero ben cosciente delle sue mani sulle mie braccia, le sue gambe intorno alla vita, ogni punto in cui ci toccavamo.

Sopraffatto, chiusi gli occhi e lasciai ricadere la testa in avanti, ma passarono solo un paio di secondi prima che tornassi a guardarlo.

Hai degli occhi bellissimi. E non riesco a smettere... non riesco a smettere di guardarli. Di guardare te. Dio, Alex, ti voglio così tanto. Ho così tanto bisogno di te. Io...

"Oh, cazzo, sei fantastico," mormorai, spingendo un po' più forte.

Alex si aggrappò alle mie braccia. "Anche tu."

Mi dolevano i fianchi, mi bruciavano gli addominali, ma

non mi fermai né rallentai perché essere dentro di lui in questo modo era *perfetto*.

Spinta dopo spinta, mi mossi in lui, mentre continuavamo a guardarci negli occhi.

Da qualche parte nella mia mente sapevo che questo era il ragazzo che una sera mi aveva fissato con un misto di paura e desiderio, con la schiena contro un muro di mattoni. Quando non ci eravamo mai toccati così. Quando lui non era mai stato toccato affatto. Quando non sapevo se avesse più paura che lo incoraggiassi a farsi avanti o che mi fermassi.

Ma, adesso, non aveva paura. I suoi occhi non imploravano che lo guidassi, che gli mostrassi cosa fare. Sapeva cosa voleva, e voleva di più. Voleva me. E, Cristo, io volevo lui. Come non avevo mai voluto nessun altro uomo, lo volevo. Non solo la novità di qualcuno che non era mai arrivato fino a questo punto con nessuno. Volevo *Alex*.

"*Non sono innamorato*," avevo insistito con i tre scettici alla partita di baseball.

"*Ne sei sicuro?*" aveva chiesto Ethan.

Scacciando quel pensiero, mi chinai a baciare Alex. Lui fece ondeggiare i fianchi all'indietro, attirandomi un po' più a fondo, e io spinsi più forte. Un tremito mi costrinse a sollevarmi sulle braccia e spinsi più a fondo, più forte, maledizione, non mi bastava mai.

Alex gemette, affondandomi le dita nelle spalle.

Oh, Dio...

Si morse il labbro inferiore e chiuse gli occhi, inarcando la schiena.

"Guardami, Alex," ansimai. "Ti prego, guardami."

Aprì gli occhi.

Oh, Dio...

Disperato. Tremante. Vacillante. Quasi... quasi al limite...

"Oh, Dio, Alex, io..." *Ti amo*. L'orgasmo mi bloccò il respiro e le parole in gola, ma il mio cuore impazzito martellava un innegabile codice Morse nelle mie orecchie: *Ti amo. Ti amo, Alex. Ti amo, cazzo.*

Gli nascosi il viso contro il collo, inspirando il suo sudore e il suo profumo mentre ero scosso da tremiti e le sue dita mi scorrevano lungo la schiena. Come potevo essere stato così stupido? Come potevo *non* averlo capito?

E cosa diavolo dovevo fare, ora?

Alex era troppo giovane. Io non ero molto più vecchio, ma lui era sia giovane che inesperto. Non aveva ancora avuto l'opportunità di essere stupido e incauto. Non aveva avuto l'opportunità di farsi spezzare il cuore, e non volevo essere io il primo a spezzarlo.

E non volevo che fosse lui a spezzare il mio.

CAPITOLO 20

Passò una settimana. Alex mi lasciò un messaggio in segreteria dopo due giorni. Un altro dopo tre giorni. Il quinto giorno mi chiamò, ma non si disturbò a lasciare un messaggio.

Fra il senso di colpa e la carenza di sonno, ero a stento funzionale. Preparavo cocktail meccanicamente, senza neanche provare a fare scena o flirtare come al solito, e le mie mance riflettevano quella carenza d'entusiasmo. Non che me ne importasse qualcosa. Arrivare dall'inizio alla fine della giornata era come trascinare i piedi nel cemento fresco. Finché un bicchiere o una bottiglia non finivano in frantumi nel cestello del ghiaccio, andava già bene così.

Non importava quanto mi ripetessi che il tempo avrebbe reso quella distanza più accettabile: mi stavo solo prendendo in giro. Più stavo lontano da Alex, più male faceva, il che sottolineava il motivo per cui me n'ero andato. E, ovviamente, il senso di colpa peggiorava ogni giorno, soprattutto perché non gli avevo ancora parlato. Passavo ogni notte sveglio a fissare il buio e cercare di trovare una soluzione ma, più tempo passava senza che lo contattassi, più mi sentivo a disagio al pensiero di rompere il silenzio. E meno riuscivo a giustificarlo, quel silenzio.

Mi sentivo uno stronzo, ma avevo paura di parlargli.

Mentre pulivo il bancone, una mano sulla spalla mi fece sobbalzare.

Wes ritirò la mano e aggrottò la fronte. "Tutto bene, amico?"

Espirai, strofinandomi il collo. "Sì. È solo..."

"Il topo di biblioteca ti crea problemi?"

"Qualcosa del genere," borbottai.

"Che succede? Non ti ho mai visto così malmesso, soprattutto per..."

"Sto *bene*," dissi, con abbastanza veemenza da suggerire che, se avessi dovuto ripeterlo, sarei stato molto meno educato.

"Okay, okay." Wes alzò le mani, ma il suo sguardo era scettico. "Chiedevo solo."

Mi sforzai di sorridere. "Grazie. Me la caverò."

E, per lo più, me la cavavo. Avevo memorizzato centinaia se non migliaia di cocktail e, se non riuscivo a ricordare gli ingredienti di un *Liquid Cocaine* o un *Dancing Queen*, potevo controllare il computer o l'archivio. La memoria muscolare mi permetteva di versare, mixare, shakerare, mescolare e decorare senza far cadere niente.

I miei clienti erano un grumo monocromo e insignificante. Ogni volta che cercavo di distrarmi guardando un po' di gente durante i momenti morti, finivo con l'ispezionare la folla in cerca dell'unica persona che, chiaramente e inevitabilmente, *non* c'era. Non sapevo se sperassi di scorgerlo fra le ombre o che non si facesse vedere.

Comunque fosse, lui non apparve.

Con la coda dell'occhio, scorsi un altro cliente che si

avvicinava al bancone ma, quando alzai lo sguardo per prendere l'ordinazione, sobbalzai.

Non era un ragazzo.

E nemmeno uno sconosciuto.

"Sabrina," dissi.

"Ciao," disse lei.

Mi schiarii la gola. "Questa è una sorpresa."

"Sì, lo so." Si girò a guardare la scarna folla. "Pensi che potremmo parlare in privato per qualche minuto?"

"Di cosa?"

Lei mi guardò negli occhi e il guizzo del suo sopracciglio parve dire che era meglio che sapessi benissimo cosa ci faceva qui. E, con una stretta allo stomaco, mi resi conto che lo sapevo eccome.

Abbassando lo sguardo, dissi: "Fammi chiedere al capo. Vedo se posso andare in pausa."

Non attesi risposta prima di allontanarmi dal bancone e andare sul retro. Mancava ancora un'ora alla pausa, ma il mio capo era uno a posto e mi lasciò timbrare il cartellino subito. Conoscendolo, si era accorto che c'era qualcosa che non andava. E perché non avrebbe dovuto? Non avevo avuto grande successo a nasconderlo.

Tornai nella sala principale. "Ho un po' di tempo. Vuoi una birra o altro?"

"No, sono a posto," disse Sabrina. "Sono venuta in auto. Grazie comunque."

"Figurati."

Ci guardammo per un momento, ciascuno aspettando che l'altro dicesse o facesse qualcosa. Poi mi resi conto che ero io a dover prendere l'iniziativa. Conoscevo il locale meglio di lei, quindi sapevo io dove trovare un posto tranquillo.

"Da questa parte," dissi, e lei mi seguì fra la poca gente

fino a un separé libero nell'angolo più quieto del locale. Io sedetti da un lato; lei scivolò dall'altro.

Tormentandomi le mani, dissi: "Allora, che succede?"

"Dimmelo tu. Stai bene?"

"Sì. Certo."

Ovviamente, sapeva che stavo mentendo. Aveva l'espressione di suo padre che sembrava dire *ti leggo nel pensiero*, e io evitai il suo sguardo. Dio, dove potevo cominciare? Non sapevo neanche come parlarne con Sabrina. Come cazzo avrei potuto parlarne con Alex?

Tutto intorno a noi, la gente chiacchierava e ballava mentre la musica sgorgava da dozzine di casse. Eccomi qui con un groppo in gola e, a due passi di distanza, dei ragazzi flirtavano e si toccavano e parlavano e limonavano. Era come trovarsi a un funerale con una festa in corso nella stanza accanto.

"Ieri sera ho visto Alex," disse Sabrina.

Si comincia. "Oh?"

"Uhm, è successo qualcosa fra voi due?"

Il senso di colpa mi attanagliò lo stomaco. "Che vuoi dire?"

"Voglio dire, avete litigato o qualcosa del genere?"

Mi mordicchiai l'unghia del pollice, fissando il tavolo. "No, non abbiamo litigato."

"E allora che è successo?"

"Non è successo niente. Le cose si sono solo fatte..." Feci un cenno frustrato. "Complicate."

"In che senso?" Si sporse in avanti. "Senti, è mio amico e lo sei anche tu. Non voglio immischiarmi, ma non voglio neanche vedervi soffrire. Nessuno dei due."

Troppo tardi. Non dissi niente.

L'espressione di Sabrina si indurì. "Dimmi che non te lo

sei scopato per poi filartela." Il suo tono era a metà fra un'implorazione e un'accusa.

"No. No, avevamo un accordo, era solo sesso e nient'altro."

"E quindi?" chiese lei. "Lui prova qualcosa di più?"

"No." Chiusi gli occhi ed espirai. "Lo provo io."

"Tu... davvero?"

Mi passai le dita fra i capelli e annuii. "Sì."

"Quindi, ha tirato lui il freno?"

"No, è solo che non voglio che la cosa vada oltre. Non volevo neanche arrivare a questo punto, ma..."

"Ma è successo."

"È successo." Mi appoggiai allo schienale. "Non avevo intenzione di sparire così. Ma non so come affrontarlo. Non..." Abbassando gli occhi, dissi: "Non so come dirgli che non posso farlo."

"Potrebbe essere perché 'non farlo' è la scelta sbagliata?"

"No. Non voglio passarci di nuovo."

"Cristo, Kieran," disse lei, con una nota dura nella voce. "Ti prego, dimmi che non è solo paura di impegnarti, o giuro che ti prendo a calci in culo."

In qualunque altro momento, la sua minaccia sarebbe stata accompagnata da un sorrisetto e ne avrebbe fatto spuntare uno anche sulle mie labbra, ma non stavolta.

"No. Non è così." Deglutii. "Senti, io lo amo." Trasalii. Era la prima volta che lo dicevo ad alta voce e, Dio mio, faceva male. "Lo amo e questo non cambierà. Ma non voglio infilarmi in una storia che non durerà. Non ho paura di impegnarmi o di rinunciare alla vita da scapolo. Ci rinuncerei e mi impegnerei con qualcuno in un batter d'occhio se credessi che queste cose possano *durare*."

"Perché non ci credi?"

"Perché praticamente tutti i matrimoni o le relazioni a

lungo termine che ho mai visto sono finite male. I miei genitori si sono lasciati dopo quasi trent'anni e mia madre è ancora distrutta. Non penso che potrei sopportare una cosa simile."

La voce di Sabrina si ammorbidì. "Quindi, molli tutto subito? Facendo preventivamente del male a entrambi e risparmiandogli il disturbo?"

"Qualcosa del genere." Espirai. "Posso superare qualche settimana o qualche mese insieme a lui. Se fa così male adesso, sarà ancora peggio se ci lasciamo dopo un anno, o due anni, o cinque anni. Perché tirarla per le lunghe?"

"Kieran, si dice che il dolore è un segno che qualcosa non va," disse lei. "Se ti fa così male ora, forse significa che stai commettendo un errore." Fece una pausa. "Guarda cos'-hanno passato papà ed Ethan. Quando si sono lasciati, soffrivano come cani. L'hai visto anche tu."

"Sì, infatti," dissi. "E non riesco a immaginare di passare lo stesso, con nessuno." Soprattutto non con Alex. Dio, sarebbe stato troppo.

"Soffrivano così perché era *sbagliato*," replicò lei, sbattendo le nocche sul tavolo per sottolineare l'ultima parola. "E penso che lo sapessero entrambi."

Evitai il suo sguardo. Non avevo detto loro esattamente la stessa cosa? Dopo che le cose fra loro erano andate a puttane e io ero rimasto preso nel mezzo, avevo ringhiato: "Fate finta di non volervi, anche se è ovvio per tutti che è così."

"Kieran, è ridicolo," aveva replicato Rhett.

"Davvero? Quindi, mi sto solo immaginando tutto?"

"Fra me ed Ethan è finita," aveva detto con voce tremante. "Qualunque cosa tu creda di vedere..."

Avevo riso. Dio, quei due stavano deliberatamente

cercando di essere ottusi? "Cosa stai dicendo, Rhett? Non ci credi neanche tu."

"Kieran, cosa..."

"Non ho mai visto due persone così determinate a fingere di non potersi sopportare. Qualsiasi *idiota* può vedere che le cose fra voi sono tutt'altro che finite."

Nel presente, Sabrina proseguì. "Ma loro si sono chiariti, però, e hanno risolto tutto. Penso che ti direbbero tutti e due, senza esitare, che ne è valsa la pena. Ogni tanto bisogna passare dei momenti brutti. Rendono quelli belli ancora migliori."

"E non ho visto molte relazioni sopravvivere a quelli brutti. Sono i momenti belli che rendono *quella* parte ancora meno sopportabile." Mi strofinai il collo, sospirando. "Mi conosci, Sabrina. Di solito non sono così negativo e pessimista, ma io proprio non..." Mi si incrinò la voce. "Non voglio soffrire, e non voglio far soffrire Alex."

"Kieran, devi parlare con lui. Qualunque cosa decidiate di fare, ti assicuro che te ne pentirai se lasci che finisca tutto così. Merita di sentirlo da te personalmente." Inclinò la testa e mi scoccò un'occhiata significativa. "Glielo devi."

Annuii. "Hai ragione. Lo farò."

"Okay." Si sporse sul tavolo per posare una mano sulla mia. "Ancora una cosa."

Inarcai le sopracciglia.

"Ho visto quello che hanno passato papà ed Ethan," disse piano. "Ricordo ancora il divorzio dei miei genitori quando avevo quattro anni. Il secondo matrimonio di mia madre è finito peggio di come ha rischiato di fare la storia fra papà ed Ethan." Mi strinse la mano. "Ma penso *ancora* che le relazioni possano funzionare."

"Vorrei essere ottimista quanto te al riguardo."

"Anch'io vorrei che lo fossi," disse lei, quasi in un

sussurro.

Ressi il suo sguardo per un lungo momento. Poi dissi: "Grazie per il discorsetto. Lo chiamerò."

Lei sorrise. "Bene. Sarà meglio che vada e ti lasci tornare al lavoro."

Dopo che Sabrina se ne fu andata, mi restava ancora qualche minuto prima di dover timbrare il cartellino, e avevo disperatamente bisogno di un po' d'aria. Uscii sul retro del locale e mi sganciai il cellulare dalla cintura. Mi appoggiai al muro, quindi mi accovacciai, appoggiando i gomiti sulle ginocchia. Strofinandomi la fronte con una mano, fissai il telefono che stringevo nell'altra.

Chiamarlo. Parlargli. Dirglielo.

Ma come?

"Adesso sai cosa stai facendo, quindi forse sei pronto a uscire con altri ragazzi."

"Questo... voglio dire, quello che stiamo... è..."

"Non possiamo farlo. Ti amo troppo."

Sbattei le palpebre un paio di volte e tirai seccamente su con il naso. Dannazione, come diavolo mi ero cacciato in questa situazione? E come era arrivata a questo punto senza che me ne rendessi conto? I segnali erano lì fin dall'inizio. Ignorarli non li aveva cambiati, proprio come ignorare i graffiti sul muro alle mie spalle non lo avrebbe riportato a una superficie di mattoni immacolati. Sotto sotto, sapevo fin dall'inizio che questa cosa era diversa. Gradualmente, un minuto dopo l'altro, le cose fra noi erano passate da un accordo di solo sesso a qualcosa di... diverso.

Oh, ma ero bravo a rifiutare di vedere la realtà. Quelle lunghe conversazioni erano solo per aiutarlo a fidarsi di me e sentirsi più a suo agio. La mia incapacità di preparare un semplice cocktail in sua presenza era dovuta solo all'anticipazione. Sarei stato così protettivo, con i nervi a fior di pelle e i pugni serrati al solo pensiero che qualcuno gli facesse del male, verso chiunque avesse passato quello che aveva passato lui.

Per quanto pensavo di poter credere alle mie stesse stronzate? La cosa peggiore era che, più continuavo a negare l'evidenza, più la cosa andava avanti, e più lo avrei ferito quando avessi finalmente ammesso la verità a entrambi. Tanti saluti all'idea di bloccare tutto sul nascere.

"*Non fare una stupidaggine,*" aveva detto Rhett, "*e perderti una cosa bella come ho rischiato di fare io.*"

Espirai, continuando a fissare il telefono. Forse era una stupidaggine. Forse lasciare andare Alex sarebbe stato il peggior errore della mia vita. Forse, ma io non potevo farlo. Non potevo permettermi di andare oltre solo per guardarlo andarsene fra sei mesi, fra un anno, fra due anni.

"*Kieran, devi parlare con lui.*" La voce di Sabrina mi echeggiò nella testa. "*Qualunque cosa decidiate di fare, ti assicuro che te ne pentirai se lasci che finisca tutto così.*"

Beh, quello era vero. Gli dovevo la verità e mi sarei sempre pentito di essermela svignata senza una parola.

Alla fine, trassi un profondo respiro e lo chiamai.

Scattò immediatamente la segreteria. "*Risponde la segreteria di Alex Corbin. Lasciate un messaggio e vi richiamerò.*"

Una voce automatica se la prese comoda a elencarmi qualche dozzina di opzioni. *Andiamo, andiamo, fai 'bip' prima che perda il coraggio e riattacchi.*

Quando ero ormai pronto a disintegrare il cellulare sull'asfalto calpestandolo, finalmente si udì il 'bip'.

"Ehi, Alex, sono Kieran," dissi con voce tremante. "Senti, uhm, mi spiace di non essermi fatto sentire in questi giorni. Vorrei..." Esitai, mordendomi il labbro inferiore. "Vorrei parlarti. Potresti chiamarmi quando riesci?"

CAPITOLO 21

Dopo qualche ora a cercare di telefonarci e lasciarci vocali in segreteria, passammo ai messaggi. Eravamo tutti e due sul lavoro e leggere di straforo un messaggio era più facile che cercare di trovarci entrambi in linea allo stesso momento. Non riuscivo a decidere se fosse meglio di parlarci, almeno per ora. Dei brevi messaggi evasivi non avevano la stessa carica emotiva che poteva avere una conversazione. D'altro canto, questo rendeva impossibile capire se Alex fosse arrabbiato, o ferito, o che.

Ma stasera, dopo la chiusura, l'avrei scoperto, perché i nostri messaggi sull'aver bisogno di parlare e preferire farlo faccia a faccia arrivarono a una conclusione che mi fece torcere lo stomaco:

Stacco a mezzanotte. Da me?

Deglutii, fissando il messaggio. Poi replicai: *Posso venire a mezzanotte e mezza.*

Invio.

Invio in corso.

Inviato.

Espirai e mi riagganciai il cellulare alla cintura. Erano

appena passate le dieci e mezza. Due ore, poi avremmo potuto chiudere la questione.

Passai quelle due ore a fare le prove di tutto quello che avevo bisogno di dire. Articolarlo in modo da non sembrare uno stronzo con il terrore di impegnarsi era complesso, per usare un eufemismo, e un paio di volte mi sorpresi a domandarmi se non lo fossi veramente. No, no, non era l'impegno di cui avevo paura. Per niente. Era quello che veniva dopo, quando la persona con cui mi ero impegnato decideva di non voler più stare con me. Ci ero già passato e avevo visto troppa gente passarci.

Il mio turno finì. Non mi disturbai a togliermi gli abiti da lavoro; mi limitai a togliermi il papillon e la fusciacca e a indossare una giacca leggera sopra la camicia dello smoking. La serata non era particolarmente fredda, ma io mi sentivo gelare.

Quando mi fermai nel familiare parcheggio di fronte a quel familiare condominio, avevo ancora più freddo. Posteggiai, scesi dall'auto e infilai le mani nelle tasche della giacca mentre salivo le scale, un gradino alla volta, verso il piano di Alex. Davanti alla porta, esitai. Fissai il ventidue di plastica nero sopra lo spioncino, cercando in quei numeri il coraggio di bussare e tagliare la testa al toro.

I numeri, però, non offrirono nulla. Dopo un lungo momento, finalmente trassi un respiro profondo e bussai.

Non riuscii a sentire i passi di Alex oltre il martellare del mio cuore così, quando la catenella tintinnò dall'altro lato della porta, sobbalzai. Il chiavistello scattò e la porta si aprì.

Per un momento, ci fissammo sulla soglia. Una debole luce proveniva dall'appartamento alle sue spalle e i neon del pianerottolo gli illuminavano a malapena il volto, ma Alex sembrava esausto quanto me. Aveva dei cerchi scuri sotto agli occhi dalle palpebre pesanti, e le spalle afflosciate sotto un peso invisibile.

Fece un passo indietro e mi fece cenno di entrare. Senza una parola, lo feci. Lui chiuse la porta alle nostre spalle e lo scatto del chiavistello mi fece rizzare i capelli sulla nuca. Ovviamente, potevo andarmene in qualsiasi momento, ma quel suono aveva un che di definitivo. Era fatta. Ero qui. Stava succedendo davvero.

"Uhm, vuoi qualcosa da bere?" chiese.

Avevo la bocca secca, ma scossi la testa. "No, sono a posto. Grazie."

Andammo in soggiorno. Ero troppo irrequieto per sedermi e a quanto pareva valeva lo stesso per lui. Con pochi passi a separarci, spostammo nervosamente il peso da un piede all'altro, evitando l'uno lo sguardo dell'altro.

Feci un futile tentativo di inumidirmi le labbra e finalmente ruppi il silenzio. "Senti, mi spiace di essere sparito così."

"Sì, l'hai detto," rispose piano. "Allora... che succede?"

Minuti cristalli di ghiaccio mi formicolarono sotto la pelle per tutta la schiena. Trassi un respiro profondo. "Io, uhm..." Merda, dov'era tutto quello che avevo studiato e provato e memorizzato mentre ero al lavoro? "Io... non sono molto bravo in queste cose."

"Beh, probabilmente non lo sono neanch'io," disse Alex. "Quinci, perché non ci buttiamo, la affrontiamo insieme e la facciamo finita?"

Insieme. Giusto. Le parole, le parole, dov'erano quelle maledette parole?

Alex si mosse nervosamente. "Kieran?"

Espirai. A quanto pareva, avrei dovuto improvvisare. "Ecco, forse avevo bisogno di un po' di tempo per schiarirmi le idee."

"E l'hai fatto?"

"Sì." Mi si afflosciarono le spalle. "Alex, non so se posso continuare."

Strinse gli occhi. "Quindi, hai avuto quello che volevi e adesso tanti saluti?"

"No, non è affatto così."

"E allora...?"

Non riuscivo a trovare le parole. Pensavo di sapere cosa volevo dire, ma adesso non ne ero più tanto sicuro.

"È per via di quello che abbiamo concordato?" chiese piano. "Solo sesso, niente di più?"

Chiusi gli occhi e annuii lentamente, con il cuore che mi sprofondava. *Ci siamo.*

Alex espirò lentamente. "Non pensavo che lo avessi capito."

Ci volle un momento perché il mio cervello registrasse quelle parole e, quando successe, spalancai gli occhi. Lo fissai. "Aspetta... cosa?"

Lui arrossì, abbassando lo sguardo. "Pensavo di averlo tenuto ben nascosto. Avevo la sensazione che avresti reagito così se... uhm, se lo avessi saputo."

"Io..." Aggrottai la fronte. "Vuoi dire... tu sei..."

Mi guardò. "Innamorato di te?"

Mi balzò il cuore in gola. "Sì. Quello."

"Non è per questo che siamo qui a parlare?"

"No, non esattamente."

"Ma hai appena detto che era per via di..." Sgranò gli occhi. "*Oh.*"

Restammo a fissarci. Questa non me la aspettavo. E, a quanto pareva, neanche lui.

"Questo significa..." Deglutì. "Che tu...?"

Annuii.

"Oh." Alex si mosse nervosamente, infilando i pollici

nelle tasche come se avesse bisogno di tenere le mani occupate. "Quindi, che facciamo adesso?"

Abbassai gli occhi. "Non possiamo fare... questo." Tacqui. "Io non posso farlo."

"Kieran, se proviamo la stessa cosa, allora..."

"No." Scossi la testa. "Non possiamo. Ecco, è impossibile."

"Perché?"

Espirai. "Perché io sono cinico da morire e per te è tutto completamente nuovo. Ancora non sai neanche chi sei, Alex."

"Beh, forse questo è parte del capirlo." Fece una pausa. "Per tutti e due."

Espirai seccamente. "È facile dirlo adesso, ma sono il tuo primo amante, Alex. Come fai a sapere che sono veramente quello che vuoi?" Tacqui, cercando di mantenere la voce ferma. "E *io* come faccio a saperlo?"

"C'è un solo modo per scoprirlo."

"Provarci?" risposi, con voce tremante nonostante i miei sforzi. "Scoprire quanto farà male quando andrà tutto a puttane? No, Alex. Posso farti da guida in un sacco di cose, ma non in questo."

Lui rise, asciutto. "È un po' tardi, non credi?"

Trasalii. "Sì, e mi dispiace. Ed è per questo che credo sia meglio non incasinarci oltre. Così nessuno dei due si farà ancora più male."

"Non ha senso," replicò lui a denti stretti.

"Devi trovare te stesso," dissi. "Vivere un po'. Fare esperienza e capire cosa vuoi in un uomo."

"Eccetto che da quando sto con te, non sono più interessato a fare esperienza," disse. "E non è solo per via del sesso."

"Come fai a saperlo?" riuscii a malapena a sussurrare.

Alex deglutì pesantemente. "Suppongo che, se non fossi innamorato di te, resterei sveglio la notte a pensare a fare sesso con te. Invece di pensare semplicemente... a te."

Sobbalzai e abbassai lo sguardo.

"Di qualunque cosa si tratti," disse Alex, "è *qualcosa*. Deve esserlo. E non voglio rinunciarvi. Non voglio perderlo." Prese fiato. "Non voglio perdere *te*."

Trasalii. "Neanch'io voglio perderti, ma..."

"E allora che problema c'è?"

Mi costrinsi a guardarlo. "Che succede quando finisce tutto male?"

"Chi dice che andrà male?"

Risi con amarezza. "Chi dice che non succederà?"

"Perché dovrebbe?"

"Ti annoierai," dissi, facendo spallucce. "Ti renderai conto che non sono l'unico uomo disposto a fare le cose che faccio con te."

"Credi davvero che sia solo questione di sesso?"

Sospirai. "No. Avrebbe dovuto esserlo, ma..." Mi strofinai gli occhi con il pollice e l'indice, lottando per radunare i pensieri. "Il fatto è che non ho visto altro che belle relazioni finire male, e brutte relazioni continuare rendendo tutti infelici." Serrai la mandibola per trattenere le emozioni che mi montavano in gola. "E questo mi spaventa, perché io..." Espirai, poi deglutii per ricacciare indietro il groppo. "Perché ho paura che se andassimo oltre e poi dovessi perderti..."

Alex inclinò la testa. "Quindi, preferisci mollare tutto?"

"Non *voglio* mollare tutto," replicai. "L'ultima cosa che voglio è mollare tutto, ma..." Deglutii di nuovo, lottando per mantenere il controllo. "Ho solo paura di innamorarmi ancora di più di te."

Stavolta fu Alex a trasalire e, per un lungo momento,

non disse nulla. Non parlò, non mi guardò. Alla fine, prese fiato. "Voglio che tu sappia una cosa."

"Okay, dimmi pure."

"Mia madre si è sposata a diciassette anni," disse. "Con il suo primo amore. Il primo ragazzo con cui fosse mai uscita."

"E sono ancora sposati?"

Scosse la testa. "No. È rimasto ucciso in un incidente due anni dopo il matrimonio."

Sbattei le palpebre, ma non dissi niente.

Alex proseguì. "Le ci è voluto molto tempo per riprendersi. Aveva quasi trent'anni quando ha conosciuto e sposato mio padre. Ma, qualche anno fa, le ho chiesto del suo primo marito. Lei ha detto che, se avesse saputo come sarebbe finita, forse non lo avrebbe sposato. È stato un inferno e lei è la prima a dirlo. Ma *non* lo sapeva e, ancora oggi, è anche la prima a dire che non rimpiange nulla, perché sono stati fra gli anni più belli della sua vita." Fece una pausa. "Il punto è che potrebbe capitarci qualsiasi cosa. Potrebbe funzionare, oppure no. Potrebbe andare a catafascio fra sei mesi. E, fra l'altro, potrebbe farmi ripudiare dalla mia famiglia." Si strinse lentamente nelle spalle. "Ma continuo a pensare che, qualunque cosa questo possa diventare, valga la pena correre il rischio che finisca prima di arrivarci."

Evitai il suo sguardo.

Alex si avvicinò, e non sapevo se lasciargli colmare la distanza che ci separava o tirarmi indietro. Le mie gambe decisero per me. Non mi mossi.

A un passo di distanza da me, si fermò. I suoi occhi erano sempre stati così timidi e incerti, ma non stavolta. Era nervoso, sì, ma resse il mio sguardo, anche quando io dovevo fare appello a tutto il mio coraggio per non evitare il suo.

"Hai fatto di tutto per assicurarti che questa esperienza fosse bella per me," disse. "Ti sei preso il tempo per essere esattamente ciò di cui avevo bisogno e non mi hai mai trattato come un ragazzino stupido e ingenuo. Sapevo quando volevi andare oltre, e sapevo quando ti sei trattenuto a mio beneficio anche se avresti potuto passare la notte con qualcuno che non andava in iperventilazione vedendo un profilattico. Kieran, sei stato tutto quello che potrei mai desiderare in un uomo." Mi sollevò con delicatezza il mento. "Dimmi perché dovrei mollare tutto questo per la remota possibilità che *forse* possa trovare qualcosa di altrettanto bello."

"È la tua prima volta, Alex," sussurrai. "Tutti pensano che la loro prima volta sarà anche l'ultima, ma..." Scossi la testa. "Non lo è mai."

Alex si mosse nervosamente. "E se lo fosse?"

Non avevo una risposta.

"Sì, è la mia prima esperienza con il sesso, l'amore, tutto." Mi toccò il viso con mano tremante, passandomi le dita lungo il mento. "Diavolo, è la prima volta in vita mia in cui posso pronunciare le parole 'sono gay' ad alta voce, figurarsi dirle a qualcuno. Ma... e se andasse bene? Forse è per questo che il fato mi ha fatto attendere così a lungo. Perché il mio primo potesse essere l'unico."

"Credi nel fato?"

"Non ci credevo, ma sto iniziando ad avere dei dubbi." Fece una pausa. "E tu?"

Scossi la testa. "Davvero non saprei. So solo quello che ho visto, cioè gente che si innamora di brutto e si fa ancora più male quando finisce tutto."

Alex spostò la mano dal mio volto e me la poggiò sul fianco. Il suo tocco leggero non rendeva affatto le cose più facili, ma non riuscivo a ritrarmi. Non da lui.

Prese fiato. "Senti, probabilmente non avrei dovuto passare i miei anni formativi con la paura di essere gay, ma è successo. E forse non dovrei azzeccarci alla prima volta, ma continuo a pensare che l'unico modo per evitarlo sarebbe stato incontrare qualcuno prima di te. Ma non è successo. Non posso cambiare le cose. Non voglio farlo."

Diavolo, sarebbe stato molto più facile se non avesse ricambiato i miei sentimenti. Mi lasciai cadere sul divano e mi appoggiai i gomiti sulle ginocchia. Premendomi i pollici contro il dorso del naso, espirai. "Senti, so che tutti scherzano su come i maschi hanno paura di impegnarsi o dei sentimenti o roba del genere. Non è quello. Non per me. Le relazioni mi spaventano, questo lo ammetto." Deglutii. "Ma questa... questa situazione mi spaventa due volte tanto."

Il cuscino del divano si mosse leggermente e la mano di Alex si materializzò fra le mie scapole. "Come mai?"

"Perché è da molto tempo che evito di innamorarmi." Alzai la testa e lo guardai. "E non pensavo che fosse possibile innamorarsi così tanto di qualcuno. Dopo il modo in cui ho visto finire le relazioni di tutti gli altri, provare sentimenti così intensi mi terrorizza."

Alex si irrigidì e le sue dita fremettero sulla mia schiena. Poi disse: "Restare solo non ti fa paura?"

"Certo che sì. Stare con qualcuno e poi essere *lasciato* solo mi fa più paura."

Lui scostò la mano dalla mia schiena e la posò sulla mia. "Questa cosa mi spaventa tanto quanto a te. Non c'è niente come la paura dell'ignoto, giusto?"

"Già," sussurrai, annuendo lentamente. "Esatto. O la paura di finire come tutti gli altri."

"Quindi, questo è quanto?" chiese, con una nota di frustrazione che si univa al velo di incertezza nella sua voce.

"Continuerai a tagliare la corda ogni volta che provi dei sentimenti per qualcuno? Per il resto della tua vita?"

Mi morsi il labbro inferiore. Forse era esattamente ciò che avrei fatto. Non avevo mai pensato troppo al futuro perché non mi sarei mai aspettato di provare sentimenti simili per qualcuno. Non credevo fosse possibile provare sentimenti simili.

Alex mi strinse la mano. "Kieran, non ti sto chiedendo di impegnarti per il resto della tua vita, e non ti sto promettendo di impegnarmi per il resto della mia," sussurrò. "Fra sei mesi, potremmo renderci conto che non siamo fatti l'uno per l'altro, ma oggi? Non sono pronto a mollare. E credo che neanche tu lo sia."

Lo guardai, sollevando leggermente le sopracciglia.

Un cauto sorriso gli spuntò sulle labbra e Alex indicò la porta con un cenno del capo. "Se lo fossi, non credo che saresti rimasto così a lungo."

Presi fiato. "Non volevo andarmene prima che ci fossimo chiariti. Almeno, prima di essermi spiegato."

"E l'hai fatto." Tornò ad indicare la porta. "Puoi andare."

Il mio cuore mancò un battito. Lo fissai. "Mi... mi stai sbattendo fuori?"

"No." Deglutì. "Voglio che tu resti. Ma se l'unico motivo per cui rimani è assicurarti che capisca la tua posizione, allora..." E, per la terza volta, inclinò la testa per indicare la porta di casa. La sua voce era salda e ferma ma, nei suoi occhi, c'era una scintilla di paura.

Abbassai lo sguardo, tormentandomi le mani. Se la volevo, ecco la mia scappatoia. Praticamente l'aveva aperta e mi aveva mostrato la via. Dovevo solo alzarmi e uscire. Andarmene ora e tornare a una vita da playboy perennemente single e beatamente felice. Tornare a una vita senza Alex.

Ma non lo feci.

Non potevo.

Chiusi gli occhi e trassi un lungo respiro profondo. Fino a questo momento, ero stato certo che niente potesse fare più male di vedere un giorno Alex andarsene, dopo essermi permesso di innamorarmi di lui. Mi sbagliavo.

Alzarmi da questo divano. Uscire da quella porta. Lasciarmelo alle spalle. Fingere che potesse cambiare ciò che provavo per lui. Anche solo immaginarlo faceva troppo male.

Rilasciai il fiato in un uno sospiro pesante, di resa. "Alex, io..." Un groppo mi bloccò le parole in gola e deglutii. Alla fine, mi sforzai di guardarlo.

Aveva le sopracciglia aggrottate, una domanda silenziosa scritta negli occhi, tre rughe scolpite sulla fronte. Non sapevo nemmeno se stesse respirando. Io no di certo. Non ricordavo come.

Con mano tremante, gli toccai il volto, sperando che non si tirasse indietro, domandandomi quando fossi diventato io quello timido che faticava a reggere il suo sguardo fermo. Gli sfiorai la guancia con la punta delle dita e, anche se non distogliemmo lo sguardo, sobbalzammo entrambi come se avessimo preso la scossa.

"Mi..." Mi schiarii la gola. Disegnandogli un leggero arco sullo zigomo con il pollice, sussurrai: "Mi dispiace, Alex."

Il sollievo gli balenò sul volto, seguito immediatamente da una traccia di panico. Aggrottando la fronte, chiese: "Per... per essertene andato prima?" Deglutì. "O perché stai per andartene ora?"

Gli feci scivolare la mano fra i capelli e lo attirai a me.

"Per aver anche solo pensato di potermene andare." Le nostre labbra si unirono e, quando Alex non oppose resistenza, quando si sciolse contro di me come io mi stavo sciogliendo contro di lui, un fresco sollievo mi inondò le vene.

"*Qualunque cosa decidiate di fare, ti assicuro che te ne pentirai se lasci che finisca tutto così.*"

Sabrina, non sai quanto hai ragione.

Dopo un momento, mi tirai indietro per guardarlo negli occhi. "Questo mi spaventa a morte," sussurrai. "Ma ti amo davvero."

"Anch'io ti amo. E fa paura anche a me, ma..." Si strinse nelle spalle. "Non saprei cosa farci."

"Probabilmente non c'è molto che possiamo fare." Gli passai il dorso delle dita lungo la guancia.

"No, mi sa di no." Mi diede un bacio leggero. "Ma sono felice che tu sia tornato."

"Lo sono anch'io."

Alex mi attirò a sé e mi baciò di nuovo. Un respiro alla volta, il bacio si fece più intenso, da leggero e delicato a disperato e passionale. Eravamo fra il sollevato e l'eccitato; ogni bacio e ogni tocco nasceva dal mio bisogno di sentirlo, e dalla profonda gratitudine che avesse resistito abbastanza a lungo perché mi rendessi conto che non avrei potuto andarmene neanche volendo. Alex aveva solo aperto la porta, non mi aveva sbattuto fuori, anche se me lo sarei pienamente meritato.

Dopo Dio solo sa quanto, mi tirai indietro e lo fissai. Gli carezzai il volto, senza riuscire a credere che fossimo ancora qui. Che avessi smesso di opporre resistenza. Che avessi mai provato a resistere.

Espirai. "Non so bene cosa dobbiamo fare, adesso."

"Direi che ci buttiamo, la affrontiamo insieme e

vediamo che succede." I nostri sguardi si incrociarono e sorridemmo entrambi.

"Mi sembra l'approccio migliore." Gli diedi un bacio sulla fronte.

"Beh, abbiamo tutto il tempo per provare." Strinse gli occhi con espressione maliziosa. "Nel frattempo..."

Inarcai un sopracciglio, inclinando la testa.

Alex indicò la camera da letto. "Ci sono ancora un paio di cosette che non abbiamo provato."

"Tipo?"

Il suo sorriso si allargò, sbugiardando completamente il suo tentativo di sembrare innocente. "Oh, non saprei. Questa settimana ho fatto un po' di, uhm, shopping."

"Davvero?"

Si alzò e mi porse la mano. "Vieni, ti faccio vedere."

Gli presi la mano e mi alzai. Lungo il corridoio, dissi: "Si puoi sapere che hai combinato?"

Alex mi lanciò un'occhiata da sopra la spalla. "Vedrai."

E richiuse la porta della camera da letto alle nostre spalle con un calcio.

EPILOGO

Circa un anno dopo
Victoria, Columbia Britannica

La piena estate nel Pacifico nord-occidentale è sempre più piacevole dello stesso periodo nel nord della California e, anche se faceva decisamente caldo nel giardino dietro all'elegante hotel, non era soffocante. Sarebbe stato perfetto se avessi indossato T-shirt e calzoncini ma, anche in camicia e cravatta, stavo bene, soprattutto con la brezza che soffiava dal Victoria Harbor.

Alex mi posò una mano in fondo alla schiena. "Ancora nessuna traccia degli sposi?"

Indicai con un cenno del capo il salone dell'albergo, dove più tardi si sarebbe tenuto il ricevimento. "Rhett era qui fuori un attimo fa. Penso che Ethan si stia ancora preparando." Gli passai un braccio intorno alla vita. "Fra parentesi, sei uno schianto."

Il solito sorriso timido gli spuntò sulle labbra, proprio

come avevo sperato. Non mi stancavo mai di quel sorriso, proprio come del rossore delle sue guance.

"Grazie," disse. "Anche tu."

Mi strattonai la cravatta. "Mi sento un po' sciatto."

"È solo perché non porti lo smoking." Fece schioccare la lingua e scosse la testa con finta esasperazione. "Cristo, Kieran, puoi mimetizzarti fra noi straccioni per un giorno, no?"

Feci un sospiro drammatico. "Oh, immagino di poterlo fare, solo per stavolta."

"Ehi, Kieran." La voce di Sabrina ci fece voltare mentre lei scendeva i gradini del salone. "Posso rapirti per un minuto?"

Inarcai un sopracciglio. "L'ultima volta che me l'hai chiesto, ho finito con l'incontrare lui." Indicai Alex.

"Quindi è nel tuo interesse ascoltarmi, no?"

Alex ridacchiò. "Purché non ti presenti un altro tizio."

Lei alzò gli occhi al cielo. "No, Ethan ha solo bisogno di aiuto con il papillon."

"Cosa?" sbuffai. "Come può un uomo di più di quarant'anni non sapere come mettere il papillon?"

"A dire il vero, penso che lo sappia." Sabrina rise, indicando in direzione della stanza di Ethan. "Ma è un po' nervoso."

"Suppongo che dovrò aiutarlo prima che ci si strangoli." Diedi un bacio sulla guancia ad Alex. "Torno subito. Non dovrebbe volerci molto."

"Sarà meglio." Mi posò una mano sul fianco. Con un'occhiata severa che minacciava di trasformarsi in un sorriso, disse, rivolto a Sabrina: "E non presentarlo ad altri tizi."

Ci scambiammo un'occhiata, ridemmo, quindi seguii Sabrina. Alex non aveva niente di cui preoccuparsi, e lo sapevamo entrambi. Per quanto fossi stato promiscuo in una vita passata, non ero mai stato un traditore. E, comunque, nessun altro uomo attirava la mia attenzione da secoli.

La stanza di Ethan e Rhett era al terzo piano. Sabrina mi accompagnò fino alla porta, quindi indicò con un cenno il corridoio. "Devo finire di prepararmi. Grazie per l'aiuto."

"Quando vuoi," dissi. Mentre lei si allontanava, bussai.

Quando aprì la porta, Ethan sospirò. "Oh, grazie al Cielo." Indicò il papillon slacciato che gli pendeva intorno al colletto. "Ancora cinque minuti e sarei uscito a cercarne uno a clip."

Tirai su con il naso con fare sdegnoso mentre lo seguivo nella stanza. "A clip? Non farai niente del genere."

Mi guardò in cagnesco. "Allora dammi una mano."

"Stai fermo." Presi i lembi del papillon e li annodai a dovere. Beh, almeno, ci provai. Aspetta... com'era che... "Maledizione."

"Cosa? Che c'è che non va?"

Scossi la testa. "Non sono abituato a metterlo a qualcun altro."

"Mi sei di grande aiuto."

"Ehi, è comunque un passo avanti."

"Okay, è vero," disse. "Hai visto Rhett, oggi?"

"Sì, prima era fuori."

"Come ti sembra?"

Sogghignai. "Come uno il cui smoking finirà sul pavimento di una camera d'albergo, stasera."

"Oh, sarà così." Poi sospirò. "Non riesco a credere che lo stiamo facendo davvero."

"Era quasi ora, cazzo. Non pensi?"

"Già." Trasse un respiro profondo.

"Nervoso?"

"Decisamente."

"Rilassati," dissi. "Cos'hai per cui essere nervoso?"

"Non lo so. Se lo capirò, diventerò ancora più nervoso, quindi sto cercando di non pensarci."

Risi. "Te la caverai benissimo. Non hai dei ripensamenti, vero?"

"Dopo quasi quindici anni?" Ethan ridacchiò. "È un po' tardi per quello, non credi?"

"Beh," dissi, sistemando il papillon, adesso che era annodato per bene. "Visto che era veramente l'ora, non pensavo che saresti stato così nervoso, eppure eccoti qui."

"Se dicessi che è perché devo parlare davanti a una folla di persone, mi crederesti?"

"No." Lasciai andare il papillon. "Ecco. Sei pronto."

Si guardò allo specchio, ispezionando il mio lavoro. "Fantastico. Mi hai salvato la vita." Si voltò verso di me, con un profondo respiro. "Sto bene?"

Gli toccai un braccio. "Stai benissimo, Ethan."

Espirò e riuscì a scoccarmi un sorriso un po' più rilassato.

"Oh," dissi, infilando una mano in tasca. "Quasi dimenticavo. Ho un regalo per te."

Ethan inarcò le sopracciglia. "Davvero? Non dovevi."

"Volevo." Ridacchiai, tirando fuori la mano. "Solo una cosetta per la vostra prima notte di nozze." Sollevai una bottiglietta di Patrón.

Lui sogghignò. "Pensi che basti a farmi arrapare?"

"No, penso che Rhett con addosso uno smoking sarà sufficiente."

Con un sorriso colmo d'affetto, Ethan annuì e posò la bottiglietta sul comò. "Sì, lo penso anch'io."

"Sicuro."

Con un ultimo sguardo allo specchio, tornò a girarsi verso di me. "Fra parentesi, grazie per essere venuto." Mi abbracciò.

"Vuoi scherzare?" sussurrai, ricambiando l'abbraccio. "Non me lo sarei perso per niente al mondo."

"Beh, lo spero bene," disse. "Ci hai aiutati a tornare insieme; sarà meglio che tu sia qui quando ci metteremo reciprocamente una palla al piede." Scoppiammo a ridere e, quando mi lasciò andare, Ethan tirò su un polsino per guardare l'orologio. "Sarà meglio andare."

"Sì," dissi, lottando per restare serio. "Prima che diventi ancora più vecchio."

"Oh, chiudi il becco."

La cerimonia fu semplice. I loro parenti e gli amici più intimi si accomodarono su due dozzine di sedie pieghevoli sul prato dell'albergo e, mentre gli sposi indossavano lo smoking, noialtri non eravamo così formali.

Io e Alex sedemmo in seconda fila vicino a Dale e i nervosi sposi presero posto davanti a tutti.

Quando il ministro diede inizio alla cerimonia, Alex mi cinse le spalle con un braccio. Io gli posai la mano su un ginocchio e ci scambiammo un'occhiata. Un anno fa non avrei mai immaginato che ci saremmo ritrovati qui. Il fatto che Rhett ed Ethan avessero finalmente deciso di fare il grande passo era già abbastanza scioccante, ma io e Alex? Ancora insieme e procedendo a gonfie vele? Anche se, veramente, avrei dovuto saperlo.

Durante l'ultimo anno, mi ero domandato alcune volte se potessimo far funzionare le cose ma, giorno dopo giorno, funzionavano. Avevamo sviluppato una piacevole routine, essendo innamorati e bisticciando occasionalmente per stupidaggini come fanno tutte le coppie di tanto in tanto, e io avevo sempre meno paura che lui se ne sarebbe andato all'improvviso... o che l'avrei fatto io. La mia fobia dell'amore era un lontano ricordo, e sudavo ancora freddo pensando a quanto ero arrivato vicino a perdermi tutto questo.

Come la nostra relazione, la vita non era stata tutta rose e fiori. I genitori di Alex, come aveva previsto, lo avevano praticamente ripudiato. Per lui era stato devastante. Non era stato una sorpresa ma, quando era finalmente successo, gli aveva fatto un male del diavolo. Sotto sotto, nelle settimane prima di quella fatidica telefonata, avevo temuto che alla fine avrebbe provato risentimento verso di me. Dopotutto, aveva detto lui che la nostra relazione era il motivo per cui voleva fare *coming out*. In preda al dolore, avrebbe facilmente potuto biasimare me, ma non l'aveva mai fatto. Aveva pianto sulla mia spalla senza mai incolparmi di nulla.

Dietro mio consiglio, Alex si era preso un anno di pausa dalla scuola per capire cosa volesse veramente fare. Visto che i suoi genitori non avevano più intenzione di aiutarlo, quell'anno gli avrebbe dato la possibilità di mettere da parte dei soldi per le tasse universitarie, e anche di metabolizzare tutto quello che gli avevano fatto passare. Il prossimo settembre avrebbe ricominciato con le lezioni, stavolta per una laurea in psicologia. Voleva diventare uno psicologo, probabilmente specializzato nell'aiutare ragazzi cresciuti in circostanze simili alle sue.

In quanto a me, continuavo felicemente a versare da bere e guardare la gente al *Wilde's* e, ancora adesso, Alex rischiava di farmi cadere una bottiglia di mano solo facendo il suo ingresso. Avevo imparato da tempo a non guardare la porta o la folla mentre preparavo un cocktail, in caso fosse entrato in un momento inopportuno.

E giuravo che, uno di questi giorni, avremmo deciso

dove andare a cena senza venti minuti di "non so, tu dove vuoi andare?"

Ma, d'altronde, allora non saremmo più stati *noi*. Forse avremmo continuato ancora per qualche anno.

Rhett si schiarì la gola, riportandomi al presente. Fece scivolare un foglietto nella tasca interna della giacca mentre Ethan ne tirava fuori uno dalla sua. Avevano scritto i loro voti e, preso dal mio fantasticare, mi ero perso quelli di Rhett. Li avevo letti alcune volte mentre cercava di trovare le parole giuste, però, quindi almeno sapevo cos'aveva detto.

Ethan prese fiato, passando lo sguardo dal foglietto che teneva in mano all'uomo che stava finalmente sposando. La prima parte era tipica dei voti: amare e onorare, salute e malattia, nel bene e nel male, nella ricchezza e nella povertà. Ma non aveva finito.

"Grazie a te," disse, così piano che lo udii a malapena, "ho avuto il privilegio di essere il patrigno di una ragazzina che è diventata una meravigliosa giovane donna. Tu ed io abbiamo avuto i nostri anni difficili, ma non li cambierei con niente al mondo, perché gli anni che ho passato con te sono stati gli anni migliori della mia vita. E..." Fece una pausa, stringendo le labbra.

Rhett tirò su con il naso, poi si schiarì la gola.

"Così non mi aiuti," disse Ethan, asciugandosi gli occhi. Si guardarono e sorrisero. Ethan soffocò un colpetto di tosse e finalmente riuscì a proseguire. "Sono stati gli anni migliori della mia vita, e so che il futuro sarà ancora meglio. Abbiamo avuto molti alti e assi, ma..." Stavolta, non riuscì a nascondere il modo in cui gli si incrinò la voce. Si scambiarono uno sguardo, stringendosi la mano e, quando Ethan continuò, disse: "Il mio unico rimpianto è aver aspettato così tanto a sposarti."

Se avesse detto un'altra parola tutti i presenti, me

compreso, sarebbero probabilmente scoppiati in lacrime. Invece, tornò a riporre il foglietto in tasca e prese l'altra mano di Rhett. Chiudendo gli occhi, Ethan si concesse un sospiro di sollievo e Rhett si limitò a sorridere.

Si scambiarono le fedi e, dietro invito del ministro, gli sposi si scambiarono il bacio più tenero che li avessi mai visti darsi. Che avessi mai visto quasi in assoluto.

Io e Alex ci guardammo per un momento. Poi riportammo l'attenzione davanti a noi.

Rhett si tirò indietro e guardò Ethan negli occhi. Parlando così piano che nessuno al mondo eccetto Ethan avrebbe potuto sentirlo, formò con le labbra le parole "Ti amo."

Erano passati tre lunghi anni dal giorno in cui li avevo incontrati, quando si guardavano in cagnesco dai lati opposti della loro cucina come se non sopportassero nemmeno l'uno la vista dell'altro. La loro relazione era morta e sepolta, proprio come la mia fede nell'amore.

È incredibile quanto possano cambiare le cose in tre anni.

Dopo la cerimonia, Ethan sorrise a Rhett. "Adesso è il momento in cui possiamo bere e far festa, giusto?"

Rhett rise. "Sì, adesso possiamo bere e far festa."

Il gruppetto di ospiti esultò e tutti seguirono gli sposi nel salone. Io e Alex, però, ci trattenemmo ancora un momento. Ci sarebbe stata la fila per i drink, quindi che fretta c'era?

Alex fece scivolare la mano nella mia. "Pensi che vorrai mai farlo anche tu?"

Sorridendogli, mi strinsi nelle spalle. "Magari fra dieci o quindici anni."

"Meglio non correre troppo con queste cose, vero?"

"Esatto."

Scoppiammo a ridere. Mi diede un bacio sulla guancia

e, mano nella mano, andammo a raggiungere tutti gli altri nel salone.

La verità era che non avevo alcuna intenzione di balbettare pronunciando i voti e trattenere le lacrime davanti ai nostri amici e parenti fra dieci o quindici anni. Se fosse stato così, avrei aspettato dieci o quindici anni prima di comprare l'anello d'oro che avevo in tasca.

Non avevo deciso quando e dove gliel'avrei chiesto. Stasera, se fossi riuscito a trovare il coraggio. Forse avremmo fatto una passeggiata sul lungomare dopo il ricevimento, o avrei aspettato finché non fossimo rimasti soli nella nostra stanza. O la mattina seguente, quando saremmo probabilmente rimasti a poltrire a letto. Presto, comunque. Questo era certo.

Speravo che avrebbe detto di sì.

Sotto sotto, sapevo che lo avrebbe detto.

For more books by L.A. Witt, please visit

http://www.gallagherwitt.com

Romance * Suspense

Contemporary * Historical * Sports * Military

ALSO BY

L'AUTRICE

L.A. Witt è una scrittrice anormale di M/M che è finalmente stata liberata dal purgatorio di labirinti nel mais di
Omaha, in Nebraska, e ora passa il tempo sulla costa sud-
occidentale della Spagna. Quando non si sta domandando
come abbia fatto a non impazzire a Omaha, esplora il Paese
con suo marito, diversi criceti chiaroveggenti e una pila
sempre crescente di trame. Ultimamente ha anche molto
più tempo libero, visto che ha reclutato un piccolo esercito
di mercenari perché cerchino in Sud-America la sua
nemesi, l'autrice Lauren Gallagher, ma non ditelo a Lauren.
E non ditelo nemmeno a Lori A. Witt o ad Ann Gallagher.
Quelle due non sanno tenere la bocca chiusa …

Sito web: www.gallagherwitt.com
E-mail: gallagherwitt@gmail.com
Twitter: @GallagherWitt

ARTIFICIAL INTELLIGENCE

No artificial intelligence was used in the making of this book or any of my books. This includes writing, co-writing, cover artwork, translation, and audiobook narration.

I do not consent to any Artificial Intelligence (AI), generative AI, large language model, machine learning, chatbot, or other automated analysis, generative process, or replication program to reproduce, mimic, remix, summarize, train from, or otherwise replicate any part of this creative work, via any means: print, graphic, sculpture, multimedia, audio, or other medium. This applies to all existing AI technology and any that comes into existence in the future.

I support the right of humans to control their artistic works.